三島由紀夫の演劇

三島由紀夫研究 ④

〔責任編集〕
松本　徹
佐藤秀明
井上隆史

鼎書房

目次

特集　三島由紀夫の演劇

表紙カット
「ブリタニキュス」（文学座公演）に兵士役で出演した三島由紀夫に拠る。

座談会

追悼公演

「サロメ」演出を託されて

——和久田誠男氏を囲んで——

■出席者
和久田誠男
松本　徹
井上隆史
山中剛史

■平成19年3月24日
■於・白百合女子大学
国語国文学科研究室

和久田誠男氏

■文学座分裂とＮＬＴの出発

和久田　プレゼントを持って参りましたので、一枚ずつどうぞ。

山中　これは凄い。浪曼劇場の「サロメ」のチラシですね（写真１）、昭和四十六年の追悼公演の。有難うございます。

井上　ビアズレイを使ったデザインが素敵ですね。

松本　この「サロメ」の演出を和久田さんに託して、三島は自決したんですね。三島の追悼公演として上演された「サロメ」は、ある意味では市ヶ谷での出来事に拮抗する重さを持っているように思うんです。今日はぜひともそのことを伺いたく思っています。しかし、その話は後ほどゆっくりと……。

写真１　浪曼劇場「サロメ」チラシ

はじめてお目にかかるのですが、失礼ですが、お年は……。

和久田　私は昭和十六年、一九四一年生まれです。

松本　三島との関わりは、いつごろからになりますか。

和久田　昭和三十八年の暮れの「喜びの琴」からです。私はまだ学生、二十二歳でした。それから三島が亡くなるまでですから、たかだか七、八年のことなんですね。

松本　しかし、三島という人間にとっても、劇作家としての三島にとっても、晩年の凝縮した時期でしたね。

和久田　そうですね。特にＮＬＴの「サド侯爵夫人」と浪曼劇場の「わが友ヒットラー」は、三島さんの戯曲の中では最高峰ですから。

松本　和久田さんは三島の非常に重要な時期をすぐ側で見ていらっしゃった。

山中　学生の頃から演劇をなさっていたんですか？

和久田　そうです。私が早稲田の自由舞台に入った翌年のキャップが鈴木忠志で、別役実さんも「ＡとＢと一人の女」とか「象」といった作品をどんどん発表しだした頃です。それから早稲田小劇場を作るわけですが、私はそっちには行かなかった。私のクラスメートに賀原夏子さんと懇意な男がいまして、そいつに連れられて賀原さんのところへしょっちゅう遊びに行ってたんです。それで、学校出たらどうするんだ、と聞かれて、芝居をやりたいんです、じゃあ文学座へおいでよ、役者じゃなくて演出の方だろ、なんて言い合っていたんです。そのちょっと前に「雲」の脱退事件があって、三島さんはもう一所懸命に文学座を立て直そうと、サルドゥの「トスカ」の潤色をしたりしていたんですが、そこに「喜びの琴」の事件が起きました。とても「喜びの琴」のセリフなんか言えないって泣き出す俳優がいたり……。

井上　北村和夫ですね。こんな反共的なセリフは話せないと。

和久田　それが昭和三十八年（一九六三）の十一月ですね。すったもんだして、三島さんは、そんなことだったら君たちに「喜びの琴」を上演してもらわなくても結構だ、諸君とこれから先、一緒に演劇活動をしてゆくわけにはゆかないといって、退団した。矢代静一も、三島さんの書下ろしをずっと演出してきた松浦竹夫さんも退団した。役者では、賀原さん、丹阿弥谷津子さん、中村伸郎、北見治一、奥野匡、奥野さんの女房の宮内順子、真咲美岐、南美江、村松英子、青野平義……、といった人たちがやめたんですね。でも、示し合わせて一斉にやめたんじゃなくて、個人々々でやめていったんです。文学座には非常に不幸なことだったと思うんですが、三幹事のうち、岸田先生は昭和二十九年に亡くなられた。久保田万太郎は分裂事件の起きた三十八年の五月に死んでるんです。残っているのは、岩田豊雄だけです。だから、万太郎が生きていたら、ひょっとしたら上演中止にはならなかったかな……、というようなこともちょっと考えました。しかし、文学座をやめても、みんな芝居しか出来ない人たちですから、その連中が集まって、演劇者集団NLTというのを作ったんです。劇団とは名乗らなかった。NLTというのは、Neo Littérature Théâtre、新文学座という意味で、その名前を岩田豊雄が付けてくれました。三十九年一月十日に、創立記者会見がありました。六本木のアマンドです。文学座生え抜きの青野平義が六本木の老舗の和菓子屋の長男で、彼の顔が利いた関係で事務所も六本木に設けました。最初、一軒家を借りたんですよ。

山中　文学座という名前を、岩田豊雄は分裂当初に杉村春子らからとり返そうとしたのだけれど、果たせなかった、という経緯があったようですね。それでその頃、和久田さんは……？

和久田　まだ学生でした。ただ、私は車を運転していましたから、事務所にしょっちゅう行ってはあれこれ雑用をしてました。創立同人以外でウロチョロしてたのは私が最初ですよ。

井上　当初、劇団と名乗らず、専用の劇場もない。よその劇場を押さえることも急には無理。どんな様子だったでしょう？

松本　徹氏

和久田　とにかく、芝居をやりたいという強い気持だけがありました。だけど、悲壮感があったとか、そういうわけではないですね。NLTが出来た時に、勉強の機会を多く持ちたいということで、研究会もやったんです。三島由紀夫の歌舞伎研究、野村万作の狂言研究、矢代静一の日本近代劇の研究、松浦竹夫のアメリカ演劇とミュージカル、大岡信と塩瀬宏のフランス前衛劇、田村秋子と中村伸郎の演技についての講義、その他に、松岡力雄というNLTの税理士をやっていた人だと思うんだけど、松岡を講師に迎えて経済問題の研究会もやったりしたんです。この時、三島さんが使ったテキストが、この「宿無団七時雨傘」です。

松本　（手に取って）ちゃんとした台本ですね。

和久田　NLTは貧乏所帯だから、どこか他から三島さんが持ってきたんでしょうか。しかし、研究会はあまり続きませんでしたね。そして、最初の公演は三島さんの芝居ではなく、矢代さんの「誘拐」でした。

山中　ちょうど三十八年六月に歌舞伎座で「宿無団七時雨傘」をやっていますから、そこからもってきたのかもしれません。それで、「誘惑」の前に草月と提携したジュネの「女中たち」とタルデューの「鍵穴」がありましたよね。

和久田　そうですが、「女中たち」は前に文学座アトリエでやったのを、またやったんです。それより前、三十九年五月に日生劇場で「喜びの琴」をやった時、NLTから奥野さん、青野さん、賀原夏子が出ました。三島さんは十月には「恋の帆影」をやはり日生でやりましたが、この時はNLTからは人が出なかったようですね。

井上　今回、「三島研究」のため狩野尚三さんから頂いた原稿の中に、面白いことが書いてあるんですよ。「恋の帆影」は、四季と新派の水谷八重子らが加わった混成舞台だけど、娘船頭の梅子を、四季の女優で当時浅利慶太夫人だった影万里江が演じた。ところがこの役ははじめ水谷八重子の弟子筋に当たる若手を推していたので、役を取られた形になった八重子は、舞台上で影万里江にことごとく意地悪をしたらしい。

和久田　新派の人たちは、そういうことをやりますよ。

■「喜びの琴」の不運

山中　「喜びの琴」や「恋の帆影」をご覧になっていかがでしたか?

和久田　「恋の帆影」は見ませんでした。「喜びの琴」は、舞台稽古がもう大変でね。大道具をやり直したんですよ。金森馨さんが、ちょっとやり過ぎたんだよ。プロセニアムの内側にもう一つ箱を作って、そこが警察の公安係室になるんだけど、下から大きな手がぐっと出て、箱を宙に持ち上げるようになっている。そうするとね、お客さんの方から見ると、もの凄く見にくくなるの。だから、下の手を取っちゃえということになったんです。

山中　そうですか。それで結局、あれは上から手を出すように変えたんですね。

和久田　徹夜で直したはずですよ。

井上　あの時は、ある種の切迫した状況で、みんな少しずつ調子が狂うようなことがあったんでしょうね。

和久田　三島さんも、浅利慶太に対してあんまり強いことは言えなかったんじゃないかな。その後、四十一年に「アラビアン・ナイト」を日生でやった時には、三島さんも相当ご自分の意志を通されたかもしれないけどね。

松本　そうして幕を上げた舞台の方は……?

和久田　いや、よくなかったですね。特に三島さんの芝居は、あんまりスペクタクルみたいにしてやると、必ず失敗するんですよ(笑)。「喜びの琴」だって、むしろ小劇場で、キッチリ詰まった空間で、人間が喧々囂々とやるべきものですね。演出家が「お遊び」で演出したり、装置家が自分で解釈を下したりしちゃ駄目なんですよね。「恋の帆影」も、本水を使ったんじゃなかったですか?

山中　潮来のホテルのセットですね。かなり凝った感じの和風家屋の……。

和久田　相当大掛かりですよ。しかし、そうしなくても出来る芝居じゃないかなと思うんですけどね。

井上　「喜びの琴」はもし文学座でやったとしたら第一生命

ホールでしょうか。すると日生に比べると小さいですね。
和久田　日生は大きめの中劇場という感じで、舞台としては、私は好きなんですけど。
井上　浅利慶太も、当時は焦りがあったと思うんです。日生劇場は出来たばかりで、まだ軌道に乗らない。三十八年暮れの花田清輝の「ものみな歌でおわる」は、「ものみな赤字でおわる」と週刊誌で叩かれましたね。日生の制作営業担当取締役になった浅利にしてみれば、とにかく話題をさらってお客を集めたいという気持が強かったんでしょう。「恋の帆影」の次に「ウェストサイド・ストーリー」をブロードウェイから持ってくる。その辺りから徐々に方向性が見えてきたんじゃないでしょうか。
和久田　劇場の方向性というのは、やはり一番大事ですからね。
井上　三島も文学座をやめて焦っている。焦っているもの同士が結びついても、うまくゆくわけがないですよね。もちろん、芝居の中身がよければ、そういうマイナス要因を吹き飛ばせるんですが、肝心の芝居が、今ひとつだった。三島戯曲の魅力の一つは、「鹿鳴館」の朝子と影山伯爵、「サド侯爵夫人」のルネとモントルイユ夫人のような、緊迫したセリフの対立劇ですね。「喜びの琴」の場合だと、片桐巡査と彼を騙した上司の松村との対立になるんだけど、松村は、「俺は党の組織も信じちやゐない。人間も信じちやゐない。信じるのは、もやもやとした、破壊への、あくなき破壊への俺の欲望だけだ」などと言っている。片桐はそれに対して「馬鹿野郎！」とか「何だと」とか叫んでばかりで、こういう会話では、観客はどちらの立場にも感情移入出来ないし、言葉による対決の緊迫感も出て来ませんね。

井上隆史氏

■近代能楽集から「サド侯爵夫人」へ

和久田　三島さんがＮＬＴにもっと直接タッチするようになるのは、昭和四十年の五月十九日から六月三日までの、アートシアターの「近代能楽集」からなんですよ。
山中　「班女」と「弱法師」のナイター公演ですね。まだ、地下の蠍座が出来る前……。
和久田　新宿文化との提携で、映画が終わってからだから、九時半くらいから始めたのかな。終演予定が十時四十分。そういえば「班女」の稽古を、日生のロビーでやったのを覚えています。
山中　ナイター公演……外国みたいですよね。今でもこういう時間から始まるのはあまり聞かないですが、当時、こういう遅い時間の公演は、他にもありましたか？

和久田　覚えがないですね。新宿文化のプロデューサーの葛井欣士郎さんが、映画だけでは飽き足らなくて何かやりたかった。NLTも場所がなかったんでどこかで公演したかった。その思いが合致したんでしょうね。演出は「班女」は水田晴康さん、「弱法師」が寺崎嘉浩さんでした。この時は私も裏方だったけど、道具を飾るのが大変なんですよ。舞台の上で照明なんかを吊るすスノコに上がるんだけど、その木がヤワになっていて、怖いんだよ。この時三島さんは、「近代能楽集」についての座談会をしました。私がはじめて三島さんに会ったのは、この時じゃなかったかな？

井上　その座談会は、NLTの冊子に収録されていますね。重要な座談会ですね。

和久田　そのテープ起こしは、私がやったんですよ。

山中　それにしても、新宿文化や草月ホールは、海外から来た前衛芸術の公演や初期の小劇場運動、アングラもやる、いわば当時の最先端の場所といえますよね。今から見ると、NLTはそのような場所を、本当にうまい具合に押さえていますね。

和久田　それで、夜の九時二十分くらいからじゃ遅いというんで、その後、映画館の建物の裏側の地下に蝎座という劇場を作ったんです。五、六十人しか入らないんですけどね。蝎座っていう名前は、三島さんが付けたんじゃなかったかな。

山中　ケネス・アンガーの実験映画「スコルピオ・ライジング」からとって三島が銘名したという話です。

松本　それでナイター公演の「近代能楽集」の舞台は、いかがでしたか？

和久田　う〜ん、今一つでしたね。お客は入っていた記憶はありますけど。

井上　NLTもまだ模索の時期なんですね。

和久田　当初はマリィ・シスゲルの「タイピスト」だとか、ピンターの「コレクション」、オニールの「氷人来る」、ジュネ、ジロドゥなど、いろんなレパートリーを考えたりしていましたが、結局やってないですからね。

山中　今おっしゃったようなラインナップというのは松浦さんの志向ですか？

和久田　そう。それから矢代さんですね。

松本　私は大阪にいて、NLTは「三島の劇団」という印象で見ていましたが、必ずしも三島べったりというわけではなかったんですね。

山中　ただし、三島は文学座の時は昭和三十五年に企画参与、三十八年に企画班でしたが、NLTでは顧問格、総責任者役で関わったのですから、やはりこれまでとはかかわり方に違いが出てきたのでしょう。

和久田　そうです。NLTとしての第二回の公演が「近代能楽集」で、第三回が「サド侯爵夫人」ですからね。この芝居が出来上がり、その成果によって、NLTに対する三島さんの影響力がとっても強くなったと思います。

山中　NLTにとっても、NLTにおける自分の立場としても、ここで変な芝居を書いて失敗してしまってはまずいというか、力《りき》みが、やはり三島の中にあったんでしょうか。

和久田　そういう意識よりも、もっと純粋な気持で書いてるんじゃないでしょうか。

松本　「サド侯爵夫人」はNLTからの依頼ですか？

和久田　そうだと思います。昭和三十九年の終わりぐらいから、そういうことを言ってましたから。

井上　出来上がった原稿は、帝国ホテルのロビーで賀原夏子に渡すんですよね。

和久田　賀原さんは江戸っ子で、麻布の方ですけど、三島さんと仲がよかったですね。でも、「サド侯爵夫人」は一幕ずつ出来たんじゃなかったかな。確か、序幕だけが出来て、一カ月後に二幕目ができて、それから三幕目が出来て完成したということじゃなかったかな。三島さんは多幕物を書くとき、月末の二日ぐらいに集中して、一幕ずつ書くことが多かったですね。

山中剛史氏

松本　それにしても「サド侯爵夫人」は衝撃的だったんじゃないですか。

山中　大好評だったようで、芸術祭賞を受賞してますね。楽日には女優のヘレン・ヘイズが観にきたり……

井上　「喜びの琴」の場合には、タイミング的に三島と浅利とが不幸な形で結びついたようなところがあったけど、「サド侯爵夫人」は反対に、昭和三十年代後半の沈滞期を脱した三島と、軌道に乗り始めたNLTとの幸運な出会いの産物と言えるような気がしますね。

■シアトリカルということ

松本　その結果、NLTの性格が変化したというようなことは言えますか？

和久田　「サド侯爵夫人」の次は、昭和四十一年の正月公演は飯沢匡さんの「信天翁」なんですね。ある意味で元に戻ったようなところがありますが、これは「サド侯爵夫人」公演以前から決っていたことですからね。だいたいNLTも浪曼劇場も、本公演は年二回で、お正月と秋なんです。それで四十一年の秋は、三島由紀夫潤色の「リュイ・ブラス」です。結局三島さんは、いわゆるシアトリカルな芝居をやりたい。

これは既に、文学座で「トスカ」をやっている。「リュイ・ブラス」も、その系列です。

山中　もともと原作では五幕あったのを三幕に削って整理していますね。もともと「リュイ・ブラス」は中山仁と村松英子ですね。

和久田　大阪では道頓堀の朝日座でやったんです。文楽をやる小屋ですよ。芝居として、結構面白かったんじゃなかったかな。

山中　いわゆる「新劇」的ではなく、シアトリカル、つまり三島のいわゆる「劇場的」な芝居ですね。

和久田　同時に言えるのは、「サド侯爵夫人」は自由劇場や築地小劇場以来の日本における新劇の歴史の最後に位置する花火だということですね。

松本　そうかもしれないね。でも、「サド侯爵夫人」や「わが友ヒットラー」は、いわゆる新劇の歴史の中では異質で孤独な作品だとも言えるのではないかな。男だけ女だけで人数も絞るような芝居のあり方は、従来の新劇の概念にはない。アングラ演劇などの新しい動きがあったからこそ、三島もそこまで行けたと言える部分があるんじゃないですか。文学座ではなく、NLTのような小さい世帯だからこそ出来たとも言えますね。

和久田　三島さんは唐十郎に対しても寺山の芝居に対しても、全然否定はしていませんでしたよ。

井上　このことの意味をどう考えたらいいんでしょう？　三島の演劇と、同時代の唐十郎の赤テントとか鈴木忠志や別役実などとは正反対で、あまり接続しないようにも見えますよね。

和久田　いや、それは接続してるんじゃないかな。

山中　アートシアターのアンダーグラウンド公演で三島の「三原色」をやった時、上の階の新宿文化では寺山の「毛皮のマリー」をやったりしていることを考えても、関係がないとは言えないんじゃないでしょうか。同時代の空気の中で何かがどこかで響応するというか……。

井上　もう、三十年以上経つのだから、その歴史的意味が再考されてよいと思うんです。今度、静岡のSPACで、鈴木忠志が「サド侯爵夫人」を演出するようですが、そういう意味で、私はこの舞台を楽しみにしているんです。

山中　ちょっと確認ですが、三島は「トスカ」以来、シアトリカル、「劇場的」ということを打ち出して、観念過剰の「新劇」ではなく、堂々と「お芝居」をやる、ということを唱えていますね。「劇場的」と言うと、アングラなんかの文脈だとプロセニアムを取り払って小屋全体を演劇的な空間にするというような実験的なことをしますが、そういうものとも全然違って、役者が大見得を切って歌いあげるようにセリフを言うのを楽しんで観ようよ、ということですね。「サド侯爵夫人」や「わが友ヒットラー」も、そういうシアトリカルという要素が意識されている作品だ、と。

松本　勿論そうでしょう。それとともにセリフ劇としてとことん突き詰めたという面があるだろうと思いますね。このシアトリカルな芝居は、遡れば、歌舞伎からの流れですね。だから、そのセリフにしても、黙阿弥風なところがあるような気がします。ところで三島はしばしば、端役で舞台に出ますね。シアトリカルの概念の中には、そういう要素もあるんじゃないかな。

井上　なるほど。セリフや言葉の問題の他に、そういう遊びの要素も、シアトリカルという考え方の中に含まれるんですね。しかし、一般のお客さんはシアトリカルということを、どういう風に受け止めたんでしょうか。単に華やかな舞台というような意味で捉えたんでしょうか？

和久田　いやあ、普通のお客さんは、シアトリカルだろうが何トリカルだろうが、良質な芝居を見せてもらえばそれで充分堪能するんですよ。しかし、文学座をはじめとする新劇の役者たちは、リアリズムというものを追求して来たため、大見得を切って芝居をするようなことを恥かしがって出来ないんです。それを三島さんが、堂々とやればいいんだと教え込んだ。「鹿鳴館」で、朝子と草乃が舞台端から、影山と飛田の会話を窺うところがありますね。あたり前の新劇なら、植え込みに隠れて演ずる場面です。しかし三島さんは、隠れていることにすればいいんだから、表に出て演じなさいと言った。これは、歌舞伎役者なら平気でやるんだけど、杉村さんもはじめは全然出来なかったそうですよ。

井上　なるほど。文学座は「鹿鳴館」の翌年、福田恆存の「明智光秀」で、はじめて歌舞伎との合同公演をやりますが、その下地を三島の「鹿鳴館」が用意したようなところがあるわけですね。こう言うと、福田恆存は面白くないでしょうが。

松本　三島は、杉村春子という女優を、そういうシアトリカルな方向に押しやることを、意識的に考えたんでしょうね。

山中　杉村春子は役になりきって舞台に出てくるが、それでは駄目だ、まず杉村春子が出てきて、それから役になるという具合に意識的に演じろと、三島は「トスカ」の時に注文をつけていますね。

和久田　「サド侯爵夫人」でも、序幕でサド侯爵夫人ルネではなくて、ルネを演じる丹阿弥谷津子が、真白な装束で下手からバッと出てくる。それを三島さんはとっても喜んでいましたね。ただ、三島さんは、「サド侯爵夫人」ではあんまり役者を動かしたくなかったと思いますよ。松浦さんは、割と役者を動かしたがるんだけど、三島さんとしては動きとか舞台装置とか、そういうものに寄りかかるんではなくて、セリフでもって芝居を運ばせるんですね。フランスのルノー／バロー劇団の「サド侯爵夫人」も、ほとんど役者を動かしませんでしたね。

松本　そうでしたね。装置らしい装置もなければ、衣裳らしい衣裳もつけない。昭和五十年頃でしたか、芥川比呂志が紀伊国屋ホールで「サド侯爵夫人」を演出した時は、割合に動かしましたね。動かして、よくなかった。

和久田　よくわかりませんが、あれは芥川さんが体調がよくなくて、NLTの岸田良二という人が実質的に演出をやっていたのかもしれません。彼は松浦的な演出が好きでしたから、動かし過ぎたんじゃないかな。

井上　「サド侯爵夫人」はセリフ劇であり、従来の「新劇」とは異なるシアトリカルなものであると同時に、「新劇」の最後の頂点でもあるという、多面的な特徴がある芝居なんですね。

山中　十五年位前ですが、男だけでやった「サド侯爵夫人」もありましたよ。

和久田　初演の時も、そういう話があったんです。北見治一がシャルロットを本気でやる気になっていました。

山中　堂本正樹さんからうかがったのですが、ご本人はかなり喜んで周囲にそう話したりしていたのに、結局女だけの芝居になって、ショックだったそうですね。

■宇宙人・三島由紀夫

山中　和久田さんご自身のことを少し伺いたいのですが、最初NLTのお手伝いのようなことをしてらして、それからいきなり演出をやられたんですか？

和久田　そうです。一番最初の「女中たち」の時にも、水田晴康さんが演出で、私は演出助手でした。「近代能楽集」をやった時は研究生でした。

松本　その頃、和久田さんは三島とは……？

和久田　自宅が山王で近かったことから、三島さんの馬込のお宅には、しょっちゅう行ってました。伺うのはだいたい昼の一時ぐらいでしたね。ちょうど三島さんが起きて日光浴しながら食事をする時間でした。ただし三島さんは自宅の三階を増築、おっぱいの形をした部屋にするというんで、四十年の五月まではホテルニュージャパンを利用してました。ニュージャパンにも行きましたよ。「近代能楽集」の座談会のゲラでも見せに行ったのかな。そうしたら舟橋聖一さんがいましてね、三島さんと仲よく喋ってました。不思議なんだよね、この二人の仲がいいのは。浪曼劇場でやった再演の「薔薇と海賊」のパンフレットにも、舟橋聖一が文章を寄せてます。

松本　文士劇や伽羅の会でも交渉がありましたね。

和久田　舟橋さんは、三島さんの家に来るのにも、執事からいちいち電話がかかってきて、ただ今、大崎広小路をお通りになりました。あと何分ぐらいでお着きになります、なんて言うんだそうです。大袈裟な奴だって、三島さんは笑ってました。三島さんと自宅でお話しするのは、その三階の「おっぱいルーム」が多かったですね。

井上　「ブラジャールーム」と言うんじゃなかったですか？

和久田　三島さんは、「おっぱいルーム」って言ってた気がするなあ。一階や二階のいわゆるロココ風の感じとは全然違って、いわゆるモダンな、シンプルな装飾でしたね。あれは、UFOを見るために作ったんですよ。私ね、三島さんはひょっとしたらね、宇宙人じゃないかと思うんだ（笑）。とても人間とは思えないです。

井上　わかるような気がします（笑）。実際に会っていて、そう思う瞬間がありましたか？

和久田　いや、そういうじゃなくて、帰宅後ふっと思い出して、なんだか人間と会ったんじゃなくて、宇宙人と会って来たんじゃないかという気がしましたね。

井上　波長や感受性が、普通の人とは全然違うんでしょうね。

松本　それは人間としての存在感が希薄ということではなくて……？

和久田　いや、話の回転が早くて、われわれの十歩も二十歩も先のことを察するとかね。

山中　三島は芝居の稽古場などにもやって来ましたか？

和久田　あんまり来ないんですよ。

松本　そうですか。村松英子さんなんかは、三島から女優として育つよう目をかけられ、一所懸命頑張ったようですが。

和久田　そうですね。彼女は「班女」をやり、NLTの「サド侯爵夫人」でアンヌをやって、浪曼劇場ではルネをやるわけだけど、芝居らしい芝居をどういう風にやったらよいかということを、「リュイ・ブラス」でわかったんじゃないのかな。松浦さんには、相当しごかれてましたよ。中山仁もそうだったけれど。

松本　この劇あたりによって、ヨーロッパの芝居に匹敵するような演劇が日本で初めて上演された、と言ってもいいんでしょうかね？

和久田　そう言えると思いますよ。

山中　その意味では、三島の演劇活動を見ていく場合、普通考えられている以上に「リュイ・ブラス」なども重要なポイントになりますね。

和久田　そうですね。三島さんの不幸なところは、小説にせよ戯曲にせよ、人からあまり問題にされない作品に、問題が多いということで、「リュイ・ブラス」もそういう作品の一つですね。

松本　先ほどのシアトリカルということと関わるけど、西洋演劇の翻訳となると劇場という空間を通り越してしまいがちですね。三島は、翻訳であれなんであれ劇場にしっかり引き据えようとした。「リュイ・ブラス」は、そういう芝居として重要だと思いますね。

■「鹿鳴館」で初舞台監督

山中　「サド侯爵夫人」で成功し、「リュイ・ブラス」で「お芝居」のレッスンをして、そしていよいよNLTで「鹿鳴館」をやりますね。

和久田　「鹿鳴館」は私が舞台監督をやったはじめての作品なんですよ。非常に思い出の深い公演です。
山中　昭和四十二年、村松英子の朝子と中村伸郎の影山伯爵ですね。久雄は中山仁ですか？
和久田　そうです。
井上　ここで「鹿鳴館」を成功させるためには、それに先立ち「サド侯爵夫人」をやり、「リュイ・ブラス」をやっておく必要があったわけで、やはり満を持して「鹿鳴館」を迎えたというところがあるわけですね。特に、「鹿鳴館」は三島が文学座をやめて以来、杉村春子も演じることが出来ず、水谷八重子の芝居のような感じになっていましたね。それをあえて、村松英子と中村伸郎でやるというわけですから、なかなか挑戦的です。
和久田　でも、現場ではそういうことを考えている余裕はまったくなかった。いかに村松英子を、なんとか朝子らしくするかということだけで……。
松本　朝子は元芸者ですからね。どんなに「リュイ・ブラス」で「お芝居」のレッスンをしたとしても、村松さんのイメージとは、やはりちょっと違います。
山中　平成十五年に紀伊国屋サザンシアターで村松英子が「鹿鳴館」をやりましたが、その時のプログラムにご本人が、NLTの時には新橋の置屋に通って勉強した、と書いています。
和久田　確か三崎千恵子に稽古場にずっと来てもらって、着付け指導をしてもらいましたよ。ローブ・デコルテはいいんだけど、着物はどうにもサマにならない。
井上　「鹿鳴館」という芝居は、着物を美しく着る元芸者が、鮮やかな洋装に変身するというサプライズがないとね。
和久田　その通りです。衣裳に関しても、舞台稽古の前に、装置も照明もないいんだけどドレス・リハーサルをしましたらね、演出の松浦さんが「こんな鹿鳴館あるものか」ってカンカンになって怒りましてね。もっとも、衣裳の効果というのは、装置が出来て照明が入らないと、本当のところはわからない。ホリゾントが真白で地明かりだけのところで衣裳をつけても、チャチに見えるに決ってるんですよ。でも松浦さんの雷が落ちて、徹夜で衣裳の手直ししたり、村松さんは夜会の時のローブを自前で作り直したりしたんです。その時の衣裳考証は賀原さんでしたけど、私が舞台監督だから一切の責任は取らなきゃならなかった。本当に初日が開くのか、というぐらいてんやわんやでした。
山中　松浦さんという方は、演出に関してはかなり厳しい？
和久田　いや、これはね、時々雷を落として気持を引き締めて、いい初日を迎えさせるための深謀遠慮なんです。
井上　松浦はこんなことを言っていますよ。「鹿鳴館」の成果は上出来ではないが、中村伸郎の安定した演技を中心に、村松英子をはじめとする若手が死に物狂いで頑張り、作品に新しい息吹を吹き込むことには成功した、三島演劇の可能性を見出そうと務める若い俳優の熱意は充分に伝わったんじゃないかと。和久田さんのお話を伺うと、その辺りの雰囲気がリアルに感じられます。村松さん以外が朝子をやる可能性は、全く考えられませんでしたか？

和久田　考えられませんね。本当に綺麗でしたからねえ。

山中　その当時丹阿弥さんは？

和久田　アミさんは、もうNLTを抜けちゃってるから。役者の世界は難しいね。アミさんの旦那はネコさん、金子信雄ですね。ネコさんとハチ、賀原夏子ですけど、この二人は仲が悪いんだよ。これは文学座の時からだったみたいだね。

松本　本当は丹阿弥さんあたりが軸になって……。

和久田　そうなんですよ。ずっと居てくれなきゃ困る人だったんだ。「鹿鳴館」だって本当は、アミさんがやんなきゃいけないんだ。

井上　それはそれとして、「サド侯爵夫人」を別にすると、「鹿鳴館」はそれまでの三島戯曲の代表作ですから、これをNLTでやったことの意味はとても大きいですね。

山中　そして、次は書き下ろしの「朱雀家の滅亡」になるわけですね。

■劇団NLTから劇団浪曼劇場へ

和久田　昭和四十二年十月。「朱雀家の滅亡」はいい芝居でしたね。私はやはり舞台監督をやりましたが、快感なんだよねえ。ああいう芝居って、めったにない。春、秋、夏、冬の四幕でしょ。最初は春でツツジの花を舞台に出す。秋は楓、夏に戻って蔦や夏草、冬は雪を降らせるんです。松浦さんはね、その頃テレビで本物の雪みたいなものを降らせていたんだけど、三島さんはそうじゃなくて、歌舞伎の三角の雪じゃなきゃ駄目だよ、と言うんです。最後に村松君が十二単を着てお社から出てくる場面で、雪を降らせるんだけど、これも舞台監督としては嬉しいんだよね。

松本　幕が上がると、まず舞台が目に飛び込んできて、観客はわくわくする。四幕ともそういうところを計算しているんですね。天皇をめぐる問題劇、というよりも前に、そういう面があるんですね。

山中　芸術祭参加作品でもあるし、中村伸郎も好評だったようです。

井上　この時から「劇団NLT」を名乗るようになりますね。

和久田　「朱雀家の滅亡」の時にはじめて「劇団NLT」となり、松浦さんが劇団代表になるんです。松浦さんが、劇団にしようと言い出したんじゃなかったかなあ。

山中　それより前に、NLTを株式会社にして、雑誌「批評」と連携するというプランもあったようですね。三島と松浦と村松の「覚書」が残っています。

井上　一年前だから、「リュイ・ブラス」の頃だよ。あの

「覚書」には、もう一人外人のサインがあるんだけど、読めないんです。決定版全集に収録する時、新潮社から和久田さんに問い合わせが行きましたよね。

和久田　あの時はファックスでよく読めなかったんだけど、どうも私は、山崎春之さんだと思うんだけどね。

井上　外国人ではなくて？

和久田　そう。後に松浦さんは寺崎さんや山崎さんと株式会社鹿鳴というのを作るんだけど、これは劇団浪曼劇場のマネージメントをやる会社なんです。

山中　そういう会社があったんですか。

和久田　浪曼劇場になってからの話ですけど。「覚書」というのも、どうもそれと繋がってるんじゃないのかなあ。山崎さんというのは、寺崎さんの奥さんのお父さんですけど、駿台予備校の理事長なんです。

山中　だから浪曼劇場の事務所は、駿台のそばにあったんですか。

井上　いやあ、知りませんでした。そういえば、署名はYamazakiのようにも見えるかな……？

山中　如月小春の「俳優の領分―中村伸郎と昭和の劇作家たち」を読んでいたら、NLTから別れて「三島由紀夫劇団」をつくるという話もあったようですね。それは実現せず、幻の劇団に終わる。しかし結局、三島たちはNLTを脱退し、浪曼劇場を設立することになりますね。当時の新聞報道だと、文学座以来の賀原夏子らベテランに、若い俳優たちが付いていけなくなったのが分裂の理由だと言われていたようですが……。もっとも、後々には、賀原夏子なんかがやりたかったブールヴァール劇のような軽い喜劇の方向と、新しい演劇を目指すグループとの路線の違いによる、「幸福な別れ」なんだと言われるようにもなります。

和久田　この分裂は私にはさっぱりわからない。「朱雀家の滅亡」が終わって、その後、昭和四十三年二月に「デリケィト・バランス」をやりますね。そして、四月に東横劇場で「若きハイデルベルヒ」と「黒蜥蜴」をやってる最中に、脱退騒ぎが起きたんです。その時に、大神信君とか真船道朗君なんかも出ていたんだけど、彼らはNLTに残って、あとはみんな浪曼劇場の方に行ったんですよ。でもねえ、執行部が三人の研究生の首を切ったことに、若手や中堅からクレームがついたということがあったようですが、私なんか、全然そんな話聞いたことない。寺崎さんから、ねえワク、今度浪曼劇場を作りますから、君は来ていただきます、って言われただけなんです（笑）。本来なら私は、賀原さんとのつながりで、NLTに残るべきかどうか悩むところなんだけど、悩む前に、浪曼劇場に来ることになってるって言われちゃった。三島さんにも聞いたんですが、三島さんも、僕にもさっぱりわけがわからないんだ、と言ってました。それで、私が全員の脱退届けをNLTの事務所に持って行ったんですよ。そうしたら、ワクが持ってきたんじゃ受け取らざるをえないなあ、と言われました。
　これはたぶん、役者の世界は嫉妬や中傷が渦巻いているものですから、それに何かの調子で火が付いて大きくなり、とんでもないことになったということじゃないかなと思うんですがね。この分裂には主義も主張も何にもなくて、ただ単に三島さんを担いで、一つ劇団ができちゃったわけです。三島さんだってNLTに対して別に悪感情など持っていない。事実、NLTの岸田国士公演の時には、もう脱退後ですけど、パンフレットに寄稿してますし、賀原夏子のお母さんが亡くなった時、お通夜には行ってますし……。

■「わが友ヒットラー」の本読み

山中　その意味で、まあ三島由紀夫劇団という話もありましたし、分裂というよりもカラーを統一したかったということだったんじゃないでしょうかね。しかし、四十三年四月に浪曼劇場結成の記者会見をしてから、第一回公演「わが友ヒットラー」まで、間隔があいていますね。

和久田　「ヒットラー」が翌年一月になったのは、劇場を押さえられなかったからです。一方、NLTは六月に「マカロニ金融」をやり、十月に「牛山ホテル」をやっています。元々は六月に「皇女フェドラ」、十月に「わが友ヒットラー」をやるはずだったんですね。でも、スタッフも出演者も脱退して出来なくなった。だから三島さんも、「わが友ヒットラー」の執筆を二、三ヶ月遅らせることが出来た。

山中　劇場のスケジュールの問題だったんですね。「わが友ヒットラー」については、三島の本読みのテープを拝借させていただき、お蔭さまで決定版全集に三島の肉声を収録することが出来ました。

和久田　これは私が録音したんです。脱退届けを出しに行ったNLTの事務所のロッカーには、「サド侯爵夫人」の三島さんの本読みのテープも入っていたんで、よっぽど盗んで来ようかと思ったんだけど（笑）、持ってこなかった。その後、「サド侯爵夫人」のテープは所在がわからなくなっちゃいました。「サド侯爵夫人」と「わが友ヒットラー」は三島戯曲の二大金字塔なのに、片方の本読みしか残っていないのが、本当に残念でしょうがない。

山中　NLTに連絡して、倉庫など探していただいたのですが、行方不明のようなんです。

松本　「サド侯爵夫人」も和久田さんが録音したんですか？

和久田　そうです。「サド侯爵夫人」の時は出演者を集めてやったんだけど、「わが友ヒットラー」の時は、三島さんが何処かに行かなきゃならなかったせいか、役者を集める時間がなくて、三島さんひとりで、駿河台の事務所の一室で録音しました。原稿も、その時三島さんが自分で持って来たんじゃなかったかな。それを私がコピーしたんです。この原稿で、書誌学的に気をつけなければいけないのは（笑）、登場人物名が「シュトラーサー」になってることです。劇団の台本も新潮社から出た単行本も「シュトラーサー」です。再版ではじめて「シュトラッサー」になった。なぜかって言うと、稽古場にヒットラー・マニアの高校生が来てね。

山中　ああ、後藤修一さんという方ですね。

和久田　そう。その時、三島さんもいたんだよね。その子から、これはシュトラッサーですよ、って指摘を受けたんです。それで原稿のコピーのここに、三島さんが直しを入れたんだったと思うんだよ。

山中　後藤さんという方は、「文学界」に「わが友ヒットラー」が出た時、時代考証の間違いを劇団に指摘して、それがきっかけで浪曼劇場に来て、色々協力するようになったと何かで読みました。三島も「週刊新潮」に、ドイツ・ロココの資料とか、官邸の地図などについて、資料提供を求むというような記事を出してましたね。

松本　本来は前年の十月に上演されるはずだったとすると、ちょっと感じが変わりますね。「わが友ヒットラー」の初日と東大の安田講堂の攻防戦の初日が同じ日だったということがよく問題にされるけれど、これは予定が狂ってそうなったんですね。最初の予定どおり四十三年の十月だったら、川端のノーベル賞受賞や、10・21の国際反戦デーと時期的に重なる。

井上　四十三年は、はじめて学生を連れて自衛隊に体験入隊する年ですし、スケジュール的にも非常に厳しい時期です。

和久田　そうですね。その頃、和久田君、事があったら俺は楯の会の連中と斬り込みに行くけど、女房と子どもは車に乗せて山のほうに逃げてくれよ、なんて言われましたよ。

井上　真顔でですか？

和久田　いや、半分冗談ですけどね。

山中　稽古場に楯の会の制服で来ることなんかありましたか？

和久田　ありませんね。ただし、「わが友ヒットラー」の初日のカーテン・コールの時は、制服を着て来ました。楯の会の連中も来ていましてね。それがこの写真（写真2）で、三島さんはむこうを向いてます。私も真ん中にいます。

山中　村松剛の姿も見えますね。この日は芝居の前に楯の会の例会があって、会の終わりに三島が希望者をつのって連れてきたそうです。カーテンコールで三島が楯の会の制服姿で舞台にあがって挨拶したのですよね。写真を見ると会員達も舞台にあがってますが、彼らははじめから舞台の袖にいたんですか？

和久田　いや、客席から上がってきたんじゃなかったかな……。私が三島さんと一緒に撮った写真は、これと私の結婚式の時のしかないんです。

写真２　浪曼劇場「わが友ヒットラー」初日（カーテンコール後の一場面）

山中　結婚式はいつですか？

和久田　四十四年の十一月六日です。場所は東京会館、三島さんは君が代を歌ってくれました。

井上　その頃三島は傷心の時期じゃないですか。10・21は不発に終わって、これから楯の会をどうするか迷いの時期ですね。

和久田　式のことは、もう半年も前に頼んでいますからね。そうしないと、あの人は忙しいんでね。それにしても、「わが友ヒットラー」の後、三島さんはもう一切芝居を書いてないわけですよ。監修は、やはりシアトリカルということで「皇女フェドラ」をやりましたけど。四十五年の二月に「クレオパトラ」もやったけど、三島さんの名前は何にも入っていない。

井上　和久田さんの結婚式の前日の五日、この日が初日の「椿説弓張月」がありますが、これは歌舞伎だから別とすると「癩王のテラス」がありますね。

山中　七月の「癩王のテラス」は浪曼劇場と雲と東宝の提携公演で帝劇の大舞台ですよね。

井上　でも、これも元々は昭和四十二年頃から考えていた芝居なので、そうしたことを考えると、新劇の仕事は、事実上もう終わりなんですね。

■追悼公演「サロメ」の演出

和久田　浪曼劇場では、四十五年の二月に「クレオパトラ」をやり、五月に「デリケィト・バランス」と「ヴァージニア・ウルフなんか恐くない」をやったんですが、本当は「ペレアスとメリザント」をやる予定だったんです。これは、三島さんの潤色になるはずだったと思います。そして、十月は三島新作書下ろしという予定だったんですが、既に三島さんは、時間的に余裕がなかった。

山中　三島は関わっていないですが、浪曼劇場の「デリケィト・バランス」と「ヴァージニア・ウルフなんか恐くない」は同じ舞台装置で違う芝居をやり、「クレオパトラ」も新しい実験的な装置にするなど、色々工夫があったそうですね。

和久田　「クレオパトラ」は金属的なステージにしようというんで、張り物も銀色みたいにしたんです。でも、あれは照明から言わせると、ハレーションが起きちゃって困るんだよね。

山中　この辺は、松浦さんの意図ですか？

和久田　そうです。この時期になると、三島さんは劇団のことにはノータッチです。

松本　浪曼劇場で「薔薇と海賊」をやったのは、いつでしたか？

山中　昭和四十五年十月二十二日から十一月三日で、その後二十三日まで地方公演です。新作書下ろしの代わりということになりますかね。

松本　その舞台を見て二度泣いたとのことですが、その場をご覧になりましたか？

和久田　私は舞台袖にいたんで見てないんです。だけどね、「薔薇と海賊」をやったのは松浦さんの意向で、三島さん自身は、新作の代わりに四十六年の二月に俺が「サロメ」の演出をするよ、と約束してくれました。四十五年の春頃でしたね。ほかに、もう少し前のこと、「朱雀家の滅亡」の後ぐらいだったかなあ、剣道の道場が舞台で、道場の窓から春夏秋冬の移り変わりを見せて、若い女が一人いて、他は全部男という芝居をもう書こうかなというようなことを、三島さんが言っていたような記憶がありますが、実現しなかったですね。

松本　そうですか。それでは、いよいよ「サロメ」のことを伺いたく思います。三島の最期を考えるのには、市ヶ谷とこの「サロメ」を一対にして考える必要があると、わたしは「三島由紀夫　エロスの劇」(作品社)で書いたんです。その視点を出すことによって、わたしなりの三島観は提示できたとの思いを持っています。ただし、その舞台は、当時大阪にいて、見ていないんです。

和久田　三島さんは間違いなく、「サロメ」を自分の劇場葬にしようとしていたと思うんです。公演中は舞台の両脇に孔雀の香炉を置いて香を絶やさないという演出指定があるわけで、これは全くの葬儀なんです。だから、サロメが頬ずりするヨハネの首は、もう三島さんの首です。

山中　お香は客入れのときから焚いているんですか？

和久田　そうです。文学座の時は無かったんですがね。普通の線香ですが、劇場の中にその香りが広がった。

山中　やはり事件の直後で、生々しいでしょう。

和久田　観客だって井戸から生首が出てくれば、どうしたって三島さんの首とオーバーラップしちゃう。

山中　俳優の中に、演ずることに動揺とか拒否反応的なものはなかったですか？

和久田　いやあ、あったかもしれません。

松本　具体的な打ち合わせは、いつ頃からなさったのですか？

和久田　十月二十五日に三島さんは劇団に来て、役者を集めてオーディションをやり、これ（写真3）を読ませて、キャストを選びました。女の子は水着でした。これはマスコミ用のカタログですが、その写真にオーディションの感触を三島さんが書き込んでいます（写真4）

山中　これは面白い。サロメ役の森秋子やヨハネ役の内田勝正の写真にも、書き込みがありますね。

松本　文学座での「サロメ」と比べると？

和久田　基本的には同じですが、登場人物を集約して少なくしました。この角川文庫版の日夏耿之介訳（現物を見せる）の

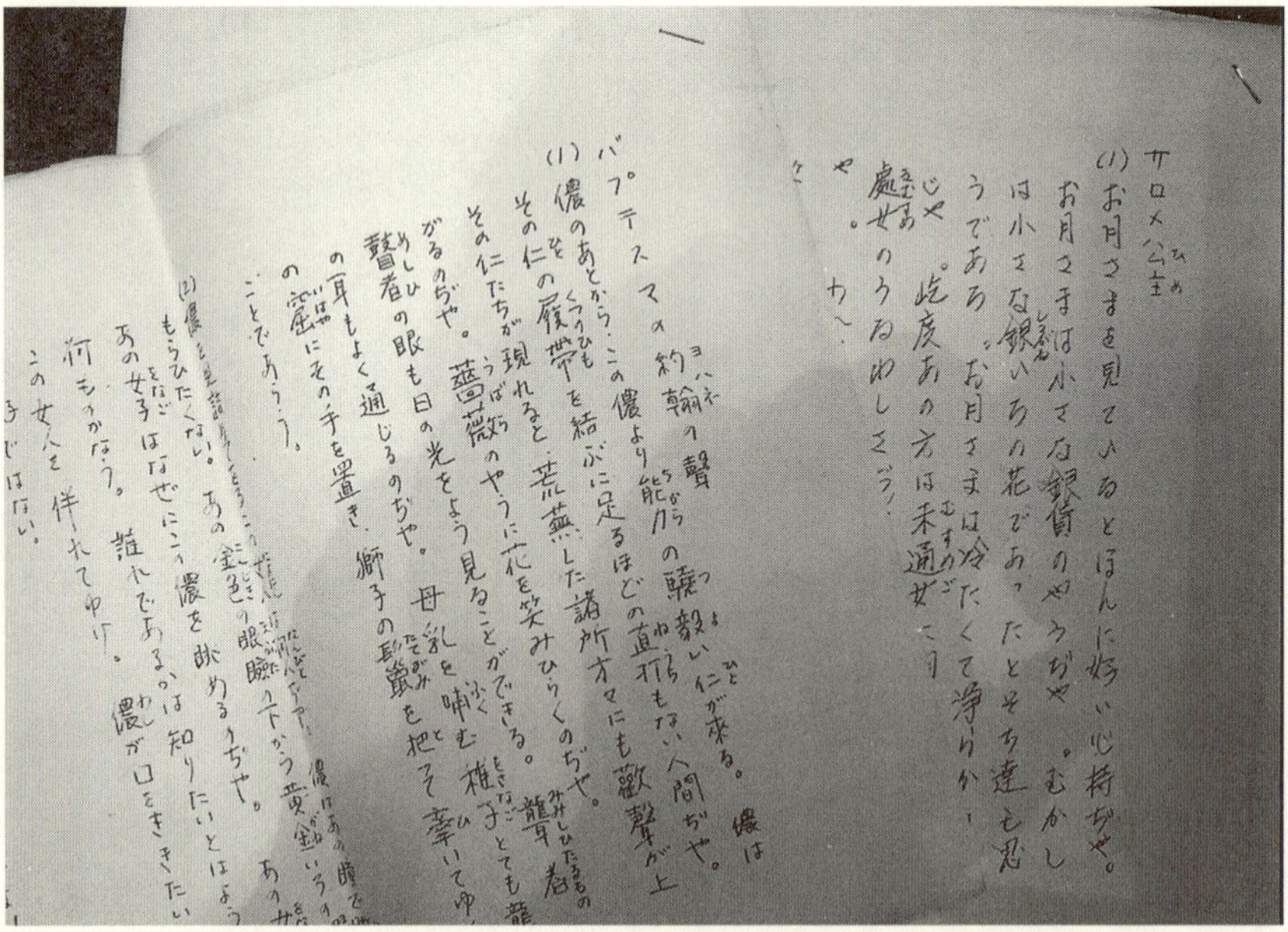
サロメ公主《ひめ》
(1) お月さまを見てゐるとほんに好い心持ぢや。
お月さまは小さな銀貨のやうぢや。むかし
は小さな銀いろの花であったとそち達も
うであろ。お月さまは冷たくて浄らか。
じや。屹度あの方は未通女《むすめご》で
處女《おとめ》のうるわしさぢや。
(1) バプテスマのヨハネ
儂のあとから、この儂より能力《ちから》の饒《ゆたか》い人《ひと》が来る。儂は
その人の履紐《くつひも》を結ぶに足るほどの値打もない人間ぢや。
その人たちが現れると、荒蕪した諸所にも歓声が上
がるのぢや。薔薇のやうに花を笑みひらくのぢや。
盲目の眼も日の光をよう見ることができる。
の耳もよく通じるのぢや。母乳を哺む稚子とても
の窟にその手を置き、獅子の鬣《たてがみ》を把って牽いてゆ
ことであらう。
あの女子《をなご》はなぜに儂を眺めるのぢや。
何ものかなう。誰であるのかは知りたいとはよう
この女人を伴れてゆけ。儂が口をききたい

写真3　「サロメ」オーディション時に使用したセリフ抜き書き

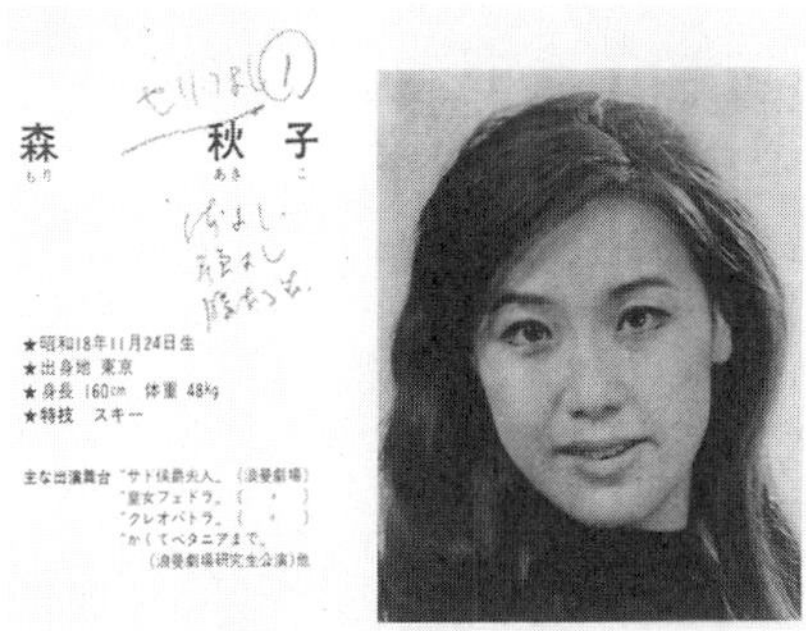

写真４　浪曼劇場マスコミ用宣材（部分）への三島の書込み

セリフに三島さんが手を入れて、上演台本を作ったんです。装置も、以前は下手がバッーと階段になってましたが、今度は三段しかない。

松本　オーディションの時に、三島は「サロメ」上演の意図などについて、何か言っていましたか？

和久田　いや、衣裳は細野久にやらせようとか、七つのヴェールの踊りの振付は誰がいいかな、というようなことです。文学座の時は県洋二さんでしたが、今度は吉村雄輝はどうだろうって松浦さんが言ったら、ああ、雄輝さんなら面白いと三島さんも言って、すぐ電話しようということになった。

井上　すると地唄舞なんですね。音楽はシュトラウスの「サロメ」からで、それを地唄舞でやるんですね。

和久田　面白い話があって、そのシュトラウスの音楽をテープに録音して送ったんですが、ハイスピードで録音したんです。それを知らずに聞いた雄輝さんが、えらいものが来よったなあ、二十分もよう踊れまへんでえ……、と言ってきた。よく尋ねると半分のスピードで聞いてるんです。大笑いでした。でも、舞は面白くて、文学座の時の岸田今日子さんの踊りとは随分違う。森ちゃんは大阪の雄輝さんとところに稽古に行ったり、私も行ったし、上野にも雄輝さんの稽古場がありましたので、そこでもしょっちゅう稽古してました。

山中　森秋子は、その後三島の小説「音楽」の映画化に出演したりしていますね。

和久田　そうでしたか。それから十一月二十一日の晩に最後の演出打ち合わせをしようというんで、三島さんのお宅に行ったんです。その時三島さんが描いた舞台のセットの絵のコピーがこれです（写真５）。ビアズレイの大阪の画集の何番目の図版を使うという指示もあります。ビアズレイの絵が全面に入るんですね。装置を三十万円、衣裳を四十万円でやると書いてありますね。この予算は三島さんの遺言ですからと、大道具にも衣裳にも言ったんですけどね。こちらはサロメのヴェールを脱ぐ順番を指示した絵ですね（写真６）。ヴェールは黒白のレースですが、黒はいいものがなくてフランス製を用意したので、四十万円をオーバーしました。装置はビアズレイだけど、踊りに関してはモローみたいな方がいいなと、三島さんは言ってました。

松本　ギュスターヴ・モローの「出現」ですね。ビアズレイとモローとでは、随分違うけれど、動きを考えると、そうなるのかな。

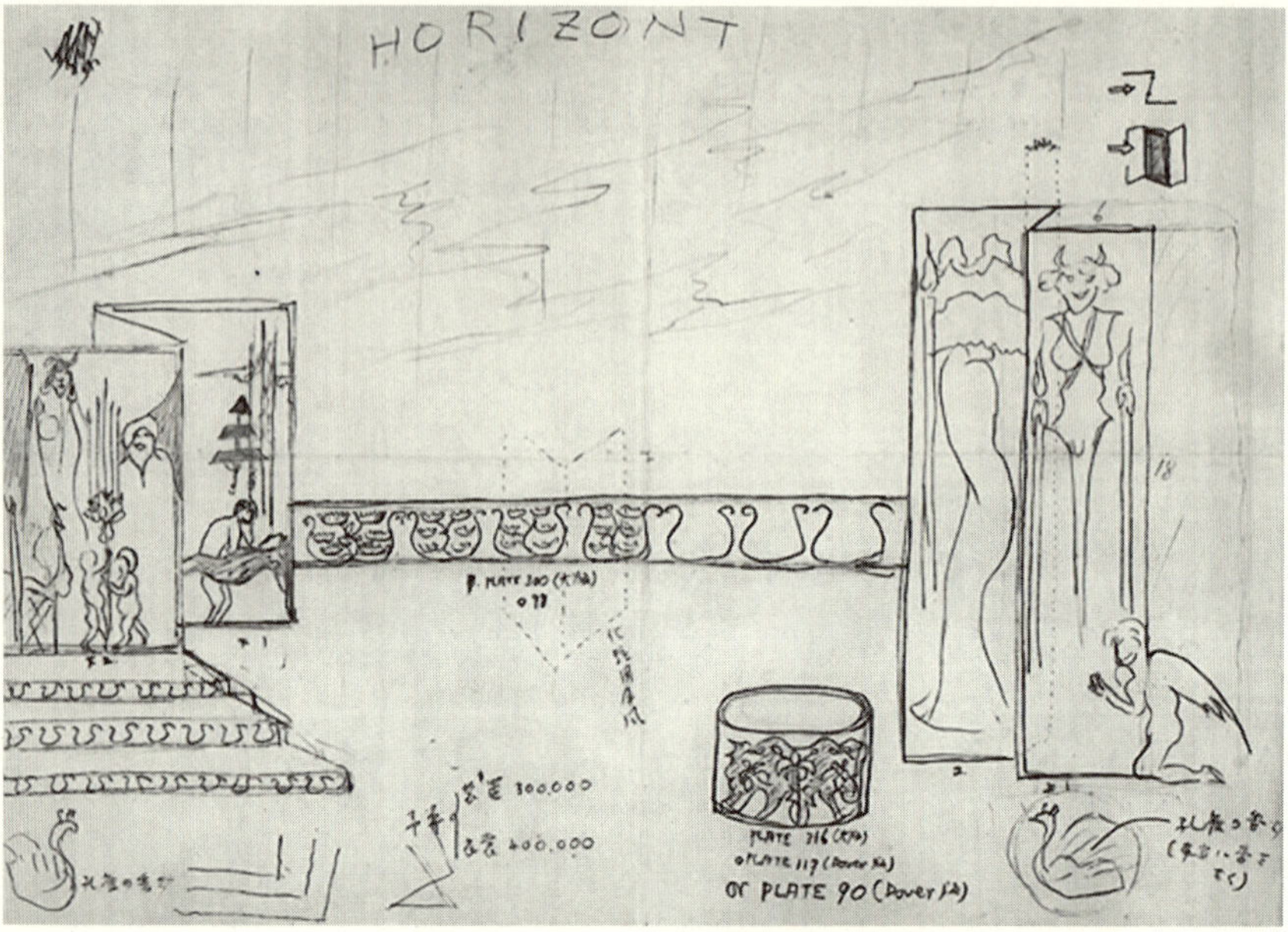

写真５　三島による舞台装置案スケッチ

山中　文学座の時と同じように、踊りの前に幕間を入れたんですか？

和久田　そうです。「陛下さま、さあ首《はじ》めまするぞえ」というサロメの台詞で幕を下ろし、休憩を挟んで、幕が上がると、すでにサロメがいて、舞い始める。

山中　装置はやはりすべてモノクロで？

和久田　そう、小道具から衣装まで何から何まで、林檎もバナナも、すべてモノクロです。

山中　そこまですべて黒白でやったんですか。でも、血は赤なんですね。

和久田　そう、血だけは赤。ただ、ホリゾントはブルーです。

井上　月はどうしましたか？

和久田　私は舞台に月を出すのは嫌ですと言って、客席の側にあることにしたんです。それから音楽はヴェールの踊りの場面だけに使うことにした。そんな相談をして、十一時、十二時くらいまでかかりましたかね。

山中　その時の部屋は「おっぱいルーム」ですか？

和久田　そうです。あの部屋の壁がくり抜いてあって、そこに翻訳された三島さんの本がずらっと並んでましたね。三島さんの裸の彫像のミニチュアも置いてありました。これが俺の肉体で、こっちの本が俺の精神なんだよ、と言ってました。「癩王のテラス」の模型も置いてありました。私は三島さんに、この彫像は女性的ですね、って悪いことを言っちゃった。

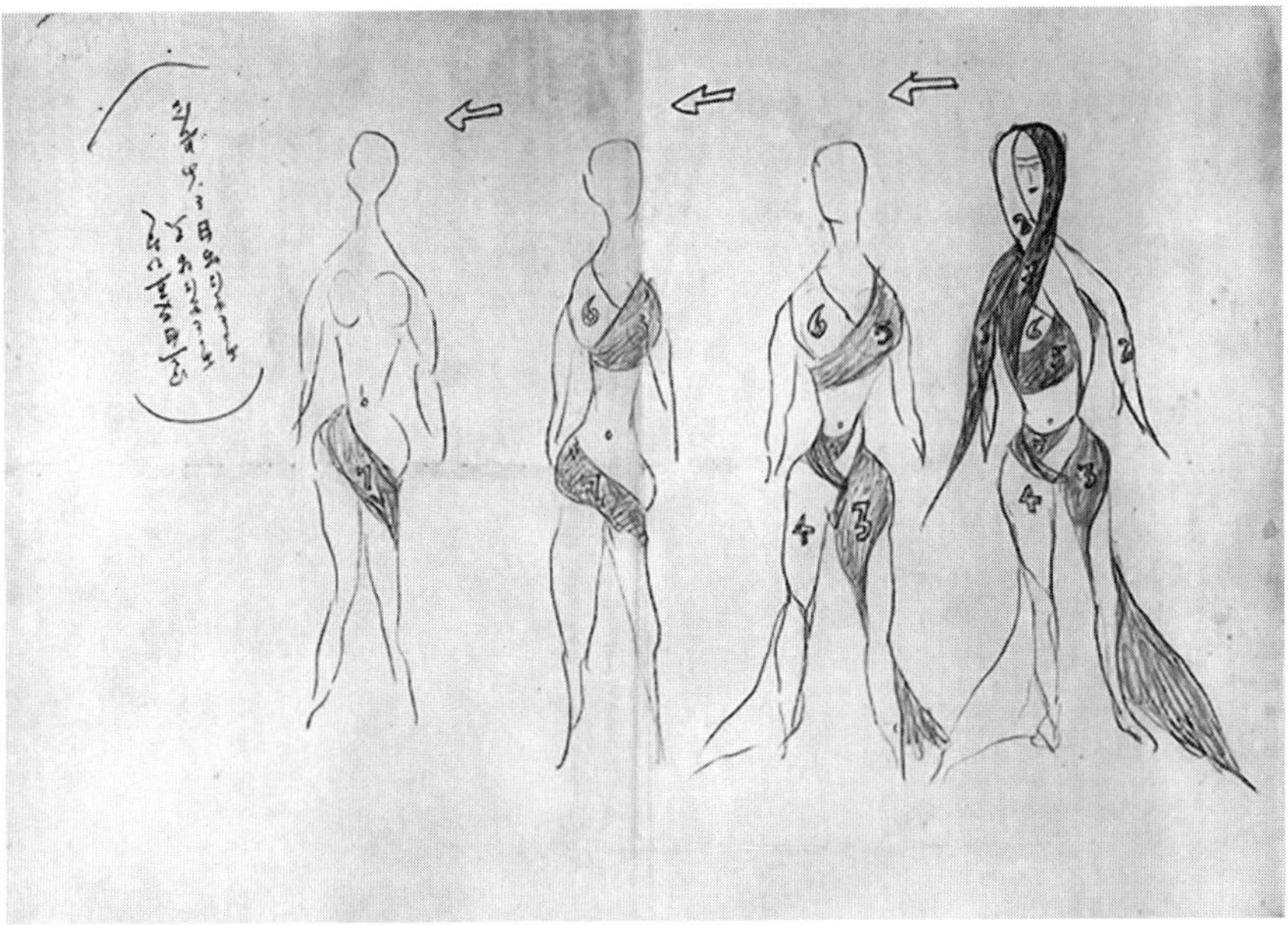

写真6　三島によるサロメ衣裳指示

山中　この間の神奈川県立文学館でやった三島展で展示されていたブロンズ像のミニチュア版ですよね。確かにあれはなだらかな感じの彫像ですね。

■震えていた三島

山中　その時、十一月二十五日のことなど思いもしませんよね。

和久田　その日、私は寝てるところを叩き起こされたんですが、何も考えられませんでしたね。すぐ劇団に行きましたが、どうしようもない。三島家に行って通用口の門番をやりました。正面の扉は締めて、奥さんも絶対出てこないし。講談社の榎本昌治さんなんかが、あの場を仕切ってくれました。奥さんには、ずいぶん前からなにか予感はものすごくあったんだと思います。あとで、劇団の稽古場で劇団葬をやりました。ただね、「サロメ」は三島さんの演出で私が演出助手ってことになっていましたが、松浦さんは、とんでもない、本当は俺がやるのがあたりまえだ、って言うんですね。私は呼びつけられて、お前は若くてこれからいくらでもチャンスはあるんだから、「サロメ」の演出は諦めてくれ、と言われたんですよ。そう言われれば、松浦さんは私の先生ですし、わかりました、と答えたんです。ところが、奥さんが、「サロメ」だけは何としても主人の遺言なんですから、ぜひ和久田さんにやって戴きたい、と言って、松浦さんも折れて、演出ではなく公演責任者という役割になったんです。松浦さんは、この年の九月に「朱雀家の滅亡」の演出をやって、それを追悼公演にしたんです。

井上　そういうことがあったんですか。

和久田　私はね、この松浦さんとのことがあって芝居が嫌になって、それで芝居をやめちゃった。

松本　ある意味で、和久田さんは三島さんに殉じたんですね。

山中　支柱的存在を失ってしまって、浪曼劇場自体も昭和四十七年の「地球はまるい」で終わりになった、ということですか?

和久田　そうです。解散ですね。でも、その時のことは私はもう全然知らない。演劇の質が昭和四十年代にすべて変わってオーソドックスというものがなくなりましたから、私もそこでやめてちょうどよかったんですよ。

松本　松浦さんにとっては、三島の最期が重荷になったということはないでしょうか?

和久田　あっただろうね。三島さんが亡くなった時、松浦さんはアメリカに行っていましたからね。それまで三島と手を携えて芝居を作ってきたのに、何の一言も無く逝ってしまったのは何なんだ、という思いがすごく強かったんでしょうね。だから私に対しても、あんなことを言ったんだと思うんです。その気持はわかるんです。

井上　三島と松浦のコンビとよく言いますが、実のところ、

松浦演出の特質は三島演劇にどのように生かされているのか。その核心が、もう一つピンとこないところがありますね。

和久田　さあ、三島さんはどういうふうに思っていたのかなあ。松浦さんは商業演劇を毎月のようにやっていましたからね。そういう仕事と、文学座などでの仕事との関係についてもね……。

松本　和久田さんの立場も複雑ですね。それにしても、演出家として「サロメ」をやったということは、強烈過ぎる体験ですね。

和久田　そうです。なぜ三島さんは私を演出助手に選んだのか。私でなくても、寺崎嘉浩さんや水田晴康さんがやったって、一向におかしくないんですがね。じゃあ、私がどれだけの舞台を作れたかというと、忸怩たるものがあります。

松本　舞台の評判はどうだったんですか?

和久田　とにかく「サロメ」をやるということ自体に、ニュース・バリューがあったわけで、演劇的成果はまったく問われませんでした。

山中　やはり三島事件の反響に掻き消されてしまったようなところがあったのではないですか。

松本　残念ですね。ことに和久田さんにとっては最後の演出になっただけに。その舞台を見たい、と痛切に思います。せめて吉村雄輝振り付けの舞が見たいですね。しかし、無責任なことを言いますと、そもそも「サロメ」は、どう工夫して

も芝居としては上手く出来ないんじゃないですか？

和久田　たしかに中途半端な芝居なんです（笑）。まともにやってもなかなか芝居として成立たないんで、ずいぶんいろんな演出が試みられてますね。

山中　アクが強すぎるんで、それなりの凝ったことをしないと駄目なんでしょう。

松本　劇的構成が弱い。それに一方の軸になるヨハネが井戸の中じゃねえ。三島はなぜあんなに拘ったんでしょう？

和久田　やっぱり、自分自身の葬式なんですよ。

井上　それに「サロメ」は三島がごく幼い頃から強い関心を抱き続けた作品ですね。それを、最後にまたやったところに、大きな意味があるんじゃないでしょうか。また、劇的構成が弱いという点ですけど、僕は必ずしもそう思いません。サロメは若い女の官能を代表する。ヨハネは超越的な信仰を代表する。ヘロディアスは現世を生きる女のしぶとさを代表し、ヘロデは権力を持つ男の孤独と愚かさを代表する。この三竦みならぬ四竦みの緊張関係が、非常にダイナミックだと思う。この血みどろのダイナミズムを、えげつなく扱うのではなく、様式化するところが魅力なのではないか。

この世ならぬ声を月から伝えるサロメと地下から伝えるヨハネとの垂直の対立軸と、現世におけるヘロデとヘロディアスとの水平の対立軸が交差するダイナミズムと言っても良い。

松本　そういうふうに理屈では解釈出来るだろうけれど、実際の舞台となるとね。普通の芝居とは違って、なにか過剰なものがある。台詞であれアクションであれ、どうもうまく咬み合わないまま進む。そこに、なにかが出て来るのかもしれない。

和久田　演出家は、あまり解釈し過ぎちゃいけないんです。三島さんも、演出であれこれするのじゃなくて、台詞を中心にするのが基本でした。

松本　和久田さんは、三島は自分の劇場葬にしようと意図したとおっしゃった。そのとおりだと思いますが、ただの葬儀ではありませんね。なにしろ血がたっぷり流され、生首が出るんですから。血が流され、生首が出るとなると、犠牲が供され、甦りが祈られる儀式じゃありませんか。市ヶ谷では「七生報国」と書いた鉢巻きをして、死ぬけれど、こちらで甦る。少なくとも芸術家として甦る願いを込めている、と私には思われてならないんです。

和久田　なるほど。「椿説弓張月」の最後、為朝が白馬に跨って昇天するのも、そうでしょうね。

松本　そうなんですよ。三島の最後を、市ヶ谷とすると、芸術家三島に親しんできた者としては納得しきれない。再生の祈りを込めた劇場葬と、一対にして捉えると、腑に落ちるんです。多分、映画「憂国」の展開でもあるでしょう。当時としては生々しすぎて、そうと受けとれなかったでしょうが。

和久田　三島さんの意図がどうであったか、私には分かりませんが、なるほどなと思います。

松本　最後にもう一つ、三島について忘れられない思い出を、ぜひお聞かせください。

和久田　「サロメ」の最後の打ち合わせを、十一月二十一日の晩にやったとお話しましたね。その後、三島さんが飯でも行こうと言って、奥さんが運転する車で六本木の福鮨に行きました。テーブル席に、三島さんと奥さん、おふたりと向き合って座って、ご馳走になったんですが、そうしてねぎらってくださったんですね。

井上　三島は福鮨にはよく行っていたようですよ。

和久田　その時私が車の中で、「豊饒の海」が終わったら、何を書くんですかと聞いたら、それを聞くのはわが家ではタブーなんだ、あとは死ぬしかないじゃないか、ワハハハ……、と三島さんは答えました。それから、帰りの車の中で三島さんが、しきりに寒い寒いと言い出して、助手席で震えるように縮こまったんです。確かに寒かったですが、震えるほどではなかった。それを、運転する奥さんが気遣っていました。

松本　……それは、やはり精神的なことからだったかもしれませんねえ。

和久田　そうだと思います。そのことをよく覚えています。

松本　家族を除いて、和久田さんは最も身近におられた。そして、本人からも奥さんからも、芸術家としての独特な葬儀を託されたんですね。本当に貴重なお話を有り難うございました。

■解題

和久田誠男（わくたしげお）氏は、昭和十六（一九四一）年満州生まれ。早稲田大学文学部仏文科在学中に、自由舞台（早稲田小劇場前身）に参加。昭和三十九年、正式メンバーではないもののグループNLT創立に立ち会い、同年四月の日生劇場公演「シラノ・ド・ベルジュラック」にて松浦竹夫の演出助手を経て、同年六月からの草月実験劇場提携公演「鍵穴」「女中たち」ではじめてNLTの公演に演出助手としてクレジットされる。その後は「弱法師」で演出助手、「鹿鳴館」「朱雀家の滅亡」で舞台監督を務め、昭和四十三年四月の劇団浪曼劇場設立に参加。「わが友ヒットラー」で舞台監督を務めた他、NLT以降の三島の演劇活動を側面からスタッフとして支え続けた。また、昭和四十六年の三島追悼公演「サロメ」では、生前の三島より演出補を指名、三島自決直前まで打ち合わせを重ね、三島死後の演出を託された。昭和四十七年の浪曼劇場解散後は演劇活動から離れ、平成五年、馬込に古書・天誠書林を開業し現在にいたる。なお、座談会でも触れているように、『決定版三島由紀夫全集42』収録の「わが友ヒットラー」自作本読みテープは、和久田氏が所持されていたもので、同巻解題に当時の回想文を寄せている。

（山中剛史）

特集　三島由紀夫の演劇

三島劇のために

今村忠純

岸田國士の七つの劇「ぶらんこ」「紙風船」「驟雨」「屋上庭園」「隣の花」「犬は鎖に繋ぐべからず」「ここに弟あり」をリミックスした「犬は鎖につなぐべからず」を、この五月十日から六月三日まで、青山円形劇場で上演するのは、ナイロン一〇〇℃という劇団です。

そのプログラムに寄稿した文章を、私はこんなことから書き始めました。

――岸田國士は、現代演劇の父といわれている人、現代演劇の土台をつくった巨大な先覚者です。別にいえば演劇（芸術）とはなにか、という問いに対してゆるぎない理論を確立した人です。

父といえば、去年の暮れの十二月十七日にお亡くなりになった岸田今日子さんは、岸田國士の二女であり、生粋の「新劇俳優」でした。現代演劇が求めているもの、それはヒューマンに通じる真のヒューモアを解しうる今日子さんの洗練された都会的な知性でもありました。

北軽井沢にお住まいの詩人、童話作家の岸田衿子さんが今日子さんのお姉さんで、アニメ「フランダースの犬」や「アルプスの少女ハイジ」の主題歌《テーマソング》の作詞もなさっている人、といえば、ああ知ってる、知ってると大勢が声をあげるでしょう。衿子さんは「かばくん」「ジオジオのかんむり」のヨーロッパでも親しまれている名作絵本の作家でもあります。

岸田國士の名前は、演劇界の芥川賞といわれる岸田國士戯曲賞によっても知られている。

さて、そこで現代演劇の父である岸田國士のことです。岸田國士は、理想主義的な展望にもとづいて、現代演劇のあるべき未来を説きつづけた人でした。現代演劇に対して、いちばんはじめに理論と実践の両面から鋭いメスをいれ、勇敢な改革を試みた人です。

岸田國士のめざしたのは「語られる言葉」の美です。「言葉」を通じての演劇美の確立でした。

そもそも日本の「新劇」の、つまり「新」しい劇の中心は、思想（問題）の啓蒙にありました。現代演劇のはじまりがそうだったのです。そのせいで、演劇の本質である「語られる言葉」の美、劇的文体がおろそかになってしまった。

　岸田國士の劇とは、劇の種類もことなり、また時代もくだりますが、ロマンチック演劇の復興を提唱し、三島由紀夫の強調していたこともまたそのことに通じていました。日本の新劇から教壇臭、優等生臭、インテリ的肝っ玉の小ささ、そういうものが完全に払拭されないと、劇はおもしろくならない、と。三島由紀夫の自死は一九七〇年。前年の一九六九年は、年頭から「日本人のへそ」が演劇の話題をさらっておりました。この劇の作者井上ひさしもまた演劇の「言葉」の復権を説いていたのです。新劇の劇場に演劇がないのは、そこに生き生きとした「言葉」がないからであると明言していました。つまらなかった現代演劇が、がぜんおもしろくなったのは井上ひさし劇の出現からです。しかしその井上ひさしもこういっていました。「現在の劇作家は、まだ岸田さんのてのひらの上という感じもします」「岸田國士は、常に新しい存在です」と。

　思想の伝達に重きをおいた劇理念から、おもしろい劇が生れるわけがありません。劇の「言葉」は、いきおいスローガンやイデオロギーのための道具となり、感情の絶叫になってしまうからです。また劇の「言葉」が、「境遇説明」や「性格描写」のための、さらに劇の「物語」「筋」を売るための「非」劇の「言葉」になってしまうからです。

　劇は劇以外のものではない、劇が他のなにものでもない証拠は、演劇の「言葉」が「語られる言葉」の美として書かれているか、書かれていないかというその一点にある、と岸田國士はいっていたのです。「言葉」の感覚を研《みが》いてこその劇なのです。劇は「言葉」の芸術です。

　なるほど劇は各人各説です。あれも劇、これも劇、みんな劇でしょう。ですから劇が思想を伝達するのも、それはそれで結構なのです。しかし、しかしです、劇的文体をないがしろにして何かを訴えても、それでは劇ならざる劇になってしまう。ところが、その劇ならざる劇もまた劇なりと断じ、おもしろがる見物がいるから、当今、話はますますややこしくなってしまう。——

　以下の稿に続けて、ひととおりさきの七つの岸田劇に言及したのですが、その一方では三島劇についての解説が多少なりとも別にどうしても必要であることを痛感していました。三島由紀夫もまたこのようにいっていたのですから。現代日本語による劇の当面しているもっとも重要な問題は、言葉ないし文体の問題である、と。

　しかし三島由紀夫は、現代の劇がおもしろくないこと、それは劇の言葉に問題があるからだ、と、いっていたのではなかった。別にいえば三島が現代の劇と劇の言葉の問題とをけっして同日のものとして論じたことはいちどもなかった。もっといえば、三島の劇の文体ははじめから解決ずみの問題だったのです。劇の言葉、劇の文体についての三島の言及は、現代の劇がおもしろい、つまらないなどということとは別のところにありました。もともとヴェクトルがことなるのです。

次のような引用が、きっとそのことを説明しているとおもいます（「芝居と私」一九五一）。


「地獄変」の脚色に於ては、浄瑠璃の正本を模した擬古的文体に拠つたので、久しぶりに、私は戯曲を書く上に、文体の困難にぶつからずにすんだが、その代り、現代にあつて、擬古文を書くといふことの、生理的違和感はどうしやうもなかつた。だから出来上つて、本読みの途中で、（こんなことは自慢にならないが）、脳貧血を起こしかかつたくらゐである。


つまり三島の眼中には、劇的文体といえば浄瑠璃正本の文体（擬古文）にしかなかったのです。現代日本語で現代の劇を書くなどということは、はじめから断念していました。というよりも、現代の劇を書くのにあたり、現代日本語は、三島の念頭にはまったくありませんでした。劇の言葉といえば、三島にとってそれは韻文（劇）であり、「劇」詩でありました。しかもロジカルな劇言語以外のものではなかったのです。

そこで三島は、旧い「新劇」ではなく、まず新しい「旧劇」を、日本の現代劇に求めたのです。三島にとっては、その道だけが旧い「新劇」から新しい「新劇」に通じる道だったからです。

もうすでにお分かりいただけているとおもいます。ここであらためて私があえて「旧劇」というのは、日本の演劇伝統としての浄瑠璃（歌舞伎）や能だけをさしているのではありません。ヨーロッパにおける二十世紀の演劇芸術、たとえばスタニスラフスキーとアントワーヌと、さらにコポーにいたるまでにヨーロッパがちゃんともっていた「旧劇」（たとえばそれはラシーヌ劇やユゴー劇にあたるでしょう）を、日本の旧い「新劇」はもっていなかった。

演劇の近代化が、歌舞伎の改良に始まったことは知られているとおりです。そのポイントは「全ク教ヘノ一端トモ成ルベキスヂヲ取仕クミ可ク申スヤウ」、さらに「狂言綺語ト云ル言ヲ廃スベシ」ということにありました。が、しかし日本の旧い「新劇」の中心にもまたこのような思想（問題）の啓蒙がもちこまれてしまった。

けれども思想（問題）の啓蒙のもちこまれるそれ以前に日本の近代は、「ラ・トスカ」や「ル・シッド」「エルナニ」、また「ヴィルヘルム・テル」や「ラ・トラビアタ」など、いわばヨーロッパの「旧劇」にあたる数多くの劇、その翻案劇をもっていたのでした。かえすがえすも残念だったのは、その十九世紀末から二十世紀初頭の翻案劇の時代から、旧い

「新劇」の時代へと、つまり小山内薫の自由劇場は、イプセンをはじめとする翻訳劇の時代にいきなりシフトしてしまったことなのです。

　演劇の近代化の「新劇」における歴史の、そのようなねじれに対してのもっともラディカルな批評が三島劇にはあったのです。三島由紀夫がフランスのロマンチック演劇の復興を提唱した歴史的なコンテクストには、そのねじれの大本をさぐり、そこからの出発があらためて三島劇に目論まれていたのにほかならなかったのです。「ロマンチック演劇の復興」（一九六三）を引用しておきます。

> 　私は日本の新劇が、今日に限らず、アンチ・テアトルばかりを追つかけて来たと思ふのである。これは日本の新劇の成り立ちが、歌舞伎劇のやうな立派なテアトルに反抗してはじまつたことにもよるが、「何がテアトルか?」といふ問題を深くつつ込まずに、チェホフのやうな当時のアンチ・テアトルに走つたことから、多くの写実主義的心理主義的偏見が、演出上にも演劇の上にも生じた。チェホフに比べれば、イプセンなどは（「人形の家」を見よ）、自然主義の芝居とはいへ、はるかにテアトル的である。
>
> 　そして劇場的《シアトリカル》といふ点では、日本も西洋も大してちがはないといふのが私の意見で、一例が「ラ・トスカ」の初演は、五百人もの役者を舞台に出したスペクタクルであり、歌舞伎はまた、大道具を活用して、目もあやな劇的モメントを形づくる。
>
> …………
>
> 　私は、日本におけるフランスのロマンチック劇の再々の上演が、ひよつとすると、現代日本の新劇と伝統とのギャップを埋めるのではないのか、といふ希望的観測を持つてゐる。それは台本の文学的価値や、言葉の相違はともかく、少なくとも劇場といふ観念の共通性で、ロマン派演劇と日本の伝統演劇とは、相接してゐるからである。この点では「ラ・トスカ」のやうに、末流の、舞台本位、俳優本位の台本ほど、共通項を求めやすい。

　イプセンがチェーホフに比べればはるかにテアトル的であると三島由紀夫はいっていました。その三島の鋭い洞察に耳を傾けなければなりません。一九一〇年前後のへなへなした女性解放をおもいだしてみれば話は分かりやすい。トレンドがあわててイプセンにとびついてしまったといえばもっと分かりやすい。それがイプセンから思想の深刻味だけを抽出することになって現われてしまったのです。弁舌家で一国者《いっこくもの》のイプセンの外面《そとづら》は、一見十分に悲劇的ですが、その軽はずみは喜劇味の方がずっとまさっていた。ノラやストックマンがじつにそのいい例ではなかったでしょうか。そして旧い「新劇」は、イプセンのテアトル的なものにも気づかなかったのです。
　福地桜痴による「ラ・トスカ」の翻案劇「舞扇恨之刃」の歌舞伎座上演は一八九一年でした。ここではやはりあらためてそのことも記憶しておかなければならないのです。中村歌右衛門のために翻案した「芙蓉露大内実記」（一九五五）に、ジャン・ラシイヌ「フェードル」に拠る、と明記していたこともよく知られています。ついでに「協同研究・三島由紀夫の実験歌舞伎」（「演劇界」一九五七・五）からも引用しておきたいとおもいます。

郡司（正勝）　シエクスピアとラシエーヌとを比べてみて、シエクスピアは歌舞伎だつていいますけど、むしろラシエーヌの方が歌舞伎じやないでしようか。
三島　ただロジツクの方は反対だと思いますね。ラシエーヌはストーリーに歌舞伎的なところはありますけど、どうもロジツクで理詰め過ぎますね。むしろシエクスピアの方がロジカルでなく、歌舞伎に近いんじやないでしようか。またちよつと話はずれますが、日本に近代絵画が入つて来たのは、初めはセザンヌですか、白樺派の紹介したのは……。
杉山（誠）　ゴツホ……。
三島　印象派でしよう……。
杉山　一時ゴギヤンなんか……。
利倉（幸一）　しかし時期的にほとんど一緒ですね。
三島　それでロマンテイツクも知らなきや、クラツシツクも知らないところへ、近代絵画というものがポカツと急に入つて来て、神様ができ上つちやつた。（笑）新劇もそれと全く同じですね。『桜の園』なんかをポカツとね……。

　ここまで書いただけでもう三島劇のことごとくが、フランスのロマンチック演劇の復興にあったことが、歴然としてきます。（そしてラーシヌがギリシア悲劇に通じていたことは、あらためてことわるまでもありません。）そのことを銘記しておかなければ、三島劇について語ることについて、何ほどのことを語ったことにもならないのかもしれません。
　もちろんそのことは三島劇の技法（手法）にもあらわれている、登場人物本位の各場《シーン》の分け方がその好例です。「たとへば「フェードル」ならば第一幕第一場（イポリイト、テラメーヌ）、第二場（イポリイト、エノーヌ、テラメーヌ）といふ分け方は、カタストローフへむかつて傾斜してゆく時間を、過程的な均衡において切断し、その断面を示し、要約しかつ暗示するといふ手法で、私の気に入つた。破局を前にしたこんな小休止におけるほど、つかのまの均衡が美しく見えることはない」（「戯曲の誘惑」一九五五）というのが三島の言い分でした。

「只ほど高いものはない」（一九五二）「夜の向日葵」（一九五三）、また「熱帯樹」（一九六〇）「十日の菊」（一九六一）においても三島劇の手法は明瞭です。登場人物のいれかわりが厳格に各場《シーン》を決定していく、それが三島劇の手法でした。たとえ各場が登場人物本位にそれと明示されていない三島劇についても、またおなじことがいえるとおもいます。一人物が舞台からきえ、また別の人物が現れる、そのことが劇の息つぎ《ブレス》になっていく、各場の小気味のいい連続と不連続が、劇の構成《コンストラクション》とまったく不可分のものになっているのです。一幕物の「火宅」（一九四八）や「燈台」（一九四九）にもまたこのような劇の手法が寸分のくるいなく生かされていました。そればかりではありません。「燈台」のかたわらに「フェードル」がおかれていたように、「火宅」のかたわらにもまた「フェードル」がおかれておりました。「燈台」に岸田（國士）劇を参照するのは、烏滸のさたというよりほかにありません。

ユゴーの「ルクレチア・ボルジア」の筋書の一部を借りていたのは「鹿鳴館」（一九五六）であると、そう証言しているのは村松剛でした。しかし三島劇は「筋書の一部」を借りていたどころではなかった、「鹿鳴館」は、そっくり「ルクレチア・ボルジア」の翻案劇なのでした。

福地桜痴は、ヨーロッパの「旧劇」にもっとも通じていました。にもかかわらず桜痴の翻案劇（ラ・トスカ）も、やはりどうしても演劇革新のためのものではありませんでした。翻案劇の時代も所詮演劇改良の時代にちがいはなかったのです。つまり「鹿鳴館」の時代も、改良演劇の時代であったということです。「ルクレチア・ボルジア」の翻案劇「鹿鳴館」は、明治のそのような翻案劇の時代を批評し、かつ昭和の旧い「新劇」の時代を批評した三島の別言でもありました。

エウリピデウスの「メディア」のアダプトが小説「獅子」（一九四八）であったことを明記し、そのプロットを解説したのは三島由紀夫自身です。しかしいくらプロットを仔細に参照してもそのことは三島劇の解明にあまり役に立たないということでいえば、「鹿鳴館」についてもまたおなじことがいえるのかもしれません。「女主人公のメーディアの奇妙な論理は、後にいたつて、「愛の渇き」の女主人公の論理にその自我の積極面を、戯曲「聖女」「夜の向日葵」の女主人公にその無垢にして絶対な運命への献身の面を、貸与してくれたのであつた」という三島自身による解説は何よりもプロットの詮索を拒むものでありました。

さて、三島由紀夫の翻案劇の結着は「サド侯爵夫人」（一九六五）と「わが友ヒットラー」（一九六八）と、この二つの三島の翻訳劇にありました。これに「癩王のテラス」もありました。日本人は一人も登場しない、ゆえにこの二つの劇をいまかりに翻訳劇というのは、自由劇場から始まる「新劇」の時代、翻訳劇の時代のコンテクストが逆算されるからです。この二つの劇のうちの一つ「サド侯爵夫人」がマンディアルグによってフランス語に翻訳されておりました。マンディアルグ訳のこの劇が、パリのシャイヨ宮にあるジェミエで上演されたのは一九八六年三月の早春でした。劇の上演は、いつのことであれ、どこでのことであれ、つねに演出の得手によって劇がつくられることを妨げません。ポーランドの女性演出家ソフィ・ルカフスキーはこの劇を演出するのにあたり、この劇に登場する六人のフランス人女性すべてに、男性俳優を演技者としていました。つまりルネもモントルイユ夫人もアンヌも……男性俳優が女形として出演していたのです。

さらに能舞台のようにみがきあげられたジェミエの裸舞台には、橋がかりまでがもうけられている、しかも極度に様式化された科（姿）と白（声）とがそこにくりひろげられていたのでした。日本の演劇伝統が、三島由紀夫という日本人のつくった西洋劇に奇妙なかたちでヨーロッパに移植されてしまったという、このほほえましくも慨嘆すべきアイロニイは、さかのぼって百余年前の日本の演劇の近代化のネガとポジを私に教えてくれていたのにほかなりません。このジェミエでの三島劇上演を、その十五年前に自死した三島由紀夫はもちろん知る由もありません。が、しかしもしかしたらそれが日本の旧い「新劇」にであれ、新しい「新劇」にであれ、鼻にもかけず絶望していた三島にとってもっとも願わしかるべき舞台だったのかもしれません。当時、まだ日本の現代演劇は世界の現代演劇になっていませんでしたから。

しかし、日本の現代演劇（新しい「新劇」）が、日本の演劇伝統にではなく世界（ヨーロッパ）の演劇伝統に通じるものでありたいと願っていた岸田國士が、いちばんはじめに書いていた劇のあったことをけっしてわすれるべきではありません。一九二二年のパリでのことです。「黄色い微笑《アン・スウリイル・ジョオヌ》」という題でフランス語で書かれていました。フランス人と日本人とが登場します。「ある日、ピトエフと楽屋で話をしてゐた。なにか日本のものをやりたいが、どんなものがあるだらうといふ」「ピトエフに見せると、「こいつは面白い」と云つた。嘘のやうな話だがほんとである」「仏蘭西を去る日が来た。僕は、ピトエフに別れを告げに行つた。彼は、「黄色い微笑」について語るところは少く、たゞ、「ピトレスクだが、上演となると……」で、あとは言葉を濁してしまつた」（「芝居と僕」一九三七）。岸田國士の翻訳劇「古い玩具」の原題が「黄色い微笑」でした。

ついでにいっておきます。日本を代表する演劇は、断じて世界を代表する演劇ではありません。岸田國士に「村で一番の栗の木」という劇がありました。三島由紀夫も、そしてもちろん岸田國士も、野狐禅として「村で一番の栗の木」を決めこんだ演劇人ではありませんでした。そして二人は「昨日の演劇」から始める、つまり初めから始めるという素志を共有していたのです。

（大妻女子大学教授）

特集　三島由紀夫の演劇

「鹿鳴館」までの道

井上隆史

1

三島演劇の魅力としてしばしば指摘されるのは、言葉と言葉によるセリフの対立劇の迫力である。「鹿鳴館」の終幕、夜会に贋壮士を乱入させたのは朝子に対する愛情ゆえだと言う影山に対して、朝子が反撃する場面をみてみよう。

朝子　ああ、もうそんな風に物事を汚してかかるなさり方は沢山！

影山　汚して、だと？　私は清めてゐるんだ。あなたが政治だと思つてゐることを、私の愛情で清めてゐるのが……

朝子　もう愛情とか人間とか仰言いますな。そんな言葉は不潔です。あなたのお口から出るとけがらはしい。（中略）愛情ですつて？　滑稽ではございませんか。心ですつて？　可笑しくはございませんか？　そんなものは権力を持たない人間が、後生大事にしてゐるものですわ。乞食の子が大事にしてゐる安い玩具まで、お欲しがりになることはありません。

影山　あなたは私を少しも理解しない。

朝子　理解しております。申しませうか。あなたにとつては今夜名もない一人の若者が死んで行つただけのことなんです。何事でもありません。革命や戦争に比べたらほんの些細なことにすぎません。あしたになれば忘れておしまひになるでせう。

影山　今あなたの心が喋つてゐる。怒りと嘆きの満ち汐のなかで、あなたの心が喋つてゐる。あなたは心といふものが、自分一人にしか備はつてゐないと思つてゐる。

朝子　結婚以来今はじめて、あなたは正直な私をごらんになつていらつしやるのね。

影山 この結婚はあなたにとつて政治だつたと云ふわけだね。
朝子 さう申しませう。お似合ひの夫婦でございましたわ。実にお似合ひの。……でも良いことは永く続きませんのね。今日限りおいとまをいただきます。
影山 ①ほう、さうしてどこへ行くのだね。
朝子 清原さんについてまゐります。
影山 死人との結婚は愉快だらうね。
朝子 巧くやつて行けますわ。②死人との結婚……。私ほどそれに馴れてゐて、経験のある女がございませうか。

ここでは二つの世界が対立している。政敵・清原を倒したものの内面に孤独な闇を抱える男の世界と、恋人と息子を救うためにわが身を賭けた女の世界との対立である。だがこの世界について、その内実がいかなるものであるかを踏み込んで考察すること――つまり「鹿鳴館」の「主題」を考えることと――は、芝居を楽しむためには必ずしも必要とされない。それよりも、セリフの力によって日常的な人間の背丈を越える高みに昇った人間同士がぶつかり合って、朝子が優勢であった力関係が、傍線①で逆転し、②で再び朝子が優位となるという、あたかも緊迫するスポーツの試合が眼前で繰り広げられるような展開が、観客の耳と目と心を奪うのではないだろうか。もちろん、俳優がそのセリフの力に負けてしまえば、芝居は浮薄な美辞麗句が漂うだけの惨憺たるものに終わってしまうという危険はある。だが、文学座の杉村春子と中村伸郎、新派の水谷八重子と森雅之は、いずれもその個性的な演技によってセリフに命を吹き込み、緊張感と華麗さを兼ね備えた空間を舞台上に出現させたのだった。

このような意味での三島演劇の印象的な場面といえば、「鹿鳴館」以外には「サド侯爵夫人」第二幕の侯爵夫人ルネと、その母・モントルイユ夫人との対決がただちに思い浮かぶ。「卒塔婆小町」の詩人と老婆の対話にも、類似の魅力があるだろう。三島演劇の特徴としては、ほかに「近代能楽集」や三島歌舞伎に代表されるような古典を巧みにアレンジする着想の妙味や、従来の新劇にはない舞台演出なども指摘されるところだが、やはりそれよりも言葉と言葉の対決のダイナミズムこそが、もっとも中心的な魅力だと考える者が多いのではないだろうか。

しかし、いかに早熟な三島といえども、最初期からそのような戯曲を創作していたわけではなかった。「鹿鳴館」初演は昭和三十一年だが、それ以前の三島には試行錯誤の時期もあったし、失敗作も少なくなかったのである。本稿では、処女戯曲から昭和三十一年頃までの劇作活動を通覧し、三島が戯曲「鹿鳴館」の方法論をわがものとして、小説家としての顔だけではなく、戦後を代表する劇作家としての名を刻むまでの過程を検証したいと思う。

2

活字として発表された処女戯曲は「マタイ福音書」に材を採る「東の博士たち」（「輔仁会雑誌」昭14・3）だが、「決定版三島由紀夫全集」にはそれ以前の作品として四つの習作戯曲が収録されている。このうち「コロンブスの卵」「屍人と宝」は戯曲というよりも、詩劇、あるいは戯曲形式の「詩」というべきものなので、これを除外すると、最も早い時期に書かれたものは「メイミイ」である。「笹舟」と題する自筆創作集の中に〈兒童劇の部〉の一篇として収録されたもので、正確な執筆時期は不明だが、十代前半までの執筆と推定される[1]。

「メイミイ」には典拠がある。ドーデーの短篇小説「スガンさんの山羊」だ。飼主・スガンの家を逃げ出した子山羊が、山で狼に食べられてしまうという話だが、作者はこれを、自由気儘に詩作だけをしていると結局はわが身を滅ぼすことになるということを諭す寓話として発表した。三島は、「日本小国民文庫」の一巻として刊行された「世界名作選（二）」（昭11・12、新潮社）収録の邦訳によりこの作品を読み、子山羊をメイミイと名付け、その戯曲化を試みたのである。

三島が典拠のどのようなところに惹かれたのか、その心理については容易に想像できる。綱に繋がれ山羊小屋に閉じ込められた閉塞感や明るい外界に対する憧れに、幼年時以来、祖母の薄暗い病室や本を積み重ねた机の周辺で多くの時間を過ごした三島自身の心理が重ね合わされているのであろう。だが、三島は特にこの点を強調して「メイミイ」を創作しているわけではない。「メイミイ」という戯曲のユニークな点は他にある。

その一つは、詩作に関する寓話という設定を捨て、二人の百姓が「スガンさんの山羊」という民話について語り合うという劇中劇のスタイルを採用したことである。また、舞台裏からの合唱を所々に挿入し、音楽劇としての構成を試みていることも注目に値する。

「メイミイ」は上演を前提としない習作に過ぎない。だからこれをあまり大袈裟に扱うわけにはゆかないのだが、一つでも二つでも新たな工夫を凝らし、誰にでも創れるわけではない独自の戯曲を生み出そうとする少年・三島の気概を、ここに読み取ることが出来るであろう。

終戦前の戯曲のうち、そのような独創的な試みとしては、ほかに「狐会《こんかい》菊有明《きくのありかけ》」がある。本作は林富士馬らによる雑誌「まほろば」（昭19・3）に掲載されているが、それは古歌古文に依拠する二十六節の詞章のみで構成されている。しかし、三島はもともとこれを歌舞伎の所作事として創作しようとしていたのであり、ト書きなども細かく書き込まれた草稿が残されているのだ（「決定版三島由紀夫全集補巻」収録）。これは、佐藤春夫の詩劇「八雲起《やくもたつ》出雲《いづもの》阿国《おくに》」に触発され、その模倣を試みたものと思われ、典拠は忠臣蔵である。ただし、狐が大星由良之助の妻・お石に化けていたという設定になっており、このアイデアは三島の独創であろう。結局は手にあまり、詞章のみの形に終わるのだが、単なる思いつきや手遊びという域を超えて、歌舞伎好きの青年・三島の意気込みが漲っていると言ってよい。

時期的にはこれより少し遡るが、「東の博士たち」の関連作品として、「路程」と「基督降誕記」という二つの習作を書いているのも注目すべきことである。特に興味深いのは、キリスト生誕をテーマとしながらも、メシアの誕生に対する祝福よりも、それを怖れる魔王やエロド王（ヘロデ王）の感情を生々しく描いていることだ。ただし、当時三島は既にワイルドの「サロメ」に親しんでいたので、聖書に基づきながらも、むしろ反宗教的な作品を執筆したことの背景に「サロメ」の影響があることを忘れてはならないのであるが。

初期戯曲としては、ほかに学習院の文化祭（輔仁会春季文化大会、昭18・6・6）で上演された劇台本「やがてみ楯と」がある。戦時下において病弱な青年が自らを鍛えやがて戦場に赴くまでを、彼を取り巻く友人たちとの群像劇として描いたものである。士気高揚の目的で書かれた学校劇であるが、その執筆は三島に、複数の人物が登場する劇作の方法を学ぶ機会を与えることになった。後述のように、このことは後年の三島に、ある影響を及ぼすことになる。

以上、終戦前の戯曲について述べたが、総じて言えば、後年の三島戯曲の特徴となる言葉と言葉との対立というダイナミズムは、いまだ認められない。しかし、少しでも新しいものを創り出そうとする意欲は際立っており、そのこと自体が、類稀な才能の現われだと言うことも出来るであろう。

3

戦後を迎え、三島ははじめて本格的な戯曲を執筆した。「人間」（昭23・11）に発表された「火宅」である。これは昭和二十四年二月二十四日から三月二日まで俳優座創作劇研究会第五回公演として東京・毎日ホールで初演された。三島が「火宅」を執筆した時期は、大蔵省を辞し、「仮面の告白」の執筆準備を始めた頃とほぼ重なる。ちょうどその頃、俳優座の文芸部員だった矢代静一に三島は相談を持ちかけ、上演を前提とする戯曲の執筆を試みたのだ。俳優座としても戦後の新しい演劇運動のなかで、創作劇の上演に力を入れようとしていた。矢代の提案を受けた千田是也は自らの主演、青山杉作演出により「火宅」を上演する。それは、菊池寛「時の氏神」、田中千禾夫「おふくろ」との併演で、大正期から戦後までの家族の姿を描く作品を集めた研究会公演であった。

「火宅」のもう一人の主演は村瀬幸子、装置は伊藤熹朔である。これは堂々たるスタッフ、キャストであり、三島の意気込みも大きかったが、それだけにプレッシャーも強かった。

そして結果的に、処女戯曲上演の厳しい洗礼を受けることになる。戸板康二は、〈初日に毎日ホールの受付の後に立って、そわそわしている姿が目に残っている〉（「三島由紀夫君の思い出」、「浪曼劇場7」昭46・2）と述べているが、三島自身、〈稽古や舞台の実際に接してゐるうちに、欠点はますます露骨にわかつて来、舞台稽古の時などは悪夢を見てゐるやうな気持で人心地がしなかつた。その悪夢といふのは、私がよく見てうなされる夢であるが、しらない間に寝間着一枚で跣足で銀座を歩いてゐて通行人に笑はれる夢である〉（「『火宅』について」、「日本演劇」昭24・4）と記している。友人の矢代もまた、〈三島は青山や千田に感想を求められても、まるでダメ出しはせず借りてきた猫ならぬ小山羊のような表情だった〉（『旗手たちの青春』）と伝え、作品そのものについても、上演に値する新鮮なものと評価する反面、現実の舞台としては無感動な失敗作と認めざるをえなかった。

　では、三島はこの作品に何を賭けようとしたのか？　そして何故それは失敗に終わったのか？

　「火宅」の筋は次のようである。主人公は、大里貞次郎という無気力な翻訳家とその妻・千代子。千代子は、息子の貞一と女中、娘の千賀子と下宿人の守屋、守屋と千代子自身には肉体関係があると語る。そして、それを知った千賀子は守屋との心中を決意して家を出たと言うのだが、何事も真面目に受け取ろうとしない貞次郎は、千代子からそう聞かされても、全く信じない。

千代子　（仮面のごとき硬き顔となる）あたくしは嘘を言へない女だといふこと、まだおわかりにならないの。哀れな方ね。本当のことしか言へない女は、きまつてこんなみじめな立場に置かれるものなんだわ。（突然ヒステリックに）千賀ちやん、ごめんなさい。（卓に泣き伏す）あなたを殺してしまつて。みんなお母さまが悪かつたのよ。お母さまがもう少ししつかりすれば、あなたたち死なないで済んだのよ。（泣きじやくりながら）守屋さん、かへつて頂戴！　あなただけ死にきれなかつたら、かまはずに千賀子を置いてかへつて来て頂戴。……あたくし寂しいの……どうしていいかわからない……あなたと千賀子に行かれたらあたくしも死んでしまふ……もう生きてゐたくない……こんな何も起らない家には生きてゐたくない。……

貞次郎　（持て余しながら、傍らへ来て不器用に看護する）さうだよ、何も起らない家なんだよ。僕だつて何か起ればいいと思つてゐるが、二人はしやあしやあと腕を組んでかへつてくるよ。

千代子　（兇暴な目つきで）その顔！　その間の抜けた楽天的な顔！　それが家ぢゆうを破滅に陥れたんだ

とまだ気がおつきにならないの。

貞次郎　今更僕の顔の批評をしてもはじまるまいよ。

千代子　（貞次郎にしがみつき）何もかも言ひます。……ねえ……あなた、何もかも言ひますから……私を打つて頂戴、私をずたずたにして頂戴……

右の引用は「火宅」のクライマックスである。だが、残念ながら一般の観客にとって感情移入しやすいものとは決していえない。「火宅」というタイトルから人が連想するのは、煩悩に囚われた陰湿な愛欲劇であろう。しかし、そのような連想と、貞次郎の投げやりな態度、および千代子のヒステリックな興奮とは、全く結びつかず、結局、観客の感情や関心は焦点を結ばずに拡散してしまうのである。しかもエンディングにおいては二人の立場が逆転し、貞次郎一人はわが家が火事になったと確信して大騒ぎをするのだが、千代子は全く取り合おうとしない。「東京新聞」（昭24・2・27）掲載の劇評にも、〈千田是也の夫も村瀬幸子の妻もうまいのだが、思わせぶりばかり多くてわかりにくい〉とあるが、事実、これでは観客は最後まで筋についてゆけず、ただ呆然とするのみだったと思われる。

それにしても、三島自身はどのような考えをもってこの作品を書いたのだろうか。ここで参照すべきは、「招かれざる客」（「書評」昭22・9）における次の一節である。

僕が好んで戯曲を――とりわけストリンドベリィやポルト・リシュを――読むのも人間がたゞ言葉だけでつながつてゐるといふことの怖ろしさを、あれほど端的に表現する型式はないからである。人間の孤独と、対話の絶望的な不可能とをあれほど直截に感じさせる型式はないからである。

ストリンドベリィやポルト・リシュといえば、やはり三島は男女の陰惨な愛欲劇に関心があったのかともみえようが、むしろ三島が強く主張しているのは、人間は本質的に孤独であり、仮に言葉を交わしているように見えたとしても内面は互いに疎外され、虚無に犯されているということである。しかも、三島はこれを、単に彼個人の問題ではなく、戦後社会の状況そのものであると考えていた。このことは公演パンフレットに寄せた「『火宅』について」という文章の、以下の引用からも明らかであろう。

この戯曲では大里家が火宅にあたり、大里家の内部が戦後社会の無秩序の縮図であることを以て、戦後の社会が火宅に象徴される。しかしもとより私は宗教劇としてこれを書いたのではない。

そもそもの動機は、何の事件も起らない芝居を書いてみたいといふにあつた。

公演パンフレットに自らの創作意図を真正面から語ろうとした三島の言葉をあえて疑う必要はあるまい。三島にとって、やはり存在の孤独や疎外といった問題、あるいは、何事も起こらない＝虚無という問題にこそ戯曲の「主題」が存するのである。それは遡っていえば、初期戯曲「メィミィ」に描かれた疎外感や、キリスト生誕劇における反宗教的なテーマにまで繋がるものであろう。

しかし、たとえ三島がそのような「主題」を戯曲で表現することに成功したとしても、そのことと、俳優が舞台上で演じ、観客がこれに感情移入することによって成立する演劇の成否とは、別のものである。三島は、その呼吸を掴んでいるとは言えない。そもそも、〈何の事件も起らない芝居〉を見るために、わざわざ観客が足を運ぶだろうか。「火宅」のようなやり方で劇作を試みても、失敗に終わらざるをえないのである。そのことを三島は身をもって体験したのであった。

4

しかし改めて考えてみると、冒頭で引用した「鹿鳴館」も、孤独で疎外された人間同士の、決して互いの世界観を受け入れ合うことのない対立劇である。その意味では、本質的には同じ「主題」を共有している。それにもかかわらず、なぜ「火宅」は失敗し、「鹿鳴館」は三島戯曲を代表する、いやそれどころか日本を代表する戯曲として成功したのだろうか。

その場合、重要な鍵になるのは昭和二十五年から開始された「近代能楽集」が三島にもたらした影響ないし効果である。このころ三島はアヌイやコクトーの影響もあって古典作品の現代化に興味を抱いていた。彼が素材として選んだのは、早くから親しんでいた謡曲である。雲の会の岸田國士との関係もあり文学座との深い関わりが出来た三島は、若手の実験的演劇のための施設として昭和二十五年に新たに設けられた文学座アトリエを早速利用する形で、「近代能楽集」の上演を試みたのである。

ここで特に問題にしたいのは、昭和二十七年二月、長岡輝子の演出・主演によりアトリエで公演された「卒塔婆小町」だ。周知のように、原曲は、小野小町の成れの果てだという乞食の老女をシテ、旅の僧をワキとする「卒都婆小町」である。その一部を次に引用しよう。

ワキ　いかにこれなる乞丐人《こつがいにん》、おことの腰かけたるは、
かたじけなくも仏体色性の卒都婆にてはなきか。
そこ立ち退《の》きて余《よ》の所に休み候へ。

シテ　仏体色性のかたじけなきとはのたまへども、これ
ほどに文字も見えず、刻める形もなし、ただ朽木
とこそ見えたれ。

ワキ　たとひ深山の朽木なりとも、花咲きし木は隠れな
し。いはんや仏体を刻める木、などかしるしのな

かるべき。

シテ われも賤《いや》しき埋木なれども、心の花のまだあれば、手向けになどかならざらん。

僧が老女を咎めようとしても、老女ははぐらかしたり、逆に相手を諭そうとしたりする。やがて、老女には深草の四位の少将の怨念がとり憑いて物狂いになってしまう。その意味で、ここではもともと意志疎通が困難で、対話など成り立ちようのない二人が相対しているといえよう。だが、「卒都婆小町」は、それにも拘らず対話劇として成立しえている例なのである。なぜ現代の観客は、これを違和感なく受け入れることが出来るのであろうか。それは、人がこれを謡曲というジャンルの枠組みの中で、そのような筋のものとして受け止めるからであり、詞章もまた、小町と僧という二人の人物の対決にのみ焦点が絞られているからだ。

これを下敷きにした三島由紀夫の「近代能楽集」においては、以下のようなやり取りが展開する。

詩人 （からかふやうに）へえ、それぢやお婆さんの生甲斐は何なんだい。

老婆 生甲斐？　冗談をおいひでないよ。かうして生きてゐるのが、生甲斐ぢやないか。私は人参がほしくて駈ける馬ぢやあない。馬はともかく駈けることが、則《のり》に叶つてゐるからさね。

詩人 わき目もふらず、走れよ小馬か。

老婆 自分の影から目を離さずにね。

詩人 日が落ちると、影は長くなる。

老婆 影が歪んでくる。まぎれつちまふ、宵闇に。

（か丶る間に、ベンチの恋人たちはおのがじし悉く退場）

詩人 おばあさん、あなたは一体誰なんです。

老婆 むかし小町といはれた女さ。

詩人 え？

老婆 私を美しいと云つた男はみんな死んぢまつた。だから、今ぢや私はかう考へる、私を美しいと云ふ男は、みんなきつと死ぬんだと。

この夢見がちな青年詩人と老婆の二人も、やはり元々話が噛み合わないところがある。しかし、その対話は、支離滅裂のもの、意味不明なものとして否定的に受け止められることはないだろう。逆に、言葉と言葉との対決による緊迫する対話劇として受け止められるであろう。なぜか。この戯曲の背景に、能の「卒都婆小町」という典拠が、枠組みとして用意されているからである。観客は、これは能の「卒都婆小町」のパロディーだと思って観るので、そこだけ切り取ってしまえば荒唐無稽とも言える会話に付いてゆくことができるのだ。これに対して、「火宅」においては、典拠となる枠組みなどない。しかも、貞次郎夫婦だけでなく娘も重要な人物として舞台上に登場することにより、焦点が拡散してしまっている。この点に両者の大きな相違点があることに注意しなければならない。

「卒塔婆小町」について言えば、一旦このような結構が出来上がれば、三島はそれに加えて、戯曲の文体をいっそう魅力的に膨らませてゆくことが出来るであろう。たとえば能の詞章における掛詞という修辞は、「音」の上での連想そのものとして応用することは、現代語の文体においては困難である。しかし、それは生甲斐→人参欲しさに走る馬→馬の影→闇という「意味」の上での自由な飛躍という形で生かされているのである。

実を言えば、三島自身は「卒塔婆小町」について次のようにも言っていた。

> 私の近代能楽集は、韻律をもたない日本語による一種の詩劇の試みで、退屈な気分劇に堕してはならないが、全体に、時間と空間を超越した詩のダイメンションを舞台に実現しようと思つたのである。今のところそれは一向に成功してをらない。今後の腹案は、「葵上」や「班女」があるが、所期のとほりの作品が出来るには、私の日本語がもうちよつと上手になる必要があらう。「卒塔婆小町」は謡曲「卒塔婆《ママ》小町」の自由な翻案で、問答の部分の〝とても伏したるこの卒塔婆〟云々の観阿弥独特の警抜な句は生かせなかつた。卒塔婆を公演のベンチにしたのは、苦しいところである。
>
> 主題については、余計なことを云つて、観客を迷はせてはならないが、作者自身の芸術家としての決心の詩的表白である点で、「邯鄲」と同工異曲である。つまり作者は登場する詩人のやうな青春を自分の内にひとまづ殺すところから、九十九歳の小町のやうな不屈の永劫の青春を志すことが、芸術家たるの道だと愚考してゐるわけである。（「卒塔婆小町覚書」、「毎日マンスリー」昭27・11）

これによれば、時間空間の自由な飛躍も「卒塔婆小町」の重要な特徴であり[2]、事実それはリアリズムを重視する従来の新劇の世界に斬新な衝撃を与えたのであった。これは、少しでも新しいものを創り出そうとする少年時代以来の気概の、一つの成果といえよう。また、「主題」に関して言えば、空想的な想像の世界に溺れるだけでなく、客観的な認識力を兼ね備えた芸術家たらんとする意思がこの作品において表明されているということも、三島自ら述べるように、主要なテーマであることは間違いない。

しかしそれと共に、いや、劇作家としての三島にとってそれ以上に意味があったと思われるのは、次のことである。すなわち、「卒塔婆小町」が好評を博したことにより、元々対話が困難な者同士の対話を、支離滅裂なものに終わらせるのではなく、一つの戯曲として成立させる方法論の鍵を三島が掴んだということである。それは第一に、謡曲のような典拠を用意することにより、これから舞台の上で展開するのは、あたりまえの現実とは異なる時空間なのだということを、あらかじめ観客に想定させることである。第二に、セリフの対決場面においては、まずは人物の数を少なく限定することである。

5

しかし、「卒塔婆小町」と「鹿鳴館」との間にはまだ大きな隔たりがある。「卒塔婆小町」は老婆と青年との二人の人物を中心として小さな舞台で演じられるべき一幕物の芝居である。「鹿鳴館」は四幕であり、朝子と影山以外の登場人物も多い。初演は第一生命ホールなので決して広いとはいえないが、アトリエとその規模が違うのはいうまでもない。従って、三島は複数の人物を、多幕物の芝居において登場させる劇作法を磨く必要があった。

また、人は戯曲「鹿鳴館」から、あるいは芥川龍之介の「舞踏会」を連想するかもしれないが、それは「卒都婆小町」が「卒塔婆小町」の典拠であるということとは、事情が異なる。では、典拠なしに観客の心をあらかじめ別の時空間に向けさせることは可能だろうか。

その意味で重要なのは、昭和二十九年十一月俳優座によって初演された「若人よ蘇れ」と昭和三十年十月に青年座により初演された「白蟻の巣」である。いずれも三幕。舞台は、「若人よ蘇れ」は昭和二十年終戦前後の勤労動員学生寮、「白蟻の巣」はブラジル郊外のコーヒー農園主邸宅である。従って、いずれの作品にも、「卒塔婆小町」が謡曲を典拠としているという意味での典拠はない。しかし、どちらも上演時のあたりまえの時空間とはまったく別の枠組みが前提として用意されていることになろう。このやり方が上手くゆくのであれば、なにも常に謡曲のような古典を典拠として用意するには及ばない。たとえば、明治十六年に鹿鳴館が竣工してから井上馨が外務大臣辞任に追い込まれるまでの四年間（鹿鳴館時代）も、やはり一つの異時間、異空間という枠組みたりうるだろう。

当時の劇評は、「若人よ蘇れ」について次のように述べる。

> 俳優座が三島由紀夫の創作劇「若人よ蘇れ」三幕を上演している。この戯曲は作者の学徒動員中の経験をもとにして、終戦前後の不安と混乱の時代に押し流されながらも、学生という特権でわずかながらも最後の自由を与えられていた学生の群像をリアリスティックに描いたもの。
>
> （中略）
>
> 舞台は上下二つずつにしきられた学生寮内部で、学生達の一人一人もたくみに描かれ、俳優座の若手、新人会

の出演者たちも役にぴったり、当時のふん囲気を忠実に再現して興味を呼ぶが、第二幕で学生達の幻想の場面を舞台上に次ぎつぎと再現するのはいささか冗漫であり、かえつて素直な劇の流れを中断してせつかくの興味をそがれる。（「東京新聞」昭29・11・22）

舞台に現われる学生たちは、病弱ゆえ出征できずに戦時下の動員寮に集められているという宿命を共有している。しかし、個別に見れば、お筆先の信者や国粋主義者、共産主義者、恋する者など、その立場はバラバラである。そのバラバラな若者たちの群像劇を三島が巧みに構成しえたことが、右の劇評から伺われる。実は三島は、これと類似の群像劇を既に「魔神礼拝」（「改造」昭25・3、4）で試みており、それはさらに、戦時下の学校劇「やがてみ楯と」にまで遡りうるが、三島がこのような形で、複数の人物を描く方法のトレーニングを積み重ねてきたことの意味は小さくない。

一方、劇評では幻想場面を挿入した点は批判されている。これは三島に反面教師的な教訓を与えたことと思われる。劇中に、幻想的な劇中劇を入れ子式に挿入したいというのは、三島が元来好んだ手法である。だが、これは「近代能楽集」の「邯鄲」や「卒塔婆小町」「葵上」など以外では、なかなか成功しないのである。では、なぜ「近代能楽集」では上手く行くのか？　それは、その典拠となる能楽の多くが、もともとそのような構造をもっているからにほかならない。

ついで、「白蟻の巣」の劇評もみてみよう。

俳優座の五つのスタジオ劇団中の最年長グループ青年座が、三島由紀夫の書下ろし作品「白蟻の巣」（三幕、菅原卓、阿部廣次演出）を上演。

同座のためにかいた登場人物六名の戯曲で、古典的な作法の中にうまく現代的表現をとり入れている。配役（男三、女三名）の比重がよく保たれ、俳優のウデの見せどころも多分にある。作者従来のような不透明さ、やっかいな論理がなくて明快である。

（中略）

サンパウロ市郊外のコーヒー園に、夫婦養子となっていた没落貴族刈屋（成瀬昌彦、東恵美子）はブラジル生れの運転手夫婦百島（森塚敏、山岡久野）を雇っているが、怠惰と無為の生活の中に、夫人は百島と通ずる。夫は平然と無関心を示すが、ただ一人百島の若い妻は耐えられず、百島をとりもどして、愛と希望に生きようともがく。だがそれも失敗、かえって刈屋と関係が出来て、みんな絶望。″白アリの巣″という象徴が効果的で、気のきいた幕切れ。（「朝日新聞」昭30・11・1）

夫人と百島は、劇の開始以前に一度心中未遂を起しており、再び心中に出かけるが、死なずに帰ってくるというのが幕切れである。夫婦あるいは家庭の不倫劇という意味では「火宅」の線上にあるといえる戯曲だが、創作の腕を三島が格段に上達させていることがわかる。不倫劇と言ったが、考えてみれば、「鹿鳴館」もそのような性格を備えている。この意味においても、「白蟻の巣」は、後に「鹿鳴館」が発表されるためにも、どうしても書かれなければならなかった戯曲であったといえよう。

6

こうして複数の人物の登場する多幕物を創作する手法を磨いた三島は、これに加えて華やかな舞台空間の創出や、観客に芝居を楽しんでもらうためのダイナミックな技巧を身に付け、これを自らの劇作に生かそうとした。ここで三島に刺激を与えたものの一つに、昭和二十七年の海外旅行で親しんだミュージカル、オペラ観劇があることは見落とせない[3]。しかしそれ以上に重要なのは、やはり三島が少年時代以来親しんだ歌舞伎であろう。そして三島は昭和二十八年十一月擱筆の「地獄変」以来、「鰯売恋曳網」「芙蓉露大内実記」など、新作歌舞伎を次々に発表するのである。このうち「地獄変」は松竹の永山武臣により脚色を依頼されたもので、三島の側から意図した企画ではないが、久保田万太郎の演出、歌右衛門、勘三郎らの出演を得た三島は、これを皮切りに歌舞伎の世界の舞台裏にも触れてゆく。かつて「狐会菊有明」において挫折した歌舞伎脚本創作の夢が、ここに叶ったともいえよう。この経験を生かした「鰯売恋曳網」では、自ら御伽草子を素材にして、明るい喜劇を創作した。

蛍火　コレ源氏どの、イエサわがつま、
猿源氏　ヘヘエ。（ト崩折れる）
蛍火　ナンノイナア、今日よりは夫婦《めをと》づれの鰯売、あの呼声教へてたも。
猿源氏　さらば聞きやれ。（ト立上り、声美しく）伊勢の国に阿漕ヶ浦の猿源氏が鰯かうえい。
蛍火　そんならかうかいな。伊勢の国に阿漕ヶ浦の猿源氏が鰯かうえい。（本舞台へ）そのはうどもも見習やいなう。
（本舞台、次郎太、亭主、海老名、および贋郎党、下手に馬を引きて出でたる六郎左衛門、声をあはせて）
皆々　伊勢の国に阿漕ケ浦の猿源氏が鰯かうえい。
蛍火　オオ美しう呼んだわいなア。

ここには「主題」と呼ぶべきものは何もない。単に舞台上に皆が勢ぞろいする華やかな場面というだけのものだが、幕切れとしてはそれで充分なのであり、事実好評を博した。華やかに見得を切ることがいかに芝居を盛り上げ、観客の心を

掴むか。蛍火と猿源氏が夫婦となり、すべてが目出度く解決するこの幕切れは、その好例である。

　三島は、昭和三十年十一月初演の次作「芙蓉露大内実記」からも学ぶことが多かった。ただし、これは逆説的な意味においてである。というのは、この作品は評判も芳しくなく、それが一因ともなって、三島は昭和三十年代中頃以降、一時歌舞伎から距離をとることになったのだ。「芙蓉露大内実記」はラシーヌの「フェードル」を典拠としている。アテネ王妃フェードルは先后の子イポリットに恋している。イポリットはその恋を拒むが、王子がフェードルに不倫の恋をしたという乳母の言葉を信じた王により死に至らしめられ、その後フェードルも毒を仰ぐ。これを三島はフェードル役の芙蓉の前（中村歌右衛門）とイポリット役の晴持（実川延次郎）との対立劇として歌舞伎化し、自ら演出にまで乗り出した。それは、怖れを知らないかのように官能に身を委ねる芙蓉の前と、そのような官能性を烈しく嫌悪し純潔を守ろうとする青年晴持の対立劇である。

　しかし、官能の命ずるままに晴持に言い寄る芙蓉の前も、取り付く島もなく彼女を拒み、父に疑われると釈明もせずにいきなり切腹してしまう晴持も、それだけでは人物として自己完結しすぎていて感情移入のより所がない。また、そもそも「フェードル」という典拠自体が、歌舞伎の世界ではほとんど知られていないため、演者や観客に、芝居の前提的枠組みを与えるどころか、かえって不審の念を覚えさせたであろう。こうした理由から、「芙蓉露大内実記」は不評に終わったのである。

　だが、これは三島がもともと抱いている世界観に照らしていえば、孤独な人間同士の互いに了解不可能な対決という「主題」を正面から押し出したものであると言える。だからこそ三島はこの作品に特別の熱意を傾け、演出まで行う力の入れようだった。しかしながら、「主題」をこのように扱うことは、戯曲としてはともかく演劇としての作品にとっては、マイナス要因としてしか働かない。三島はこのことを、改めて痛感したに違いない。

7

　人間は本質的に孤独であり闇を抱えている。これは三島の基本的な世界観である。「鹿鳴館」に関していえば、影山伯爵はもちろん、父親に自分を殺させる久雄も、そうとは知らずにわが子を殺してしまう清原も、そのような虚無に囚われているのである。朝子もまた、かつて清原と別れ久雄を捨てた時点で虚無に襲われたであろう。その後、わが身を賭けて二人を救おうとすることによって虚無と全力で対決するが（「影」山と「朝」子の対比に注目）、幕切れにおいて全てを失うのであるから、やはり最後は虚無に帰してしまう。しかし、このような世界観を一つの「主題」として強調することは、ちょうど「芙蓉露大内実記」が不評に終わったように、演劇作品としての成功を遠ざけるであろう。また、本稿冒頭で述べたように、観客にとっても「鹿鳴館」の「主題」について考えることは、芝居を楽しむためには必ずしも必要とされないのである。

文学座創立二十周年記念の書下ろしを福田恆存、飯沢匡、田中千禾夫と共に依頼された三島は、このことを踏まえ、満を持して「鹿鳴館」執筆に向かったものと思われる。そして三島は、「主題」を掘り下げること以上に、華麗な言葉と言葉が対決するセリフ劇の創作に力を注いだのだった。そのセリフは、これに命を吹き込む役者の存在と歌舞伎風の演出に[4]よって力と輝きを増し、舞台にはダイナミックな華やかさが溢れた。その意味で三島が、〈この芝居はいはば、私のはじめて書いた「俳優芸術のための作品」である。戯曲といふものは、さうあるべきが当然だが、いろいろと作者の我欲がでて、いつもさういふ風には行かない。こんどは大分、その我欲を押へ得たと思つてゐる〉(「『鹿鳴館』について」、「毎日新聞」(大阪)昭31・12・4)と述べているのは、誠に至当である。三島はこうも言っている。〈ヒロインを演ずる杉村春子さんの久々の出演を、私は作者としてよりも、一観客としてたのしみにしてゐる〉(「『鹿鳴館』について」、「文学座プログラム」昭31・11)。文学座における杉村春子の存在の大きさは言うまでもないから、ここで三島が杉村の名のみを挙げているのは当然である。しかし、同様のことは水谷八重子に対しても、また彼らの敵役の中村伸郎、森雅之についても言えるであろう。これらの役者を得て、傑作戯曲「鹿鳴館」は、戦後を代表する演劇としての姿を現わしたのである。

注1　「決定版三島由紀夫全集42」(平17・8、新潮社)の「作品目録」(井上篇)参照。

2　幼少年時、三島は盛んに詩作を行ったが、それは言葉によって時間空間を自由に飛躍させることが、三島に深い愉悦を与えたからである。やがて、そのような愉悦に耽溺するのみでは、文学作品としての「詩」は創造し得ないと考え、三島は詩作を離れるが、その一方で、かつて親しんだ愉悦を再現したいという思いが、「卒塔婆小町」執筆の深い動機になっていることは疑えない。これは、「なぜ」三島は「卒塔婆小町」を書いたかという問いに対する、もっとも根源的な答えである。しかし、本稿で問いたいのは、「なぜ」ではなく、「卒塔婆小町」が三島の劇作法に「どのような」影響を及ぼしたかということである。

3　その影響は、昭和二十九年九月初演のオペレッタ「ボン・ディア・セニューラ」、越路吹雪の依頼を受けて書かれたが未上演に終わった音楽劇「溶けた天女」に反映している。

4　これについては、「三島由紀夫研究」本号所載の座談会「『サロメ』の演出を託されて―和久田誠男氏を囲み」参照。

(白百合女子大学)

特集　三島由紀夫の演劇

悲劇の死としての詩劇
――『近代能楽集』の文体と劇場――

梶尾文武

一

三島由紀夫がその「古典主義」時代、すなわち主に一九五〇年代に書き継いだ『近代能楽集』（新潮文庫、68・3）は、能楽という文芸様式が再発見された近代の歴史的コンテクストを顧みる視座を抜きにしては、その試みの射程を理解することができない。「近代能楽集ノ内」と副題された九曲の一幕物は、翻案された個々の原曲以上に、能楽というジャンルそれ自体を包囲する「近代」的言説への深い参照の下に構成されている。

一九三〇年代に近代的な能楽研究の端緒を開いた野上豊一郎は、謡曲というテクストではなく「歌謡と舞曲を綜合した舞台芸術としての能」を包括的に論じ、ヨーロッパ演劇、とりわけギリシア演劇との比較検証を進めた。「ギリシア劇と能とはいづれも合唱部を持つことに於いて類似してゐる」と述べる野上は、しかし両者の類似ではなく、むしろ能楽がギリシア劇のようなドラマトゥルギーを本質的に持たないことの指摘へと進んだ。

能は主役一人の演技を見せることを建前にしたものである。これが私の能に対する見方の根本である。さうしてこれは結局、能は戯曲ではないといふ断定にまで私たちを導く。何となれば、戯曲であるためには、少くとも私たちの今日の理解に於いては、其処に二つ以上の思想を代表する性格の対立が存在しなければならぬから。然るに能には原則として此の対立がない。[1]

ギリシア劇の構成を支える中心的要素は、その変容の過程において、合唱歌《コロス》の旋律から登場人物間の弁論にとって代わられた。これが「戯曲」というジャンルの起源とされる。エウリピデスに頂点をみるギリシア劇においては、複数の思想の対立が人物のダイアローグに仮託され、これがドラマを構成する。野上によれば、そのことは「能の合唱歌が初めから終まで量に於いても質に於いても変化することのなかつたのと著しい対照」をなす。地謡が確固とした位置を占め、あくまで主役《シテ》ただ一人の演技を見せるように構成される能では、登場人物間の対話が劇の中心に位置付けられる契機がない。ワキは文字通り「脇にゐて見てゐる人」なのであり、シテと劇的な対立関係を構成しないところにかえって能の「能らしさ」がある、と野上は論ずる。これを野上は端的に「能の主役一人主義」と呼び、そこに「能が戯曲になり得なかつた一つの重要な理由」を見出した。[2]

　同じく三〇年代に能楽の分類研究を進め、芳賀矢一に端緒する「夢幻能」の概念規定をさらに練り上げた佐成謙太郎もまた、能における「形式的な劇的条件の具随」を二次的とみなし、それ以上に「夢幻的効果」をこそその本質として評価した。

　凡そ劇的なるものは、対立する関係にある二人以上の登場者が、劇的現在の立場にあつて、科白所作によつて、葛藤を展開して行くべきものであるのに、能楽では、シテ一人の歌舞を主体としてゐて、その対手たるワキはシテと対等の関係に立つてゐない。根本的にいつて、ワキとシテが時代を異にしてゐるから、葛藤を惹起すべき時が成立しない。[3]

　すでに鬼籍に入った死者の霊が降臨し、過去の出来事を回想するという形式をとる夢幻能においては、ワキはその追想に耳を傾けることを専らとしており、霊的存在として舞台を宰領するシテとは対等な関係に立ちえない。だが佐成によれば、後ジテの登場とともに「ワキ及び観客が夢うつゝの境地」へと踏み込んでゆくとき、後ジテは扮装した俳優の現前を超えた非人格的《インパーソナル》な「神霊古人そのもの」として顕現する。そしてそこに「夢幻能唯一の特色」と「能楽の不滅の絶対価値」が存する、と佐成は論じた。これらの所論を要するに、能は演劇ではない芸能としての、謡曲は戯曲ではない詞章としての固有性を具備している――別様に言い換えるならば、能楽はシアターを開示しはするがドラマではない――それが一九三〇年代から構成された範例的な能への理解であった。

　三島由紀夫が現代演劇に携わるにあたって、能楽、歌舞伎、さらには浄瑠璃といった古典芸能に注目したのは、まずもってそれらがドラマだけには還元されえないシアトリカリティを備えていたからにほかならない。のちに文学座の中心的な劇作家となった三島は、杉村春子を擁してサルドゥの「トスカ」(63・6)を上演するにあたり、こう述べている。[4] 六三年一月に福田恒存らが脱退し、文学座に最初の大きな分裂が生じた直後の発言である。

　私は日本の新劇が、今日に限らず、アンチ・テアトルばかりを追つかけて来たと思ふのである。これは日本の新劇の成立ちが、歌舞伎劇のやうな立派なテアトルに反抗してはじまつたことにもよるが、「何がテアトルか?」といふ問題を深くつつ込まずに、チェホフのやうな当時のアンチ・テアトルに走つたことから、多くの写実主義的心理主義的偏見が、演出上にも演技の上にも生じた[5]。

日本の新劇は、人間心理を写実的に描写し、それが芝居であることを観者に忘れさせようとする「ドラマ」の創出へと傾いてきた。そのために、「もつとも崇高な情熱と、もつとも大衆的な共感との、花々しい闘技場」たる「シアター」の存在を軽んじてきた、と三島は論ずる。「あへて言へば、日本の新劇では、ドラマとシアターといふ二つのものの、調和や対立が軽視されすぎた」、と。文学座の看板作家として新劇における写実主義の払拭とシアトリカルな演劇の再構築を目論んだ三島にとって、一幕物の『近代能楽集』はその助走であったということもできるだろう。しかるに『近代能楽集』は、シアトリカリティの発生拠点を、通常「シアトリカル」という概念が連想させる目もあやな舞台のスペクタクルや演者のアクロバットにではなく、演者による発話の行為遂行性《パフォーマティヴィティ》、つまりは戯曲の文体それ自体のうちに見出す。三島は『近代能楽集』の試みを通じて、ただセリフだけで劇場《シアター》を創発しうるような文体の力を呈示した――これが本稿の前提仮説である。ところが従来の研究はその多くが、登場する人物の性格、生起する事件が象徴する意味、作品のテーマ、さらにはそこに仮託された作者の思想といった問題に議論を集中させ、本作の射程をそれが脱中心化したはずの人間劇的な水準、ドラマという水準へと退行させてしまっている。かような了解はたんにありふれているばかりか、『近代能楽集』を端緒とする三島演劇の可能性の中心がそこにこそ存する「劇場」というフレームを見失っている。

中村雄二郎は『近代能楽集』ひいては三島演劇を通観して、「あえて言えば、身体性の問題がテキストの問題のうちに没している」と述べ、その「テキスト主義、戯曲主義への傾斜」を指摘する[6]。そこでは身体性はつねにすでにテクストに内包され、身体という形象が立ち現れる場としての劇場はただ言葉のみによって開かれるであろう。本稿は、『近代能楽集』が制作された歴史的文脈を参照しながら、その詩劇の文体が具現しようとした新たな劇場性《シアトリカリティ》の様式を見極めるための準備作業である。

二

三島が「邯鄲」をもって『近代能楽集』に着手したのは一九五〇年、この作家がいわゆる「古典主義」の立場を表明し、「ギリシア回帰」を標榜しつつあった時期と重なる。アクロポリスの廃墟の美に震撼させられた世界旅行からの帰国後、「卒塔婆小町」の再演（文学座、52・11）に際して、彼は『近代能楽集』の試みについて次のような自注を寄せた。

私の近代能楽集は、韻律をもたない日本語による一種の詩劇の試みで、退屈な気分に堕してはならないが、全体に、時間と空間を超越した詩のダイメンションを舞台に実現しようと思つたのである。今のところそれは一向に成功してをらない。今後の腹案は、「葵上」や「班女」があるが、所期のとほりの作品が出来るには、私の日本語がもうちよつと上手になる必要があらう。[7]

別のところでは「現代における観念劇と詩劇のアマルガム[8]」とも称されるように、『近代能楽集』はたんに能楽を翻案した新劇でも、ましてや新作能でもなく、「詩劇」という性格をその内に蔵している。しかし詩劇とは何か、そしてなぜ詩劇なのか。

今日ではあまり記憶されていないが、ある批評家が五七年の段階で「一時猫も杓子も「詩劇々々」と言つて騒いでいた[9]」と振り返ったように、一九五〇年代半ばにはかつてない詩劇ブームが到来していた。このブームには、「NHKが〔昭和〕三十年前後に木原孝一、谷川俊太郎、寺山修司、その他幾人かの現代詩人による詩劇を実験的に制作・放送し、ニッポン放送など一部の民放局が一時期、その試みを受け継いで詩劇に力を注いだ成果は見逃せない[10]」と柴田忠夫が指摘するように、ラジオドラマの流行という新たなメディア環境の創出も与していた。抒情詩を中心に展開されてきた現代詩は、劇的なるものに新たなコミュニケーションの可能性を求め、たとえば「詩においてはわれわれは孤独なものであることを余儀なくされたかもしれない。だが、詩劇においてこそ、詩をひとびとのものにかえすことが出来るかもしれないのだ[11]」と論ずる谷川俊太郎は、「大志ある若き詩人諸君、今がチャンスだぜ。怠けてないでどしどし書きましょう[12]」と、詩劇の創作を呼びかけた。また劇壇の側でも、加藤道夫「なよたけ」、福田恆存「明暗」等の試みは、従来の新劇的写実主義に対抗して、詩的なるものへの志向をその内に強く持っていた[13]。そしてこの時期における新たな詩劇への模索を、古典文芸としての能楽の再興という文脈へと合流させる見透しを立てたのが、文芸批評家・山本健吉にほかならない。

五〇年代にわきおこり、山本がその中心を担った「国民文学」の構築運動は、能楽というジャンルの規定に再び変移をもたらす契機ともなった。「私自身「国民」という言葉を好きでない」と留保した上で「国土と国語と国民とのシノニムの上に、われわれの文学をもっとおおらかに、生き生きと成立せしめよ[14]」と呼びかけた山本は、『古典と現代文学』（「群像」55・1~10）と題する古典批評によってみずからこの呼びかけに応じた。

そこで山本は人麻呂、世阿弥、芭蕉の三者に古典文学史のターニングポイントを見出し、長歌における叙事詩的性格、能楽における詩劇的性格、俳諧における連句の場といういずれも「共同体的なもの」を「詩の自覚の歴史」の核心として位置付ける。山本によれば、短歌、シテの情念劇、俳句という個人的《パーソナル》な抒情は、この共同性を基盤とすることなしには結晶しない。ところが後に短歌も俳句も、「短い詩型による自己閉鎖的なモノローグの世界」へと方向付けられ、能もまた「幽玄」の美学を完成させた代りに「シテ一人の創り出す美的世界」として固定されてしまった。個性に対して共同性に、単声性に対して多声性に「日本の詩」の「豊かな可能性」を見出そうとする山本の所論は、芸術の起源を個人の天才へと遡及させる近代主義的かつロマン主義的な文学観への反措定を打ち出す。そして現代にこうした共同性を再起すべく仮想されたのが、「国民文学」であった。

山本はT・S・エリオットの所論を引きながらこう述べている。

詩における三つの声とは、第一には詩人が自分に向ってのみ語りかける声であり、第二には詩人が多少を問わず聴衆に向って語りかける声であり、第三には詩人が劇中人物を創造して、その人物が他の人物に向って話しかけているという限界内で、自分の言いうることだけを言っている詩の声である。⑮

山本健吉によれば、詩劇は不可避的にフィクションを要請する。つまり詩人に対して三人称として立ち上がる人物が劇中に仮構され、作者の一人称に拠る声がフィクショナルなその「第三の声」へと転化するとき、詩劇が生れるというのだ。「この第三の声が、純粋に詩劇の声なのであり、それは日本の詩人たちに、これまで意識され発想されることのなかった声なのである」、と。こうして山本の詩劇論は、一人称的な抒情を軸に展開された現代詩を「モノローグ的」と批判する一方で、現代小説に対しても私小説的リアリズムの風土を離陸した「劇的」な構成を「ロマネスクなもの」として要求する。⑯『古典と現代文学』はこのように、現代詩および現代小説を「劇」というエレメントの下に縫合する視座を提出するための地ならしとなった。

こうした言説構築の過程で、山本健吉が日本文学における「詩劇」の範例として見出したのが、能である。ここにはひとつの逆転がある。野上豊一郎や佐成謙太郎らによって形成された旧来の謡曲理解は、能を非演劇的なもの、劇的対立を欠いた「シテ一人の歌舞」とみなしてきた。であるとすれば、なぜ、いかにして能は「劇」たりうるのか。

能はそのもっとも完成された形では、シテ一人の劇として成立しているが、それと同時に、シテが二重人格においての表現されるのが、本来の形である。二重人格というと、近代的な匂いがつきまとうから、むしろ一人の人物に内在する二つの情念、あるいは状態の対立と言った方がよい。⑰

山本はこのように能の本質を「シテ一人」に求める旧来の理解を踏まえた上で、それを「劇」なるものの条件として逆転させる。なるほど能はあくまでシテ一人を中心に構成される、しかし、複式能が端的に見せるように、シテの存在は時間的にも空間的にも同一性を欠いており、その分裂的性格こそが「劇としての条件につながるのだ」、と。能の中心的主題たる葛藤は、「シテとワキの対立から生れるのではない。シテという存在の内部に、対立するものがあって、その内部的な葛藤を呼び出す者が、ワキなのである」[18]と論ずる山本は、相対する二者の対立抗争《アンタゴニズム》を基礎に置くヨーロッパ的な作劇法に対し、シテという個の分裂がそれとは別様の対立抗争《アンタゴニズム》の発生条件を調える能楽独自の作劇法を見出した。

二

山本健吉がその小説の「ロマネスク」な性質とともに、みずからの「詩劇」論を実現する劇作家として評価したのが、ほかでもなく『近代能楽集』の三島由紀夫であった。

三島由起《ママ》夫氏の『近代能楽集』に収めた諸作品は、詩劇とは言えないが、セリフに詩の形式を用いなかったことを除けば、詩劇の要件を充たしていると言ってもよい。『卒都《ママ》婆小町』『葵上』など、すべて一人の登場人物のなかに、二重の状態、あるいは対立する二つの人格を設定して、成功している。[19]

山本はこうして、「『葵上』では、嫉妬という情念の化身である六条康子が、如何に理性と狂気との二つの存在に分裂し、抗争するか」、そしてまた「『卒塔婆小町』では老いさらばえた小町の一身に、現在の醜悪と過去の栄光とが如何にせめぎ合っているか」に注目を促す[20]。山本によれば、これらの諸作に見られるようなシテの内的分裂、つまりは現実と夢幻、生と死、理性と狂気に引き裂かれる主人公の存在形式にこそ、三島にとって本質的な「能の美学」が存していた。

ただし山本が三島に見出した「能の美学」の射程は、あくまでもドラマの水準、劇中に配置された人物の水準に局限されている。しかし私の考えでは、こうした分裂構造は『近代能楽集』のドラマばかりでなく、それが上演されるべきシアターをも貫徹している。分裂は時間という水準において端的に表出される。能へと深く準拠する本作の劇場は、いずれも現在と過去とに引き裂かれた時間錯誤《アナクロニズム》の下にある。三島はしばしば、「能における劇的なるものは、つねにその能の物語がはじまる前に終つてをり、舞台で語られるのは追想と執念だけである」と述べ、「能では、劇的なものは、劇の進行中に発生するのではなくて、劇の前提として与へられ、いはば与件として与へられてゐる」と強調していた[21]。能において――そして『近代能楽集』において――上演されるのは、進行しつつある悲劇ではない。むしろ悲劇が終ったところから、語ることにおいてその劇場は開演される。

金関猛は、三島の見出した能における逆流した時間が、「アリストテレスの『詩学』の逆転として成り立つ」ことを指摘している。能においては、ある物語の「始め」から始まり「終り」をもって終るというドラマトゥルギーが撹乱される。時間は意識の体系に属するが、無意識は時間を知らない。

あることが終ったと意識されても、無意識はその終りを認めない。したがって、山本健吉のいわゆる「シテの内的分裂」は、フロイトのいわゆる「心理劇」ならぬ「精神病理劇」、つまりは二者以上における心理的な角逐の劇ではなく、一者の内面における意識と無意識の葛藤劇として捉え直すことができる、と金関は論ずる。(22)

『近代能楽集』の第四作「葵上」（「新潮」54・1）は、六条御息所の生霊という周知のモティーフを下敷きにしている。六条康子は、かつて恋人だった若林光の妻・葵に生霊となって取り憑く。葵の眠る深夜の病院には、「あの帆がもう一度ここへ来ますやうに！」という康子の願いとともにヨットが現れ、幸福だった光との過去がつかのま回帰する。しかし帆に遮られた葵の、「助けて！助けて！」という呼び声は次第に高まり、康子はヨットとともに舞台上手に退く。再び現れた病室から光が電話をかけると、電話口にはほかでもなく康子自身が出る。ところが上手からは生霊と化した康子が呼びかけ、光はそちらに向かって去るのである。

電話の康子の声　もしもし、もしもし、もしもし……。何よ……光さん、どうしたの？　こんな夜中にあたくしを呼び出して、急に黙つてしまつたりして。何の用なの？なぜ御返事がないの？　……もしもし、光さん、……もしもし、もしもし……。

（この電話の声の最後の「もしもし」のあたりで、ベッドの上の純白のガウンの葵は、急に手を電話のはうへさしのべ、おそろしい音を立てて床の上に転がり落ちて、死ぬ。舞台急に暗黒になり）

——幕——

電話の声を通じてようやく姿を現した現在の康子の意識は、かつての幸福な時間がすでに終ってしまったことを認めている。だが彼女の無意識は、その終りをいまだ認めない。それは生霊となって過去の反復を要求し、別の女に恋人を奪われてしまった現在を否認する。生霊は過去の幸福なひとときを舞台の上に回帰させると、かつての恋人を拉し去り、恋仇を呪い殺してしまうのだ。幸福な過去の終りを認める意識と、その終りを認めまいとする無意識とが、この作品に精神病理劇的なシアターを開く。かくてこの作品は、主人公の無意識に生霊という形象を与えながら、それと対立する意識の次元を電話の声として呼び戻すことによって、過去と現在とに引き裂かれた二重の時間を一つの劇場の上に示現するのだ。この二元性が、詩劇によって創出される劇場の本質的な様式なのである。

四

一九五二年六月、世界旅行から帰国まもない三島は、二世梅若万三郎の「班女」を鑑賞した際、次のようなコメントを寄せている。

班女の世阿弥の詞章は、詩劇としてほとんど完璧である。

> 懸詞や枕言葉による一見無意味な観念聯合が、実は重要な意味をもつてゐる。かういふイメージの飛躍は、演者の行為を意味してゐるのです。（中略）捨てられて孤閨に苦しむ女の、あれほどに単調な心理、あれほどに非演劇的な心理は、中世文学の文体によつて、たえざる外面的な可視的なイメージに移しかへられる。(23)

山本健吉の『古典と現代文学』と同じく、謡曲を詩劇として読み替える視点を持っていた三島由紀夫は、それが劇であることの根拠を、詞章それ自体がイメージの聯合と飛躍によって紡ぎ出すパフォーマティヴな力に求めた。そして謡曲において、言葉そのものを行為へと置換するこの修辞的装置を、三島は端的に「文体」と呼んだ。シテの「非演劇的な心理」は、文体によって「外面的な可視的なイメージ」を与えられてはじめて、たんなる会話や告白を超えたシアトリカリティを開示するというのだ。三島由紀夫の演劇における文体という装置の発見は、その上演に際し「セリフ自体の演技的表現力によつてしか、決して全き表現を得ることがない」と断言した「サド侯爵夫人」（〔初演〕ＮＬＴ、65・11）へと結実することになるだろう。

三島が「詩劇としてほとんど完璧である」と評価する謡曲「班女」を翻案した第五作「班女」（「新潮」55・1）にも、演劇の条件としての文体をめぐるこの劇作家の洞察を見ることができる。恋人を待ち続けて狂女と化した主人公花子は、画家・実子のアトリエに身を寄せる。それを新聞で知った吉雄が訪ねて来ても、花子は彼が吉雄であることを認めようとはしない。

吉雄　何を言ふんだ。忘れたのかい？　僕を。

花子　いいえ、よく似てゐるわ。夢にまで見たお顔にそつくりだわ。でもちがふの。世界中の男の顔は死んでゐて、吉雄さんのお顔だけは生きてゐたの。あなたはちがふわ。あなたのお顔は死んでゐるんだもの。

吉雄　え？

花子　あなたも髑髏《されかうべ》だわ。骨だけのお顔。骨だけのうつろな目で、どうして私をそんなに見るの？

吉雄　しつかりごらん。しつかり僕をごらん。

花子　見てゐるのよ。あなたよりもつとしつかり見てゐるのよ。（実子に）実子さん、又私をだます気なのね。だましてむりやりに、旅へつれてゆくつもりなのね。こんな知らない人を呼んできて、吉雄さんなんて言はせたのね。待つことを、きのふも、けふも、あしたも、同じやうに待つことを、私に諦めさせようといふつもりなのね。……私は諦めないわ。もつと待つわ。もつともつと待つ力が私に残つてゐるわ。私は生きてゐるわ。死んだ人の顔はすぐわかるの。

花子は舞台上にようやく姿を現した男が、吉雄その人であることを否認し、彼とは別にみずからの心象に生きる吉雄を待つことを選ぶ。『金閣寺』の「私」が「心象の金閣」に固着し「現実の金閣」を焼き払ったように、「班女」の花子は訪れることのない吉雄を待ち続け、舞台上に姿を顕した吉雄に退場を命ずる。ここで劇的対立を構成するのは、吉雄と花子ではない。花子というシテ一人の発話において、吉雄を名乗る舞台上のこの男と、彼女がその到来を待ち続ける観念上の吉雄とが、せめぎ合っているのである。吉雄を名乗るいかなる男も、花子の観念において昇華された吉雄には決して追いつかない。誰であれ――つまりは吉雄自身であれ――、それに比べれば贋物であるよりほかはない。

とすれば、本物の吉雄はどこにいるのか。彼はただ花子の観念の中にのみ、より精確には、舞台上の対話を通してパフォーマティヴに構築された、舞台上のいかなる身体にも帰属しない外部の次元にのみ、存在するのだ。この抽象的な次元は、「待つ」花子が生きる現実とは交差することがない。花子が待つ対象は決して訪れることがないのであり、それでもなお「待つ」と発話することはそれ自体、一つの反語《イロニー》だと言ってもよい。いささか喜劇的でさえあるこの諧謔とともに、「班女」の舞台は幕を下ろす。

集の中でも代表作に数えられる第三作「卒塔婆小町」（「群像」52・1）は、舞台に対する外部の開顕、すなわち文体による不可視かつ抽象的なダイメンションの構築という三島演劇の特性をよく表現している。夜の日比谷公園で吸殻《モク》を拾う老婆が、若い詩人に、自分がかつて「小町といはれた女」であること、そして自分を美しいと言った男が皆死んでしまったことを語る。すると舞台は明治の世の「鹿鳴館」に遡り、人々の賞賛を集める小町は詩人と踊る。

老婆　（喜色をたたへて）思ひ出した？

詩人　うん。……さうだ、君は九十九のおばあさんだつたんだ。おそろしい皺で、目からは目脂《めやに》が垂れ、着物は煮しめたやう。酸つぱい匂ひがしてゐた。

老婆　（足踏み鳴らして）してゐた？　今してゐるのがわからないの？

詩人　それが、……ふしぎだ。二十あまりの、すずしい目をした、いい匂ひのするすてきな着物を着た、……君は、ふしぎだ！　若返つたんだね。何て君は……。

老婆　ああ、言はないで。私を美しいと云へば、あなたは死ぬ。

詩人　何かをきれいだと思つたら、きれいだと言うさ。たとえ死んでも。

詩人は対句的なセリフのうちに、先に見た老婆の姿と、今まさに見ている小町のそれとの対照を描き出し、彼女が九十九歳の老婆ではなく二十歳あまりの美しい小町であることをみずからの死を賭して断言する。しかしこのとき彼女は、「小町」としてではなく「見るもいまはしき乞食」の姿のまま、この舞台上に立っているのだ。

有元伸子が指摘するように、この場面の老婆＝小町については、「光線の当る加減で衣裳の色を変える、ダブル・キャストにする、全く表情だけの変化によって美女に見立てる、等々」、さまざまな演出が試みられてきた[24]。しかし私の考えでは、この場面で舞台に立つ老婆＝小町の形姿を美しく見せるような演出は、彼女の美しさには決して追いつかない。舞台の上に美しい小町を有らしめるには、ただ「美しい」という言葉がある強度のうちに発せられれば十分なのだ。このセリフを発した詩人の死は、その強度を担うにたるはずである。詩人のセリフは、彼の眼前にある老醜を極めた女の形姿を空無化し、それとは異なる美しい小町の像を、ただみずからの言葉によってのみ立ち上げる。そしてその言葉とは、老婆を愛してしまった彼自身の複雑な心理の告白でも、あるいは彼の目だけに見える小町の姿の詳細な描写でもなく、「君は美しい。世界中でいちばん美しい。一万年たつたつて、君の美しさは衰へやしない」という紋切型のセリフにほかならない。詩人が死を賭けて発した言葉、単純きわまる「美しい」というこの言葉だけが、老婆が舞台上に立ついかなる身体の形姿にも限定されない、本物の美しい小町であることを支えるのだ。『近代能楽集』が「劇場の空間という全く特殊な空間の秘密」を示現していると論ずる大岡信は、「三島氏の戯曲の恒常的なテーマのひとつ」として、「眼前にある可視的なものが、実は不可視のもの、夢の中で磨かれつづけ、ついに一個の想像的現実となってしまったものによって支えられ、意味あらしめられるのだというアイロニー[25]」を挙げている。三島における「詩劇」は、セリフ自体に内在する行為遂行的《パフォーマティヴ》な力を顕在化させ、舞台上のいかなる視覚的イリュージョンにも還元されないイメージを、ただ言葉だけで象るのである。

五

「葵上」の康子と「班女」の花子は恋人と過ごした幸福な過去を、「卒塔婆小町」の老婆は美女として鳴らした輝かしい過去を、決して忘れることができない。その過去はオブセッショナルに回帰と反復を要求する。第八作「弱法師」（「声」60・7）の主人公もまた、彼が過去に見た光景に捕縛されている。裁判所の一室、二組の両親は盲目の青年俊徳を息子にしようと、彼に愛されるべく拝跪する。大人たちが現実の名のもとに見ているものが実は虚偽であり、目の見えない自分が見ているものこそが真実であることを、青年は雄弁かつ狂的に語る。彼は大人たちを舞台から斥け、残った調停委員の級子に向かって、窓の夕日を見つめながら独白する。彼の目に映るのは、彼が戦争の最後の年に見たという「この世のをはりの景色」であり、幼い彼の目を焼いた「最後の炎」

にほかならない。

俊徳　ごらん、空から百千の火が降つて来る。家といふ家が燃え上る。ビルの窓といふ窓が焔を吹き出す。僕にははつきり見えるんだ。空は火の粉でいつぱい。低い雲は毒々しい葡萄いろに染められて、その雲がまた真赤に映えてゐる川に映るんだ。大きな鉄橋の影絵の鮮やかさ。大きな樹が火に包まれて、梢もすつかり火の粉にまぶされ、風に身をゆすぶつてゐる悲壮なすがた。小さな樹も、小笹のしげみも、みんな火の紋章をつけてゐた。どんな片隅にも火の紋章と火の縁飾りが活潑に動いてゐた。世界はばかに静かだつた。静かだつたけれど、お寺の鐘のうちらのやうに、一つの唸りが反響して、四方から谺を返した。へんな風の唸りのやうな声、みんなでいつせいにお経を読んでゐるやうな声、あれは何だと思ふ？　何だと思ふ？　桜間さん、あれは言葉ぢやない、歌でもない、あれが人間の阿鼻叫喚といふ奴なんだ。

　堂本正樹が指摘するように、さらに続く俊徳のこのセリフでは「独白が舞台のスクリーンに大写しになり、観客は俊徳の内面世界の実在に、一気にたぐり込まれる」、すなわち「独白の行動力」が存分に発揮されている[26]。終末の光景は、舞台上のスペクタクルとして再現されるのではない。仮に視覚的に再現されたとしても、そうした見せかけは彼が経験した外傷の強度とは決して釣り合わない。オブセッショナルに回帰する「阿鼻叫喚」は、それを経験したために盲目となってしまった主人公のセリフの強度それのみによって、観者が見る舞台を超えた観念というシアターに示されるのだ。

　ところが記憶をめぐるこの盲者の独白は、生々しい写実性をほとんどもっていない。毒々しい葡萄色の雲・紋章のような火・お経のような声、と、盲者のセリフが繰り出す観念聯合は、どこかで聞いたことがあるようなステレオタイプの中を動いているにすぎない。つまりこのセリフは、かつて彼が経験したはずの地獄を、あるいはそれが彼に強いたはずの交換不可能な身体感覚を、すべて抽象した紋切型の修辞の上に成り立っているのだ。ならばなぜ、彼はみずからの経験を、語ることにおいてリアルに再現しようとしないのか。

　廃曲となった「源氏供養」（「文芸」復刊号、62・3）をもって『近代能楽集』の制作に終止符を打った三島は、その翌年には文学座の分裂にも見舞われる中、観世銕之丞演ずる「大原御幸」を観た際に「変質した優雅」と題するエッセイを著している。

　能は、いつも劇の終つたところからはじまる、と私はかねて考へてゐた。この考へは今も変らない。「大原御幸」では、この世の最高の劇はすでに終り、もつともふさはしからぬその目撃者が残つてゐて、その口から過去の劇が語られるのである。

能がはじまるとき、そこに存在するのは、地獄を見たことによつて変質した優雅である。芸術といふものは特にこのやうなものに興味を持つ。芸術家は狐のやうに、この特殊な餌を嗅ぎ当てて接近する。それは芸術の本質的な悪趣味であり、イロニイなのだ(27)。

謡曲「大原御幸」のシテである建礼門院は、平家滅亡後も思いがけず生き残り、大原寂光院に世を捨てる。その庵を訪れた後白河法皇に向かって、女院は戦いの酸鼻なありさまを語るのである。「大原御幸」のシテの存在理由は、この世の終りともいうべき地獄を見てしまったこと、この非凡な知覚の経験にこそ存している。しかるに三島によれば、シテはその経験を表現しているのではない。「彼女は地獄を表現することはできない。あきらめている。見たのだけれども(28)」。なぜなら語ることは、見たものの唯一性を汚染すること、固有の経験を所詮は語られたものでしかない言葉へと切り下げてしまうことでしかないからだ。言葉は地獄を表現するには役不足なのであり、逆に、容易に語られるようであれば、シテが目にしたものはもはや「地獄」と呼ぶに値しない。

三島版「弱法師」の主人公もまた地獄の光景、「この世のをはりの景色」を見たところに、その存在理由をもっている。「この世の最高の劇」であったカタストロフィはすでに終り、「あなたはもう死んでゐたんです」と級子が言葉を返すように、彼は破局が終った後を生きる。かつて彼が目にした光景は、言葉によって再現されえず、また再現されてはならない。俊徳のセリフはむしろ、見たという経験が語りえぬものであることを証明している。その凡庸な紋切型においてである。凡庸な修辞だけが、彼の見たものが再現しえぬ本物の地獄であることを示すのに相応しい。セリフの紋切型は、「あれは言葉ぢやない」という地獄の光景を、彼がまごうかたなく見たことを証し立てる。俊徳が連綿と繰り出す修辞の紋切型は、彼が目にした光景の非凡さに対する、反語《イロニー》にほかならない。かくて地獄を見たことによって、三島のいわゆる「優雅」は、ほかならぬステレオタイプへと変質するのだ(29)。

『近代能楽集』のセリフのかような紋切型は、能へと準拠したこの連作の作劇法それ自体から発している。ドラマが終った後にシアターを開くという方法が、それである。最高のドラマが終焉した後に繰り広げられる追憶と執念のシアターは、そのドラマの一回性を汚すことのない華麗にして紋切型のセリフ、死んだ修辞を、不可避なるものとして要求するのである。

さて、本稿はここまで『近代能楽集』が戯曲それ自体のうちにプログラムする劇場性について記述してきた。だが作品が実際に視聴覚的な空間において上演されるとき、そのプログラムはどのように出力されることになるのだろうか。かつてある演出家は三島戯曲を板に乗せるに際し、その言葉の死に対して抵抗を試みた。三島が自作を委ねるにあたり「私には、どんなことになるのか、さつぱりわからない。稽古も怖ろしくて見にゆけない(30)」とこぼさずにはいられなかった演出家、武智鉄二がその人である。

六

三島由紀夫はごくオーソドックスな線に沿って、ヨーロッパ演劇の起源たるギリシア悲劇をエウリピデス的なものとして、つまりは弁論の劇として理解していた。「エウリピデスは、古代の悲劇作家のうちで、近代劇の祖と謂つてよい唯一の人である(31)」と。だがこのことは必ずしも自明ではない。かつてこの作家も愛読したという『悲劇の誕生』は、エウリピデス以後のギリシア劇が「ソクラテス的」な弁論に身を委ねたことを、むしろ頽落として徹底批判していた。演劇の発生場《コーラ》をダイアローグの論理に求める三島の所論は、『悲劇の誕生』への愛着をあえて忘れてみせるところに成り立っているといってもよい。

周知のようにニーチェは悲劇の本質を混沌としたもの、調和をもたないものにおける美的快感と捉え、それを「ディオニュソス的なもの」と呼んだ。ところが悲劇そのものは、ディオニュソス的な陶酔のみで成立しているわけではない。そこには夢のような形象をもたらすもの、「アポロン的なもの」が欠かせない。アポロンは熱狂の感覚を目に見える形へと導くが、その形はディオニュソスの根源的な旋律《メーロス》に比すれば仮象にすぎない。ニーチェによれば、頌歌《ディテュランボス》を歌いながら踊り狂うサテュロスの合唱隊は、その原始的な合唱から劇を産み落としたことによって、悲劇の誕生を告げた。

根源的には悲劇は単に「合唱隊」なのであって、「演劇」ではない。この神たるディオニュソスを実在する神として示し、この幻視の姿を、これを聖化する額縁とともに、何人の目にも見得るものとして表現せんとする試みが後になって漸くなされるのである(32)。

アイスキュロスからソフォクレスへといたるギリシア悲劇の系譜では、悲劇は合唱隊《コロス》という母胎をみずからにとって不可分なものとして有していた。それは対話のような明晰な論理をもたない。悲劇は熱狂的なメーロスとともに、ディオニュソス的な音楽と乱舞とともに、身体の感覚を母胎《コーラ》として発現するのだ。ところがエウリピデスはその「ソクラテス主義」において、悲劇を身体的な動性から切断し、人物間の明晰な対話の劇へと置換してしまう。ニーチェによれば、かくて成立した「演劇」はむしろ悲劇の死を意味していた。

集の第一作「邯鄲」(「人間」50・10)では、主人公次郎を邯鄲の枕の夢へといざなう重要な装置として、合唱のパートが挿入されていた。謡曲の地謡にヒントを得た合唱は、本作では主人公をして時間と空間を自在に飛躍せしめるのだが、この作品を最後に集の中から失われる。『近代能楽集』もまた、それが「演劇」として整備される過程において、コロスという悲劇の母胎から切り離された。シアトリカルなものの復活を目指した三島における詩劇の試みは、劇を論理性に従属させようとする方向、身体性に対して明晰にして修辞的な弁論を優先させようとするエウリピデス的＝反ディオニュソス的な方向へと引き寄せられてもいる。明晰な論理への志向こそが、三島における「古典主義」の要諦であった。

　これに対し、ディオニュソス的な身体の古層への回帰を志向する独自の方法論において、三島戯曲におけるステレオタイプへの傾斜と悲劇の死に抵抗したのが、「卒塔婆小町」のオペラ化（関西歌劇団、56・3）、乱拍子を伴奏に用いた「道成寺」のラジオドラマ化（ラジオ東京、57・6）など、『近代能楽集』所収作品の大胆な演出を手掛けた演出家・武智鉄二にほかならない。

　五〇年代半ば、古典芸能を現代の前衛演劇として再生させる試みを展開した武智もまた、時流を受けて「詩劇」論を構想していた。その詩劇論は、自然主義的な「写実」に基礎を置く旧来の新劇に対するオルタナティヴを模索する同時代の文脈を共有する一方で、そのために「日本的」な身体の古層を掘り起こし、とりわけ発声する演者の身体性を直截に標的する点で特異なものであった。武智が企てたのは、長短のある詩句であっても呼吸法によって同じテンポで強勢《ストレス》がくるように発声するという、「能や狂言の散文詩形（ブランク・ヴァース）」に基礎を置くメソッドの構築である。五〇年代の主文脈からは全くズレているが、「詩劇の復活は、日本語におけるストレスの復活であり、現在の死んでいる国語をよみがえらせることでもある」と武智は強調していた[33]。

　武智は五五年末に、第二作「綾の鼓」（「中央公論」51・1）を円形劇場において地謡なしの能楽として演出し、洋装に仮面という出で立ちの演者に「三島さんの文章」を「伝統的な謡曲の手法で、謳」わせることを試みた。同時代の前衛芸術運動のフィクサー・瀧口修造は、これを鑑賞したのち「この仮面劇のなかに傍役としてひとり素面であらわれる現代劇女優、岸田今日子の一見無表情な演技とせりふとにふしぎな感動をおぼえた」と述べ、「こんどの上演から、日本の新しい詩劇の誕生にとって、多くの貴重な契機を引き出すことができるのではないか」と評価した[34]。かくて武智版「綾の鼓」は、五〇年代のアヴァンギャルド芸術にも合流する「新しい詩劇」の創出に寄与する試みとして受け容れられた。

　ところで武智はこの作品の演出の過程で、三島の戯曲についてある欠陥を発見する。

　「来ましたわ、私来ましたわ。あなたが来いとおっしゃったからよ」を、謡のフシをつけて謳ってみると、それがいかにも冗長で冗漫な感じが、私にはして来たのであった。つまり、それは、接尾語だけが余分だという感じであった。謡の文句としては、「私来ました。あなたが来いとおっしゃったから」で十分なのであった。「わ」とか「よ」とかいうことばが、謡独特のフレージングをつけたユリブシで、長く引きのばされて謳われるとき、現代語の空虚が、伝統芸術という祖先の声によって、きびしく批判され、非難されているという気が、強く実感として、私に起ったのであった。[35]

　武智が問題にしているのは、前場では一言も口をきかなかった華子が、亡霊となって回帰する老人岩吉と出会う後場で、はじめてセリフを発したその発声についてである。これを緒として、華子に美しくあってほしいと願いみずからの幻想に殉じた亡霊と、みずからが名うてのスリであることを告げその亡霊に幻滅を強いる華子との対立抗争――すなわち、この作品の劇場そのものを構築する二元性――がもたらされることになる。ところが、三島的な二元的劇場をパフォーマティヴに開くべきこのセリフが、武智によれば、余分な接尾語によって飾り立てられすぎているために、謡に乗せるとだらしなく間延びしてしまうというのだ。「わ」や「よ」といった接尾語ゆえに、能楽で言えば「待謡」にあたるこのセリフが、伝統的な発声の古層から遊離してしまうというのである。

　武智がこの不満を三島に伝えると、それが演劇というよりも戯曲の言葉についての批判であったがために、「あからさまに不機嫌な顔をされた」という。[36]「登場人物は、極く自然に、もっともふさわしく、誰にも言えそうにない、複雑な、詩的なせりふを言う」と本作の英訳者・ドナルド・キーンも指摘するように、『近代能楽集』の――あるいは三島戯曲の――セリフ回しは、完全に現代日本語の日常性から乖離している。[37]さらに三島は「日本の新劇が、今日に限らず、アンチ・テアトルばかりを追つかけて来た」こと、つまりはその「写実主義的心理主義的偏見」に反発し、「詩的」な戯曲の文体を構築することでいわゆる「新劇調」からも距離を置く。瀧口修造も指摘したように、三島の戯曲にはおよそ新劇らしからぬ、岸田今日子が示したような「一見無表情な演技とせりふ」とが相応しい。しかしその言葉は武智鉄二によれば、「日本的」な古層に根付く伝統的発声からも乖離しているというのだ。

　とすれば、三島由紀夫の戯曲はどこに母胎を置いているのか。武智鉄二が正しく指摘するように、その文体を可能にする母胎は「現代語の空虚」をおいてほかにない。『近代能楽集』のセリフは、ステレオタイプにまで純化された、日常言語とも伝統言語とも異なる空虚な現代語によって支えられている。その詩劇の文体は、スペクタクルには還元されない抽象的にして観念的な次元を新たな劇場性として創出するための条件であるとともに、端的に「空虚」であることにおいて、三島由紀夫の演劇のリミットをも標し付けている。

注1　野上豊一郎『能　研究と発見』（岩波書店、30・2）

2　注1に同じ。なお野上の能楽論の歴史的位置については、中西由起子「「謡曲」鑑賞法の構築」（「九大国文」1〜4、02・8〜04・4）に詳細な記述がある。

3　佐成謙太郎「謡曲—特に夢幻的楽劇として見たるその形態組織について」（『岩波講座日本文学』32・6）、強調は原文。

4　如月小春は、三島のいわゆる「シアトリカリルな演劇」をもっともよく演じえた女優として、杉村春子を挙げている（『俳優の領分—中村伸郎と昭和の劇作家たち』新宿書房、06・12）。

5　三島由紀夫「ロマンチック演劇の復興」（「婦人公論」63・7）

6　中村雄二郎「能と現代演劇・私観—テキスト・身体・トポス」（「文学」85・8）

7　三島由紀夫「卒塔婆小町覚書」（「毎日マンスリー」52・11）

8　三島由紀夫「卒塔婆小町演出覚え書」（『新選現代戯曲5』河出書房、53・1）

9　山本健吉「原型への回帰—詩と劇との出会い」（「文芸」57・3）

10　柴田忠夫「民放ドラマの誕生と発展」（『現代日本ラジオドラマ集成』沖積舎、89・9）、括弧内は引用者補。

11　谷川俊太郎「詩劇の方へ—a memorandum」（「櫂」54・11）

12　谷川俊太郎「詩劇へのアジテーション」（「文章倶楽部」56・5）

13　加藤道夫「なよたけ」（「三田文学」46・4〜11〔初演〕菊五郎劇団、51・6）、福田恆存「明暗」（「文学界」56・1〔初演〕文学座、56・3）。山本健吉は同時期の劇評において、「明暗」を明確に「詩劇」と称し、「なよたけ」と木下順二「夕鶴」（「婦人公論」49・1〔初演〕ぶどうの会発表会、49・10）を「詩的散文劇」と呼び区別している（「詩劇について」（「新潮」56・5））。

14　山本健吉「国土・国語・国民—国民文学についての覚書」（「理論」52・8）

15　山本健吉「詩の自覚の歴史」（「群像」55・1）、引用は『古典と現代文学』（講談社、55・12）による。なお、ここで山本が参照しているのは、T.S.Eriot:Three Voices of Poetry（邦訳は「詩における三つの声」（『T・S・エリオット詩劇論集』綱淵謙錠訳、緑書房、56・7））。なお古典主義者エリオットの『詩劇論集』は、五〇年代における詩劇ブームの決定的に重要な理論的参照枠であった。

16　私見では、山本のこうしたロマネスク理解は、一般には「ロマネスク」という語が含意する心理主義を採らない点で特異である。たとえば山本は福永武彦の「世界の終り」（「文学界」59・4）を評して、「巧妙に仮構された心理というものに、私はさして興味を抱けないのだ」と表明している（「文芸時評」（「読売新聞」59・3・19））。

17　山本健吉「詩劇の世界」（「群像」55・7）、引用は『古典と現代文学』前掲による。

18　山本健吉「『近代能楽集』」（『現代文学大系　58　三島由紀夫集』月報、筑摩書房、63・12）

19　山本健吉「詩劇への一つの道」（『近代文学鑑賞講座　第二十二巻　劇文学』田中千未夫編、角川書店、59・9）
20　注18に同じ。
21　これは武智鉄二が「智恵子抄」を現代能化した際に寄せたエッセイの一節である（「「智恵子抄」に期待する」（「花友会新作能・狂言プログラム」57・4）。
22　金関猛『能と精神分析』（平凡社、99・9）。三島由紀夫と山本健吉の能楽論の理論的連関について、私は本書から多くの示唆を得た。
23　三島由紀夫「「班女」拝見」（「観世」52・7）
24　有元伸子「三島由紀夫「卒塔婆小町」論―詩劇の試み」（「近代文学試論」85・12）
25　大岡信「現代芸術批判」（「展望」66・9）、引用は『現代芸術の言葉』（晶文社、67・9）による。
26　堂本正樹『劇人三島由紀夫』（劇書房、94・4）
27　三島由紀夫「変質した優雅」（「風景」63・7）
28　秋山駿『対談・私の文学』（講談社、44・10）における三島の発言。
29　三島の小説作品における「見たもの」と「書くこと」の反語的相関については、拙稿「三島由紀夫『美徳のよろめき』論―小説家の明断」（「国語と国文学」06・7）を参照。
30　三島由紀夫「武智版「綾の鼓」について」（「断絃会プログラム」55・12）
31　三島由紀夫「海風の吹きめぐる劇場」（「毎日マンスリー」53・6）。なお三島にはエウリピデスの『メディア』を翻案した小説『獅子』（「序曲」48・12）がある。
32　F・W・ニーチェ『悲劇の誕生』（引用は塩谷竹男訳、ちくま学芸文庫、93・11）
33　武智鉄二「詩劇の復活」（「武智歌舞伎」55・6）
34　瀧口修造「伝統と創造」（岡本太郎・瀧口修造他『現代人の眼』現代社、56・11）
35　武智鉄二『三島由紀夫・死とその歌舞伎観』（濤書房、71・8）改行は省略。
36　注35に同じ。
37　ドナルド・キーン「解説」（『近代能楽集』新潮文庫、68・3）。平田オリザも同様に三島戯曲について「日本人は、このようには喋らない」「日本人は、このようなことは喋らない」と指摘し、日本においては「生活言語」と「演劇の言語」の乖離が演劇を閉ざされたものにしてしまったという新劇草創以来のコンテクストをそこに重ね合わせている（『演劇のことば』岩波書店、04・11）。

*『近代能楽集』からの引用はいずれも『決定版三島由紀夫全集』（新潮社）による。また、作品の上演・放送データについては、同全集第42巻（05・8）を参照した。

（東京大学大学院学生）

特集　三島由紀夫の演劇

「戯曲の文体」の確立――『白蟻の巣』を中心に――

松本　徹

三島由紀夫の演劇活動は、小説など散文の分野と同様に、幅広い。

先に拙稿「交響する演技空間――三島由紀夫の芝居」（国文学解釈と鑑賞別冊「現代演劇」平成18年12月）では、『火宅』に始まる、俳優座、文学座などいわゆる新劇の劇団によって上演された系列の外に、『艶競近松娘』以下の、邦舞なり歌舞伎系列の作品があり、こちらにおいて一足早く大劇場で成功を収めているとともに、三島の演劇観の根幹が形成されたと見なくてはならないことを指摘した。

それに加えて今一つ、上演には至らなかったものの、越路吹雪のために書いた『溶けた天女』（「新劇」昭和29年7月号、脱稿は26年8月7日）を初め、『ボン・ディア・セニョーラ』など、ミュージカルなりオペレッタの系列も挙げて置くべきであったかもしれない。このような系列にまで手を伸ばしたのは、多分、いまも言ったように、歌舞伎が三島の演劇観の中心に座っていたからこそであろう(1)。

そして、『黒蜥蜴』『アラビアン・ナイト』、大掛かりな舞台装置を中心に据えた『癩王のテラス』も、ミュージカルなりオペレッタ系列の作品を書いて来ていたからこそ、書き得たと言ってよい側面を持つ。築地小劇場の流れに留まらず、中劇場、大劇場でとなると、こうした側面も備えなくてはならないのである。『鹿鳴館』にしても、ここに数えてよい性格を持っていよう。

ただし、劇作家三島にとって最も重要な意味を持つのが、台詞であったのは間違いないところである。その点で、新劇のアトリエ公演から始まった、新劇の系列が大きな位置を占めることになる。

ただし、その台詞は、築地小劇場の流れの、いわゆるリアリズムのものではない。登場人物が置かれているある状況なり心理から発せられ、かつ、そこへ収斂するのではなく、台詞自体が台詞を紡ぎだし展開するかたちを併せて持ち、舞台と観客の間に一元的に成立する世界を越えて、もうひとつ別次元の世界を現出すべく働く。多次元的、多層的世界を構築する、と言ってよいかもしれない。その点で、ある認識、思考、感情、意志を表現し伝えるだけでなく、様式性を備え、朗唱性、音楽性を発揮、時には多義性を豊かに含み持つ。

そういうところから、台詞を中心にしながら、歌舞伎なり浄瑠璃と繋がるし、音楽性を追求するところでミュージカルなりオペレッタとも繋がることになる。

台詞劇の到達点といってよい『サド侯爵夫人』と『わが友ヒットラー』にしても、こういうところを備えていると見てよい面があるのではないか。

＊

いま、三島の演劇活動のおおよそをごく大雑把に概観したが、その中でも新劇系列で、多幕物として初めての確かな成果となった『白蟻の巣』（「文芸」昭和30年9月号、同年4月25日脱稿）を取り上げて考察したい。

この戯曲は、青年座からの依頼によるもので、その際、「なるべく登場人物を少なく」との注文であったという。そのことをこう受け止めて書いたと、「上演プログラム」で三島は書いている、「口に出しては言はないが、すべてに金のかからないやう、といふ注文はわかつてゐる。私にとつては、かういふことはすべて物怪の幸であつた。一杯道具の三幕物で最小限度の登場人物といふことは、私が芝居に対して抱いてゐる理想に符号する」。

多分、新劇の劇団から公演のため多幕物の執筆依頼を受けたのは、これが初めてであったろう。『只ほど高いものはない』は、「新潮」昭和二十七年二月号に発表しているが、文学座で上演されたのは三年後の三十年六月である。『夜の向日葵』は「群像」昭和二十八年四月号に発表、同年六月に文学座によって上演されたが、初の外国旅行中、トラベラーズチェックを盗まれるトラブルのため、長期滞在を余儀なくされたパリで執筆（昭和27年3〜4月）したものであった。そうした事情に加え、いま触れた『只ほど高いものはない』に『葵上』を加えた、文学座公演の舞台稽古が行われていた。そのため上演する戯曲を書く上で留意すべき点を実地に教えられたはずで、それを踏まえ、より優れた作品をと意気込んでいたに違いない。

三島にとって戯曲を書くことは、小説を書くところから最も遠いところへと導かれることであった。小説は、白紙という恐ろしく空漠とした抽象的な次元において、言葉ひとつで展開するため、恐ろしく無制約であり自由である――それがまた別種の厳しい制約になる――が、戯曲となると、俳優、舞台、観客、劇場、そして限られた時間と資金などと、現実世界に存在する事物・事情と堅く結び付いた制約を受け、それらを逆に生かすかたちを採らなくてはならないのである。

そのことを三島は、初めて上演された『火宅』についてだが、こう述べている、「私が戯曲の魅力と考へるものは、ひとへにその『制約』なのである。詩における韻律の魅力なのである。（中略）ともかく明晰な宿命を持つた形式が私の憧れであつた」（「『火宅』について」昭和24年4月）。

果たして「詩における韻律の魅力」を持つにまで至るかどうか分からないが、青年座からの制約付き注文が、三島の創作意欲を掻き立てたのは確実である。そして、それをもって、「芝居に対して抱いてゐる理想」を実現する機会としようとしたのである。

その「芝居に対して抱いてゐる理想」だが、ラシーヌに代表されるフランス古典劇を想定してよかろう。それが重んじる三一致の規則に従うなら、間違いなく「金のかからない」ようにすることができるのである。舞台の転換は行わず、一杯道具で通し、作中の時間も可能な限り圧縮、衣装や小道具などもあまり変えずにすませ、俳優の人数を絞るのだ。そうして近代演劇が持ち込みがちな夾雑物を徹底して排し、台詞に集中、台詞ひとつで劇を構築する。

後にラシーヌ『ブリタニキュス』の修辞を担当した際、新聞に寄せた文章で、その悲劇についてこう書いている、「すべてが台詞、台詞、台詞であつて、そこには脈々と、西欧の劇の源流であるギリシャ古典劇の、ディスカッションの伝統、劇的対立の伝統、劇的状況の極度の単純化の伝統、抽象化の伝統、反写実主義の伝統、劇的論理の厳格性の伝統が流れてゐる」（「『ブリタニキュス』のこと」昭和37年4月）。

＊

こうした「理想」の芝居を実現すべく、筆を執ったのだ。

そうして設定した舞台は、三幕ともブラジルのリンス郊外のコーヒー園主刈谷義郎の居間兼食堂である。季節は真夏、南半球なので、一、二月である。

三島は昭和二十六年末に初めて海外旅行に出て、翌二十七年二月にアメリカからブラジルへ入り、リンス郊外の元東久邇宮の子息久羅間俊彦の農園を訪れている。その折りの見聞が生かされていると思われるが、この場所は、上の条件によく応えるとともに、三島が考える「理想」にもかなっていたと思われる。すなわち、今日の日本から遠く離れ、かつ、狭く限られて、自ずと単純化、抽象化された空間であり、写実主義に流される恐れがない。それでいて、日本人が暮らし、日本語が話されているのである。このようなところを、今日の日本社会の中に据えようとするなら、さまざまな工夫が必要だが、そうした努力をせずにすむ。

孤立した特異な舞台を設定することは、他でも行っており、『灯台』では大島のホテル、『邯鄲』ではバスに長く乗らなくてはならない山のなかの邯鄲の里といった具合である。小説でも『愛の渇き』は大阪郊外の農園、『沈める滝』は山深く、冬には交通が途絶するダム建設現場、といった具合である。

この舞台に、相次いで六人の人物が登場するが、軸になるのは、二組の夫婦である。

コーヒー園の朝から始まるが、舞台下手の運転手の居室では、ベッドの百島健次の傍らで、妻の啓子が泣いている。二十歳そこそこ、結婚して半年ほどである。夫は二十七、八歳で、二人の会話から、夫の首筋とコーヒー園主刈谷義郎の妻妙子の首筋に同じ傷痕があることが分かる。

こうして幕開き早々、この邸宅で暮らす者たちにとって、おぞましい過去があることが生々しい具象性をもって示されるのだ。そして、その出来事と、それによって生まれた事態が徐々に明らかになるかたちで、舞台は進んで行く。それだけに冒頭、これから生起する事柄の大枠が提示されるとともに、劇が辿るであろう軌跡のおおよそが示されるかのような印象を受ける。勿論、その予想は半ば裏切られる。しかし、観客が予想し、裏切られることも、劇の緊密な展開には不可欠である。

その出来事だが、一年前に百島と妙子が心中を図っていたのだ。庭の納屋でそれぞれ首筋を切ったが、頸動脈の在りかをしかり把握していなかったため、失敗したのである。その死に損なった二人を、刈谷は恐るべき寛容さでもって許し、妙子を妻のまま留め置き、百島も運転手として雇いつづけた上、啓子と結婚させた。

その結果、どういうことになったか。

妙子は、いまなお生きた屍同然の有り様である。

百島はどうか。

刈谷が取り計らうまま百島と結婚した二十歳の啓子が、半年後に気づいたのは、雇主の刈谷と妙子夫妻とわが夫百島の三人が、すでに死んだ愛をいまだに引きずっていて、自分の人生を生きようとする意欲もなく、無気力に横たわっているに等しい、という事態である。その三人の目は、かって華々しく燃え上がった炎の残映とその結果生まれた嵩高い灰の堆積をぼんやりと映しているだけだ……。

そして啓子自身は、その死んだに等しい三人の男女の在りようを、己が身でもって覆い隠して日々を過ごしている。いや、彼女の生身の下には、腐爛した愛の死体が三体も折り重なっている……。

そのことに啓子が気づいて、耐えられなくなったところから、この舞台は幕を上げたのだ。このおぞましい、在ってはならぬ事態をよりはっきりさせ、ここから抜け出そうと、彼女は企てる。

しかし、三人は、無気力に沈んで動かず、自分の意志なり感情を示すこともない。啓子は、苛立つ。

その啓子だが、どこか過剰なところがある。『春子』や『獅子』『愛の渇き』、後に書かれる『獣の戯れ』の女主人公にも通じるが、現状を曖昧にしたまま無事に過ぎるのが我慢ならず、たとえ破滅を呼び寄せることになろうとも、はっきりさせることを望んで、突き進むのだ。(2)

そうして企てるのは、妙子と百島の間の死んだはずの愛を甦らせることであった。

　勿論、真意は、その二人の間の愛がもはや甦ることはないと確認して、過去を清算し、百島とまともな夫婦になることだが、直接的に目指すのは、死んだはずの愛を甦らせることである。そして、刈谷の協力を求める。刈谷にしても、妻俊子のこころと、寛容に終始して来た自身のこころの在り様を突き止めたいと願っていたから、喜んで手を貸すことになる。

　しかし、死んだはずのものを甦らせようとは、奇怪にして、不穏な企てである。死者が甦るようなことはあってはならない。あるとすれば、この世が終わる時だ。が、二人はこうしたことを企てるよりほか、為す術を知らない。

　三島は、このような奇怪な志向を、繰り返し取り上げつづけている。いま挙げた『愛の渇き』『沈める滝』、そして『獣の戯れ』、晩年の短篇『孔雀』などもそうである。戯曲では『邯鄲』『綾の鼓』『只ほど高いものはない』『班女』、そして、『薔薇と海賊』『恋の帆影』『十日の菊』なども明らかにそうである。『邯鄲』では、若者が邯鄲の里へ元女中を訪ね、邯鄲の枕で一眠りすることによって、絶望から甦る。原話は邯鄲の枕で一眠りして無常を知り、すべては空しいと観ずるに至るのだが、逆に、すべて空しいと観じることによって、絶望による疑似的死から甦る。

　ただし、これを単純に生の回復を目指すものと見てはなるまい。そうした要素はあるものの、肝心なのは、不可能な事態と向き合いながら、不可能な志念を抱いて、激しく挑みつづけることである。絶対的に不可能と思い知り、絶望しながらも挑みつづけることが肝心なのである。しかし、こうしたところを舞台に上らせるのは容易でない。

　三島の多くの舞台の勘所は、多分、ここにある。

　『火宅』についての次の言葉は、そうしたあたりのところに多少は触れているように思われる。「（この戯曲を書いた）そもそもの動機は、何の事件も起らない芝居を書いてみたいといふにあつた。看客の心に事件の印象をのこさず、何も起らない空虚な舞台がもどかしい印象を以て、しかもくつきりと空白の印象をのこすやうな芝居を書きたかつた。多くの事件は何らかの事件でその事件の外側の全人生を象徴しようとする。ところがその全人生ではめつたにしか戯曲的事件は起らない。そこで逆に私は、ふつうの戯曲の裏側にある空白な人生の、いつそう端的な象徴を求めたのである。（中略）ふつうの劇場風景をひつくり返して、舞台に何一つ事件が起らず、このために却つて看客が、人生のまことの戯曲、まことの事件の脅威と不安を感ぜずにゐられぬやうな、さういふ芝居を書きたかつたのである」（公演プログラム「作者の言葉」昭和24年2月）。

　「空虚」とか「空白」としか言いようがない。殊に現実においては、不可能の壁で厳しく隔てられているから、この世に生きる者の目には、「空虚」「空白」「欠落」としか捉えられないのである。

夢を正面切って持ち出した『邯鄲』は、このような考えにナマに依拠していると見なしてもよさそうである。現実には空無としか捉えられない、夜の領域に、最も関心を向けるものが現われ出る……。

『白蟻の巣』では、事件らしい事件はすでに起ってしまっていて、抜け殻に等しい三人が企てるのは、死んだはずの愛を甦らせようという、およそ不可能なことである。

このように実人生において出来した「空無」を中心に据え、構成する作劇法を、三島は、『火宅』から『白蟻の巣』までにとどまらず、この後も折に触れ採り続けたと思われるが、そうなると、三島の演劇全体を貫く基本的な性格に繋がる、と捉えなくてはなるまい。

＊

ところで三島は、『白蟻の巣』を書き、『金閣寺』を連載中に、自らの文体を問題にして、「自己改造の試み」（昭和31年8月）を書いている。そこで述べていることは、必ずしも分かりやすくないが[2]、それを受け継いで、「戯曲の文体」を問題にしている。『鹿鳴館』の公演中に執筆されたエッセイ「楽屋で書かれた演劇論」（昭和32年1月）においてだが、三島はまず、これまでは、歌舞伎や新派にみられるように「演技の型」があり、それが「舞台と観客との感情の交流を調整し規制」して来たが、われわれが「近代生活」を営むようになるとともに、従来の「社会の習慣的な感情類型」が壊され、「交流」がうまく行かないようになったと指摘する。そこから新しい演劇なり演技術が求められ、リアリズム演劇なり、心理主義的演技術が迎えられるようになったが、それでは解決にならない。舞台と観客の「共分母」に立ち返って考えるべきだろうと、主張するのである。

この舞台と観客の「交流」を中心に据え、その「共分母」をとする考え方は、注意すべきであろう。リアリズムなり心理主義的演技術なりは、いずれも戯曲家なり演出家なり俳優たちの側からの、観客に対する表現上の工夫であって、直接的に創作に係わる者の側にとどまる。これでは本当に「劇」が成立する根本から考えることにはならない。舞台と観客を等しく見据え、「交流」を可能にするところを問題にしなくてはならない、とするのだ。

この姿勢は、先の拙稿で述べた、劇場を総体として捉えることと繋がっているのは言うまでもない。

そうして三島は、「日本語といふ共分母」を持ち出す。

あまりにも原理的と言いたくなるが、三島が言おうとしているのは、劇場を創作側が主導権を持つ場所ではなく、舞台と観客が「交流」するところとして捉えた上で、新しい演劇を追究するのに、自分は台詞劇を軸とする、ということであろう。そこにおいて日本語が、切実さもって浮かび上がって来たのだ。

そして、三島はこう言う、「文学としての戯曲は、日本語といふ共分母の上に、言葉そのものの型のさまざまなヴァリエーションを作り出し、それが固定せぬ新鮮な型として、文体の形で現はれる。かくて、ただ、舞台と観客との既成の日常的感情の馴れ合ひをしか生まず、その馴れ合ひを排するために、型としての文体が必要になるのである」。

「交流」するために「演技の型」が有効でなくなったいま、それに代わるものとして、日本語に深く根差した、劇場においての日本語の「文体」という「型」を差し出すのである。そして、台詞がこの「文体」を持たなければ、舞台と観客の間は「既成の日常的感情の馴れ合ひ」となり、新劇の悪弊と言ってもよい「心理主義的演技術」に陥ってしまい、本当の意味での「舞台と観客との感情の交流」が成立しないのだ、と言うのである。

三島は、このところを述べるのに、「交流」を「文体」が「調整し規制する」という言い方をするが、これはあくまで「既成の日常的感情のなれ合ひ」を排するためである。

だから演技者に対しては、戯曲を咀嚼するとき、登場人物の性格とか心理・思想といったものではなくて、文体を把握することを要求する。

勿論、演劇すべてにおいてこうでなくてはならないと言うわけてはない。三島が言っているのは「文学としての戯曲」についてであり、台詞を中心とした劇に関してである。

この時点で、こう言ったことを書いたのは、『白蟻の巣』『鹿鳴館』を書き、『近代能楽集』（昭和31年4月刊）の一連の作品をまとめて、自らの「戯曲の文体」を確立した、との思いが三島にあったからであろう。

この三島が主張するところを、その作品に即して整理すると、――決定的事件は過去に起っており、ここに登場する主要な人物たちはその事件の影のような存在であり、そのような者たちにとってはおよそ不可能な、しかし、それだけ切実に望ましい事態を招来させようとあれこれ企てる、その足取りを台詞でもって構築して行くのである。だから、登場人物が発する台詞は、彼ら自身の生な感情、考えを表現するものとはなり得ない。このことに、なによりも留意しなくてはならない。

いわゆるリアリズム演劇のものとは異質であり、登場人物が自らの感情、考えを表現し、主張するために台詞を発するということが、基本的にはないのだ。自らの内に抱え込んでいる「空白」なり「空虚」「欠落」を重く受け止めつつ、ほとんど不可能とも思われるこの場からの脱出を目指して、激しく企てるところから、台詞を発し、また、交わしあうのである。

言い換えれば、その台詞は、登場人物のザイン（存在）ではなく、ゾルレン（当為）に係わる。現に在る在り方によるのではなく、在るべきだと希求するところで発せられるのだ。

そして、その希求に基づく企てを具象化するという性格を、台詞は持つ。(3)

ここで先に触れた「自己改造の試み」から、「文体」について述べているところを引用しよう。

「作家にとつての文体は、作家のザインを現はすものではなく、常にゾルレンを現はすものだといふ考へが、終始一貫私の頭を離れない。(中略)文体は、彼のゾルレンの表現であり、未到達なものへの知的努力の表現であるが故に、その作品の主題と関はりを持つことができるのだ。何故なら文学作品の主題とは、常に未到達なものだからだ。さういふ考へに従つて、私の文体は、現在在るところの私をありのままに表現しようといふ意図とは関係がなく、文体そのものが、私の意志や憧れや、自己改造の試みから出てゐる」。

「戯曲の文体」という言葉によってどのような性格の台詞を考えていたか、明らかであろう。まさしく「ゾルレンの表現であり、未到達なものへの知的努力の表現」として、「戯曲の文体」は性格づけられるのである。

だからその台詞は、登場人物の感情や考えを語るのとは違い、曖昧さや微妙な陰影を帯びることなく、日常的な言語の羈絆から脱して、言語の端的な働きに正確に寄り添いつつ一歩先んじたかたちをとり、より論理的構築的であり、明晰であり、かつ同時に、美辞麗句、比喩も多用して、朗唱性、音楽性を豊かに持つ。

例えば、第二幕の妙子が支配人大杉に向かって、夫刈谷について語る台詞を挙げよう。

妙子　……うちの王様はちがいますの。寛大な王様。あの人は私たちを黙つてゆるした。そのときから私たちは、あの人の寛大さの牢獄の、囚はれ人になつたんだわ。あなたなんぞには、とてもわからない。目に見えないこの牢獄の怖ろしさはとてもわからない。鉄格子も足枷もない牢屋、すべてがゆるされてゐるといふこの牢屋、……

論理の展開に従って、やや誇張を犯して「王様」とか「牢屋」とか比喩を紡ぎ出し、明晰に、かつ、具象性を持たせて語るのである。その語彙、比喩からして、すでに『サド侯爵夫人』に通じるものが認められよう。

このような台詞は、妙子が置かれている現実をそのまま忠実に表現するのではなく、普遍化なり理念化して一段と明瞭にし、かつ、その方向性を保持しつつ発せられている。そして、妙子は自分の現実へと立ち返ることはなく、自分が発した台詞を踏まえて、その先の段階へと進もうとする。その結果、招き寄せる事態が、妙子にとって望ましいことになるかどうかは関係がない。例え自らの破滅であってもかまわないのである。その点では、啓子と同じである。論理に導かれるまま、着実に先へ先へと踏み込んで行くのだ。

だから、個々の人物の口から台詞は発せられるが、その個々の人物の内からであるよりも、台詞が言葉として真性に働く次元において形成されたあるものから、と言ってよいかもしれない。あるいは、台詞が台詞として働くとき、独自な次元を自ずから生成し、ある運動体を生み出すが、その運動体の働きそのものから、と言ってよいかもしれない。そして、それが軸になって劇が展開されて行く。

三島の書く台詞が、およそ近代劇らしくない美辞麗句に満たされるのも、これによる。ある点では、既製の使い古された美辞麗句であっても一向に構わないのである。現に、いわゆる泰西名詩の、特に象徴派あたりの翻訳風の美辞麗句が目につくが、それが効果を発揮する。そして、現代の黙阿弥と言ってもよいところへ近づく。

＊

『白蟻の巣』の先を見ると、啓子は、刈谷を説いてサンパウロへ行かせる。そうして、百島と妙子が二人だけになる機会をつくるのだ。二人の間に愛が生まれた折の状況を再現するのである。そこへ、刈谷がサンパウロで女を相手に楽しくやっているとの報をもたらすよう仕組む。

この報に妙子は、夫刈谷から解放された思いになる。もはや彼は自分を必要としていない、と。そして、もしかしたら罠かもしれないと疑いながらも、百島との間の愛が甦ったかのように行動に出るのだ。そうして再び、百島とともに、死へと向かう。今度こそ心中を果たすべく、断崖を目指して自動車を走らせるのである。死ねば、愛は甦ったことになり、その真偽が問われることもない。

それを知った啓子は、自分の企んだ結果に戦く。折からサンパウロからこっそり帰宅した刈谷に向って「心の底まで凍りついた人」「その猫撫で声で、その諦めたやうな顔つきで殺す人」と罵る。それに対して刈谷は、長年夢見てきた生気に溢れる愛がいまや可能になるのだ、と思う。

その刈谷の長台詞は、いま上に指摘した特徴を備えた典型的なものと言ってよかろう。

刈谷　……啓子。お前は太陽だよ。ブラジルの太陽だよ。私を足蹴にしてもいい。踏みつけてもいい。やつと見たんだ、一生涯見たいと思つてゐたものを。……お前は大地だよ。ブラジルの、広大な、燃えるやうな大地だ。怒つてゐる太陽、おまへの血、おまへのはげしい何ものも怖れない心。……ああ、おまへの力強く脈打つて、天までのびる椰子を育てる血、新しい逆流する血、……それだよ、それだよ、私の欲しかつたものは。（中略）もしかしたら私は生まれてはじめて、本当のことを言つてゐるんだ。私は古い血だ。腐つた血だ。お前の言ふとほりだ。しかしもう私は新しい血に触れたんだよ。私は生き返るんだ。

　分かつておくれ、啓子。


単純だけど、それだけ力強い論理をもって、言葉を次から次と紡ぎ出し、重ねて行く。それを美辞麗句、比喩がしっかりと強固なものとして、この現実から別の次元へと向わせる。

そして、まだ現実ではないが、今にもそうなるとの確信を固め、ほとんど目の前にありありと幻視するようなところまで踏み込んで、この台詞を発しているのである。ゾルレンがほとんどザインと化そうとする、と言ってもよかろう。また、三島が使っている別の言葉を用いれば、「シャイネン」（如く見える）が事実に、である。舞台の上では、この「シャイネン」をぎりぎりのところまで持って行くことが可能であり、そうして「ゾルレン」を許される限度まで追及する。(4)

ここでは『弱法師』の最後、沈む太陽を目にして、世界の終わりと自分の目を焼いた大空襲による炎を重ねて、俊徳が言う台詞、また、『朱雀家の滅亡』の幕切れ近くの経隆の台詞、それらに通じるものが認められるのではなかろうか。

役者は、こういうところで自らの演技術を存分に発揮する事が出来るはずだし、そうしなければならないとするのである。その演技術は、勿論、表現のためのものでなく、「交流」のためのものでなくてはならない。そうする時、台詞の文体に基づいた「型」を獲得した演技が自ずと現われ出てくる。


そして、現実の地平から離陸し、独自の演劇世界が現出する……。

ただし、断崖を目指して一旦は走り去ったはずの自動車のエンジンの音が、再び聞こえて来て、近づいて来る。百島と俊子は、やはり死ぬことが出来ずに戻って来るのだ。

すなわち、百島と妙子は屍となった愛を、これからもそれぞれに引きずって生きていかなくてはならないのであり、刈谷が抱いた幻想もただの幻想となって、二人を許した寛容ならぬ寛容に自ら囚われつづけることになる。

百島と啓子の間はどうなるか。彼らもまた、結婚して以来半年間の在り方を今後も長々と続けなくてはならない。

一瞬、脱却できたと思った在り方が、ここにいる男女の上に再び崩れ落ちて来るのだ。間違いなく破局、カタストローフを迎えて、幕となるのだ。ゾルレンは、いかにザインに迫っても、ザインとなることはなく、ゾルレンに留まるのである。が、ザインの一歩手前にまで迫ったゾルレンの残像はくっきりと残る。

そして、その残像と実際の結末との間の乖離・対立・緊張が、この劇を成立させている基軸にほかならないことを自ずと明らかにするのである。

＊

先に『白蟻の巣』と『鹿鳴館』を一括して言ったが、『白蟻の巣』はいわゆる新劇の純正な台詞劇である。それに対して『鹿鳴館』はテアトリカルな台詞劇であり、『白蟻の巣』での成果を推し進めるとともに、歌舞伎座で中村歌右衛門らによって上演された『地獄変』（昭和28年12月公演）、『鰯売恋曳網』（昭和29年11月公演）などの成果を、ともに本格的に生かしたものである。「新劇を、明治以前の『芸能』の精神へいかにつなげるか」（「『演劇のよろこび』の復活」）の課題に、真正面から挑み、成果を上げたと見てよかろう。

　三島はそのところを、「私のはじめて書いた『俳優芸術のための作品』」（「『鹿鳴館』について」）という言い方で、言っていると思われる。多分、杉村春子と中村伸郎という確かな台詞術を持った二人の役者を得て、初めてできたことであり、殊に新派的傾きのある演技をする杉村春子[5]に、「型」のある台詞を言わせて、台詞の力を存分に発揮させることを図ったのであろう。

　そして、杉村春子を主演の座に据えたサルドゥ作『トスカ』（昭和38年6月）では、「ドラマとシアターとの中間」に「輝いてゐる」という「理想」――『白蟻の巣』を書いた当時の「理想」とはいささか変化している――の演技を、なにほどか実現させた、といってよかろうと思う。ただし、半年後には、文学座との決別が来る。

注1　「実地に新劇を見たのさへ、戦争末期の文学座の『女の一生』初演が初めてであつた。それまでに舞台からうけた感動は歌舞伎と能に限られてゐたし、読んだのも浄瑠璃が主であつた」と「戯曲の誘惑」（昭和30年9月）で書いている。

2　拙著『三島由紀夫エロスの劇』（作品社）第十章導く女たち参照。

3　「楽屋で書かれた演劇論」では、俳優たちへの不満として、こうも書いている、「生の生、生のもの、表側も裏側もある物象、張りボテではない堅固な物体、……かういふ存在それ自体への飢渇が見られないのをふしぎに思ふ」。この「存在それ自体への飢渇」とゾルレンへの希求とを重ねて考えてよいかもしれない。三島が演劇に激しく引き付けられつづけたのは、演劇それ自体が、じつはこの矛盾対立した希求に貫かれているからであったろう。そして、自作のモチーフをそれと直結させたのであろう。

4　この作品には出てこないが、例えば割り台詞なり渡り台詞といったものも用いられるのも、台詞が一登場人物に帰属するものではなく、独自の次元において働くこともあるからであろう。こういう台詞の在り方は歌舞伎のもので、登場人物は自らの内なるなにものかを表現しようとして台詞を吐き、演技するわけではない。狂言が設定した役柄を演技して観客に見せるため、台詞を吐き、演技するのである。

5　如月小春『俳優の領分』（二〇〇六年十二月、新宿書房）一八一頁。

（文芸評論家）

虚構少年の進化——『薔薇と海賊』をめぐって——

佐藤秀明

一九九九年に公開された映画「マトリックス」は、人々の日常生活が、巨大コンピュータによって眠らされた人間の夢だったという話である。——三島由紀夫の戯曲『薔薇と海賊』について書こうとするときに、「マトリックス」のことから始めたのは、この戯曲を「マトリックス」以後の視点から大胆に読み替えてみようと思ったからである。後で述べるように、『薔薇と海賊』は、多少強引な発想の注入が必要な戯曲で、また作品自体がそれを誘う魅力をもっているように思えるのだ——。キアヌ・リーヴス演じるトーマスは、ネオという名をもつ、その道では知られたハッカーだが、トーマスあるいはネオの生活も、夢の世界のことでしかない。そのネオに接触を求めてきた人たちは、コンピュータの支配から逃れ出た正真正銘の「人間」だった。現実（仮想現実）が綻び始め、世界像が反転するところからこの映画は始まる。棺桶のような試験管の中のネオの身体は、彼らの手によって眠りから覚まされ、訓練を受けてコンピュータの手先と闘うことになる。目覚めた現実世界は、薄汚く、機械の配線が剥き出しになった狭苦しい空間で、食事も必要な栄養素を摂るためのべちゃべちゃした不味そうな粥状のものでしかない。それに比べ仮想空間には、都市も人間も当たり前のように存在し、柔らかなステーキとワインの食事もある。もちろんそれは脳を刺激する波動による架空の夢なのだが、食事一つ取っても満足感はどちらにあると言うべきか。

現実と反現実——「マトリックス」の世界構造は単純な二分法から成り立っており、サイエンス・フィクションではよくある通俗的な設定にすぎない。しかし、その通俗性がいまだに有効なのは、現実を現実として生きるだけでは満たされない、私たちの虚構への欲望が働いているからかもしれない。ネット上で仮想現実のサイトに接続し、〝もう一つの人生〟を楽しんでいる人も多い。この欲望はついに現実が虚構より下位にあると訴え始めるということも考えられる。

「マトリックス」から四十年ほど遡った一九五八年（昭和三

十三年）、三島由紀夫の戯曲『薔薇と海賊』が、「群像」の五月号に発表された。ユーカリ少年である松山帝一――現実の側の言い方をすれば、自分を童話の主人公だと信じ込んでいる三十歳の「白痴」の〝子ども〟――が、童話の作者である楓阿里子を訪ねて来て、阿里子の夫や娘を追い出し結婚する話である。阿里子と帝一は、いわば童話の世界で生きることになるのだが、現実と反現実との闘争と二つの世界の横断という点で、『薔薇と海賊』は「マトリックス」と共通する一面をもっている。『薔薇と海賊』は、文学座公演として昭和三十三年七月八日から二十七日まで東京の第一生命ホールで初演された。演出は松浦竹夫、楓阿里子を杉村春子、帝一を芥川比呂志、阿里子の娘千恵子を岸田今日子、夫重政を中村伸郎、夫の弟重巳を北村和夫、帝一の後見人額間《がくま》を宮口精二が演じた。

『薔薇と海賊』は、三島の戯曲の中でとりわけすぐれた作品というわけではない。『近代能楽集』『鹿鳴館』『サド侯爵夫人』『朱雀家の滅亡』『わが友ヒットラー』などの傑作・秀作と比べると、観念性が勝っている上に、童話という中心概念が荒唐無稽で平板であるために、観客・読者の共感を得られにくいからだ。実際、同時代の批評も、低いとは言えないまでも、さほど高い評価を下したわけではない[1]。しかし、観念の骨組みが露出しているという点で、つまり現実と反現実との闘争と横断がはっきりと出ているという点で、『薔薇と海賊』は、三島由紀夫の抱えていた問題点を露わに表現しているように思える。中村光夫が「ウソの極致であるがゆえに、氏の内面生活が、「ケタ外れの正直」さで現れている[2]」と言うように、これほど裸になってしまってよいのかと心配になるほどに、三島は創作者としての根元的な在り方を告白しているように思える。村松英子によれば、昭和四十五年に浪曼劇場が『薔薇と海賊』を再演した際に、稽古のときと初日に、三島は第二幕の終わりのところで泣いていたという[3]。この戯曲が問題作だとすれば、その問題の所在は、まずは作者の告白というところにあるだろう。

> 私は妙な性質で、本職の小説を書くときよりも、戯曲、殊に近代能楽集を書くときのはうが、はるかに大胆率直に告白ができる。

異なる性格の人間の対話で構成される戯曲は、「告白」とは縁遠いというのが通例の考え方だが、三島はその逆を言う。対話を成り立たせる異質性と対話での一方の側の制圧に、「大胆率直」な「告白」が表現されるとでもいうのだろうか。確かに、『薔薇と海賊』では、童話を自分の世界と感じている帝一の異質性がまずあり、現実と童話の双方に立つ楓阿里子がいて、阿里子の娘、夫、夫の弟、帝一の後見人という現実側の人たちとの間に対話が成立する。そして阿里子と帝一の結婚という結末は、現実世界との対話での制圧を意味する。これが三島由紀夫の「大胆率直」な「告白」ということになる。それは、虚構を生きることを第一義とすることだ。そのためには、現実生活を捨ててもかまわないという覚悟である。しかしこれを、大久保典夫の次の引用文のようにまとめてしまってよいだろうか。

ここには、三島氏の虚妄への信仰がつよく打ち出されているので、三島氏も阿里子と同様に、虚妄だけをたしかな現象として信じたに違いないのだ。(4)

これを誤りだと言うことはできない。ただ、後で述べるように、三島の「信仰」はこれほど強く固まってはいないだろうと想像されるし、そもそもそれを「虚妄」と呼んでよいかどうかも気になるところだ。「虚妄」とは、現実の側からの批評的言辞であって、このことばには、それを「たしかな現象として信じたに違いない」人間への想像力が欠けている。三島由紀夫は、初演のときの文学座プログラムに「世界は虚妄だ、といふのは一つの観点であつて、世界は薔薇だ、と言ひ直すことだつてできる」(「『薔薇と海賊』について」)と書いたが、「薔薇」という言い直しは「虚妄」の側で自らの領域を呼んだことばである。この戯曲では、「薔薇」は「童話」のことだが、では「童話」は、三島の「告白」としては何を意味するのだろうか。もちろんこの言い直しからすれば、「虚妄」ということになるが、それはひとまず措いておこう。

村松剛は、この作品は「童話的な夢想の世界」に親しんでいた三島由紀夫の「青春の劇」だと言う。(5)「童話」をそのまま少年期の夢として捉え、三島は「童話的な夢想の世界からの脱出に長く苦しんだ」ものの、『金閣寺』によって青春との訣別をなしとげた」ことにより、「安心してもう一度、その薔薇の園に立ちもどる気になったのだろう」と言う。さらに村松は、かつての「童話的な夢想の世界」には初恋の女性である「K子嬢」の存在があったことを記し、『薔薇と海賊』のヒントになったロイヤル・バレエ団の「眠れる森の美女」を三島がニューヨークで見て、その地で「K子嬢」と再会し、第三幕の「愛の達成を書くことを可能にさせた」と推測する。

これは、この戯曲の中の実体の薄い童話世界を充填する作者のプライベートな動機として注目に値する。しかし、三島の体験した「童話的な夢想の世界」には、『薔薇と海賊』とは異なる、もっと禍々しい不吉な要素が秘められていたはずである。三島が好んだ童話は、ニッケル姫や犬のマフマフやジャラジャラ魔やカテリナ人やドンドンピチャリ人が出てくるような他愛もない話ではなかった。だから、『薔薇と海賊』の「童話」と三島の童話体験とを直接結びつけると妙な違和感が残ってしまう。

そもそも阿里子の描く童話は、村松剛も言うように「玩具箱をひっくりかえしたような世界」で、ここにあるのは意味の空虚だけである。だから、読み巧者見巧者で遠慮のない奥野健男は「三幕の幽霊の出現と夢のディズニーランドの現実化の場面はどうしてもぎこちなく弱い」し「ちやち」だと言い[6]、浪曼劇場の再演を見た大久保典夫は「子供の縫いぐるみが大勢出てきて、舞台はまるで学芸会のような騒ぎだった」と言うのである[7]。それは、もともとこの童話が、まともな大人の興味を引かない、深みや奥行きを欠いた、人工的な張りぼての甘ったるく安っぽい空想だからである。逆から言えば、童話がそのように作られていることが、この戯曲の問題なのである。

とはいえ、それでは多くの観客は芝居から離れてしまう。そうならないために、性的に放縦な重政、重巳の兄弟が配され、人生の不如意を洩らす額間が後見人として付き、十九歳の年齢に比してシニカルな娘の千恵子が楓家を取り仕切る。特に重政による阿里子の少女時代の強姦と、結婚後の阿里子の性的な拒否は、彼女の空疎な童話世界が酷薄な現実の側から裏打ちされているのを示している。阿里子は復讐のために結婚し、重政を寝室から遠ざけることで「純潔」を堅持して、現実の匂いのしない童話を書き続けたのである。そういう冷たい情熱とは裏腹に、『薔薇と海賊』は、三島作品には珍しい笑いの起こる戯曲でもある。とりわけ虫歯の痛みを抱えながら帝一を操作しようとする額間と少女らしいコケットな魅力を放つ千恵子との掛け合いは絶妙で、観客は笑いによって重苦しさや退屈から免れ、劇の停滞もない。笑いは共感から生まれる。千恵子と額間の会話が喜劇的であるのは、帝一の世話に困り果てた額間と母親の奇妙な童話趣味に辟易している千恵子とが、深い共通点と見かけ上の差異をもっているからである。そして現実生活に足場を置く二人の共通点は、これを観客も共有することで、安心を伴った笑いが生ずるのだ。だが、劇がそうやって進行することで、奇妙な阿里子と帝一への共感はますます生まれにくくなってしまう。

阿里子も帝一も、舞台上では奇妙なたたずまいを醸し出していなければならない。なぜなら、この二人はそれぞれに自分の空想を溺愛するナルシスティックな人間で、他者との関係を成立させていないからである。帝一が、奉仕活動として「月のお庭」の掃除に来る初老の勘次と定代を見て、「先生は本当はあの人たちが嫌ひでせう?」と聞いたのは鋭く正鵠を射ていたはずだ。帝一も阿里子も、誰も愛さないという点で共通しているからである。ごく常識的な目から見れば、帝一と阿里子には人を嫌悪させる何かがあり、場合によっては薄気味悪ささえ感じさせる何かがある。一見賑やかで社交的な阿里子を、重政と重巳の性の相手であるセリ子とチリ子が嫌悪するのも、よく考えられた図柄だ。

そうであるならば、観客や読者の共感が得られにくい童話は、帝一と阿里子の存在によって、二重に遠ざけられてしまうだろう。そのように不利な条件を付与された童話とは一体何なのか、それをあらためて考えてみなくてはならない。童話＝「薔薇」を、三島が言い換えたように現実の側から「虚妄」と呼ぶことはできるし、大久保典夫が言うようにこの戯曲には「虚妄への信仰がつよく打ち出されている」と見ることもできる。だがそれを「虚妄」と言えば、思考はそこで閉じてしまうので、「虚妄」の扉をこじ開けてみなければならない。

三島の「虚妄への信仰」は、例えば『近代能楽集』の「弱法師」にも見ることができる。三島が小説よりも戯曲の方が「大胆率直に告白ができる」と書いたのは、「聲」(昭和35・7)の「同人雑記」だが、実は「弱法師」は「聲」のこの号に発表された戯曲である。だからそこで言う「告白」とは、直接的には「弱法師」を念頭に置いた自己解説だと言ってもい い。「弱法師」は、空襲で失明した俊徳が、窓を染める夕映えを「この世のをはりの景色」だと言って、美しい調停委員の桜間級子を籠絡しようとする話である。戦災孤児となった俊徳を育てた川島夫妻と実の両親である高安夫妻とが親権を争い、調停は難航する。一息入れるために両家の親が別室に引き取ったところで、俊徳と二人きりになった桜間級子は、夕映えを空襲の火だとわめき叫ぶ俊徳に導かれて、「この世のをはりの景色」を見てしまう。しかし、彼女はすんでのところで踏みとどまって、「いいえ、見ないわ」と言うのである。

家庭裁判所の殺風景な一室が阿鼻叫喚の地獄に変わろうとするところで、桜間級子は現実に踏みとどまったのである。空襲の炎=「この世のをはりの景色」は、「それがなくては(中略)生きて行けない」光景で、それは『薔薇と海賊』の「童話」にあたる。したがって「弱法師」の結末は、『薔薇と海賊』とは逆になるだろう。三島に「虚妄への信仰」があるとしても、三島は「虚妄だけをたしかな現象として信じた」(大久保典夫)わけではないのである。「弱法師」は、「虚妄」が桜間級子という現実に奪われる悲哀を描いているのだ。

ここでもう一つ戯曲を見ておきたい。昭和三十一年十二月の「文学界」に発表され、同年十一月二十七日から十二月にかけて文学座によって初演された『鹿鳴館』である。三島由紀夫が文学座に提供した戯曲では、「大障碍」がアトリエ公演(昭和三十二年四月)として挟まるが、本公演としては『鹿鳴館』の次が『薔薇と海賊』となる。『鹿鳴館』についてここで触れるのは、この戯曲には「現実」と「虚妄」という二つの世界の分割がなく、にもかかわらず、『鹿鳴館』は『薔薇と海賊』の「虚妄」を考える上で最良のヒントを与えてくれるように思われるからである。三島は、「毎日マンスリー」(昭和33・4)に寄せた「薔薇と海賊について」で、「『鹿鳴館』をロマンチックな芝居とすればこの「薔薇と海賊」は、私流にずつとリアリスティックな芝居である」と書いている。『鹿鳴館』と『薔薇と海賊』を並べたところにも興味を引かれるが、明治十九年の天長節の日の出来事を描いた作品よりも、奇妙な男女の出会いと結婚を描いた作品を、「私流にずつとリアリスティックな芝居」と言う真意は簡単には解きがたい。「童話」の意味を突き詰めることは、このことばの真意を明らかにすることになるだろう。やや長くなるが、『鹿鳴館』の筋を紹介する。

影山伯爵夫人朝子は、大徳寺侯爵夫人とその娘顕子から、顕子の恋の仲立ちを頼まれる。相手は自由党のリーダー清原永之輔の息子久雄と聞き、朝子の心中は波立つ。久雄は、かつて朝子が芸妓をしていた頃に清原との間にできた子だったからである。久雄に会った朝子は、息子が不幸な生い立ちをしたこと、そのために父の暗殺を企てていることを知る。しかもそれは、夫影山伯爵の差し金だったのである。朝子は、母子の名乗りをし、計画の中止を約束させ、次に、いまも忘れずにいる清原と会い、これまでの旧弊を捨て女主人としてはじめて夜会に出ると宣言する。そして鹿鳴館への壮士の乱入を中止する確約を得る。朝子の変貌をいぶかった影山伯爵は、女中頭から朝子の過去と今夜の夜会での計画を聞き出すと、その裏をかく計略をめぐらす。贋壮士の襲撃を謀り、襲撃を清原に伝えておびき寄せ、久雄を挑発して清原の暗殺を実行させたのである。ところが久雄は、故意に的を外して、逆に父の銃弾に倒れた。誤って息子を殺した清原は生きる屍となり、反政府運動からも手を引くことになる。

このように『鹿鳴館』の筋を紹介したのは、複雑な人間模様――ここには、大徳寺顕子の久雄への愛、息子を失った朝子の嘆きと撃った清原への失望と怨嗟、父親に撃たれることを望んだ久雄の心情、それを知った清原と朝子の悲嘆なども加えなければならないのだが――それを抽象化してみようと思うからである。この劇の中心にあるのは、朝子の情愛と影山伯爵の策略の衝突である。影山の策略を知った朝子は、影山の言う「政治」を責める。それに対し影山は、「あなたと清原の間に在るあの何とも言へない信頼が嫉ましかつたんだ」と言う。欺瞞と策略が世の中を動かし、愛情や信頼は潰えざるをえない。鹿鳴館という建物自体が「隠すのだ。たぶらかすのだ。外国人たちを。世界中を」と影山に言わしめる場所である。朝子は影山と「いつはり」のワルツを踊って幕となる。その直前に、ピストルの音が響くが、これは影山の腹心が清原を撃った音である。「打ち上げそこねたお祝ひの花火だ」と欺瞞を衒う影山の完全な勝利で幕となる。

影山は、「要はあなたに、人間同士の信頼が成就するものだといふお伽噺を壊してみせてあげるためだつた」と朝子に言う。図らずも、であろうか、朝子の愛情や信頼は「お伽噺」と呼ばれ、『薔薇と海賊』の「童話」を思い出させる。昭和三十一年の『鹿鳴館』では「お伽噺」が毀《こわ》れ、昭和三十三年の『薔薇と海賊』では「童話」が勝ち残り、昭和三十五年の「弱法師」では「この世のをはりの景色」が奪い取られる。結末が問題ではない。発表の時期も問題ではない。また、現実と反現実の構造分割がなくてもよい。要は、信じることのできる、純粋な感情の溢れる、本来の自分に帰れる場というものがあり、それが続けて別々の作品に表現されたのである。しかも現実は、それを受け入れないばかりでなく、抹殺しようとさえする。それは、〝現実が許容しない詩〟なのである[8]。

そこで、『薔薇と海賊』の「童話」を、童心主義的な文学の一ジャンルを指すのでもなく、「虚妄」というおざなりな観念性に収束させるのでもなく、大きく開いた比喩と捉えることにしよう。「童話」は、具体性の総称である。そうすることで、作者の意図はより明白になるだろう。それは、「私流にずつとリアリスティックな芝居である」ということばの意味を解くことでもある。

ここで、「童話」の比喩が指し示す具体的な事柄を挙げてもよいところだが、その前に、この「童話」的世界に異質な要素が入り込んでいることに注目したい。それは、人生の辛酸を嘗めてきた勘次と定代である。勘次は過去の罪状を、ト書きによれば「丸暗記の口調で喋りだす」。何度も繰り返された手慣れた口調であり、ときには定代と「手拍子をとつて、御詠歌のフシで歌ひ出す」こともある。定代は「苦労だらけの一生は夢かと思はれて……」と言い、勘次は「自分の犯した罪といふ罪も、童話のなかのふとした冗談でしかないやうな」(傍点・引用者)と言う。阿里子は、彼らが「十分に目をさまして生きて、疲れ果てた人たち」だから「私の夢の国」の「パスポート」を持つ資格があるのだと言う。勘次と定代の過去の述懐は、彼らの「童話」にほかならない。勘次の語りを引用しよう。

> その上後妻は男を作り、私はその男を殺しました。私は殺しました。そいつの刺青の牡丹が血を吹いて、夕焼けの中に咲き誇つたやうに見え、そいつの刺青はあかあかと輝やいて、錦絵のやうになりました。牡丹の黒ずんだ藍いろの葉は、真赤に紅葉して照り映えました。……さうです、私は背中から一丁突きくれてやつたのです。

ここには「童話」の奥深さが表れている。この口説き口調の過剰な修飾を見てほしい。悔悛の情よりも、残虐な行為に対する美的な快楽が語られているではないか。それが勘次と定代にとっての「童話」の核であり、この残虐の美とマフマフやニッケル姫とが同居しうるのである。そしてそれを楓阿里子も認めている。つまり「童話」は、罪のない絵空事だけではない。「苦労だらけの一生」も「犯した罪」も「夢かと思はれ」るようになることで、「童話」の世界に参入しているのである。

そうであるならば、「童話」とは、例えば「血」であってもよい。『薔薇と海賊』は、「童話」をこのように解釈する余地を仕掛けてあるのだ。さらに作者の意図に近づこうとするならば、「童話」は切腹でもよいし、あるいは『金閣寺』の「美」でもよい。固有の心身の傾向と考えられがちな同性愛もそうである。のちに三島が問題とする天皇や日本文化、あるいは武士道や自衛隊は、「童話」を成り立たせるための必要条件である。

　切腹を例にとろう。切腹は、『仮面の告白』においては「講談雑誌の口絵に見られる」「若侍の絵」として出ており、「『愛の』と言ひかへても、「欲求の」と言ひかへてもよい」衝動の対象であったが、これが「憂国」、映画「憂国」、そして『奔馬』から自身の自決にまでつながる特別な行為であったことは言うまでもない。おそらくただ一人の愉楽であった切腹の図像には、年月が加わるにつれ、武士道や忠誠の心情が呼び込まれ、その価値軸となる天皇や日本文化が動員されることになるのである。そして、改憲という政治的イデオロギーも、必然的にそこに生じたのである。このようにただ一人の愉楽は、「大きな物語」(9)に架橋することで、同好の士や「物語」を支える同志を呼び寄せ、理解されにくい愉楽から生じる孤独や疎外感を癒すことにもなった。しかし、もともとはそれが「講談雑誌」の「若侍の絵」でしかなかったことを三島は知っている。『薔薇と海賊』における「童話」は、ただ一人の愉楽の原型を表象する比喩であり、童話そのものを指すのではないのである。『薔薇と海賊』が、三島の創作者としての根元的な在り方を告白していると先に書いたのはこのような点においてである。

　だから、三島由紀夫の「虚妄」に対する愛着を、戦後という時代への嫌悪感から生じているという見方もあるが、それは事柄の表層しか見ていない。時代と作家の相互作用はもちろん否定できないが、これは三島に関する大きな誤解だと思う。逆なのである。「虚妄」の世界に対する強い愛着が、戦後という時代への嫌悪を募らせるのだ。よしんば三島が違う時代を生きたとしても、三島はその時代の風潮をおそらく嫌悪しただろう。

　さて、『薔薇と海賊』にさらに大きな意味を見出そうとするならば、このあたりで、三島由紀夫の意図から離れなければならない。映画「マトリックス」には、別の世界（現実世界）に入ることで、コンピュータに支配された人間を救済するという「大きな物語」があった。『鹿鳴館』では、朝子が夜会に出ることで、それまで抑圧していた愛情や信頼を甦らせることになった。三島は、「筋立は全くのメロドラマ」で、「セリフの緊張がゆるめば、通俗的なメロドラマしか残らない」（「美しい鹿鳴館時代――再演『鹿鳴館』について」）と書いていて、『鹿鳴館』が、通俗的でないものを目指しながら、通俗性に堕する危うい均衡の上に成り立っていることを承知していた。この場合の通俗性は、観客・読者の過多な感情移入を許すところに生じる。「弱法師」の俊徳は、「実を言ふとあの子の性質には、私どもにどうにも理解できない妙なところ、固い殻のやうなものがあるのです」と育ての親に言わしめる青年で、その点では通俗性は薄い。しかし、俊徳の言う空襲の火には多くの人の共通体験があり、「この世のをはりの景色」は、まさに「大きな物語」の一つである。要するに、これらの作品には観客・読者との間に十分な接点が確保されているのだ。それに対して『薔薇と海賊』の「童話」には、共通の基盤が著しく欠如しているのである。

その上、「マトリックス」『鹿鳴館』「弱法師」は、いずれも〝異世界〟を見ながら、現実に戻って来る話であった。なぜ現実に戻るのかといえば、現実がしぶとく存在するからで、現実が現実だからという無条件の理由でしかない。この無条件の理由を保証しているのは、観客・読者が現実世界にいるからにほかならない。ところが、『薔薇と海賊』はその現実生活を捨てて、虚構を生きようとするところで終わる。この二点において『薔薇と海賊』は、多くの人の共感の得られない負のハッピー・エンディングをもつことになるのである。それはどういうことであろうか。

帝一　僕たちは王国にゐるんだね。
楓　ええ、私たちは王国にゐるんだわ。
帝一　ねえ、君。
楓　え？
帝一　僕たちは夢を見てゐるんではないだらうね。
楓　大丈夫よ。私に任せておきなさい。たとへあなたの見てゐるものが夢だとしても。
帝一　うん。
楓　（キッパリと）私は決して夢なんぞ見たことはありません。

これが『薔薇と海賊』の幕切れの場面である。二人の結婚が「夢」かと思われるのを、阿里子は「キッパリと」否定する。『薔薇と海賊』の結末が、「マトリックス」とは逆だというのは、現実を否定して「夢」の世界に入るからだというよりは、正確に言えば、「夢」を現実として生きることになるからである。「夢」を生きるとは、帝一がユーカリ少年として生きることである。ふつう日常生活においては、人は一つのペルソナでは生きられない。複雑多岐なペルソナを使い分けることなく、単一のユーカリ少年であることが、「夢」＝虚構を生きることにほかならない。

三島由紀夫は、初演の際の「文学座プログラム」に、

本曲のラヴ・シーンは、クラシック・バレエのラヴ・シーンの如きものである。その感情は真率でシニシズムも自意識も羞恥も懐疑も一つのこらずその場から追つ払はれてゐなければならない。それは甘い、甘い、甘い、糖蜜よりも、この世の一等甘いものよりも甘い、ラヴ・シーンでなければならない。この喜劇の中で、ラヴ・シーンだけは厳粛でなければならない。（「「薔薇と海賊」について」）

と書いていた。伊達や酔狂ではなく、本気なのである。それは、戯曲の構造としても、作者の「告白」としてもそうでなければならない。しかし、三島の生前にこの芝居を見た人

たちは、三島の意図どおりに受けとめたのだろうか。戯曲を読んだときに「ぼくは大きな見逃しをやつていた」と言う奥野健男は、芝居を見て、「そこに相思相愛の美しい男女の姿に感動させられたのだ[10]」と書くが、先に引用したように奥野は「三幕の幽霊の出現と夢のディズニーランドの場面はどうしてもぎこちなく弱い」とも評するから、その評価はマイナスに傾いているように読める。ラブ・シーンは「感動させ」るが、阿里子の創ったジャラジャラ魔や犬のマフマフやカテリナ人、ドンドンピチャリ人、ニッケル姫が祝福のために登場すると「ぎこちなく弱い」ということになるのだろうか。しかし三島にすれば、童話のキャラクターの登場も含めて、ここは「甘い」「厳粛」さがなければならないという主張であろう。浪曼劇場の再演を見た大久保典夫は、先に引用したのとは別の劇評で、「だいたいわたしは女と子供のむつみ合ったあの「幸福」の感触が大嫌いで」、「この大人の童話には生理的な悪感が走った」と、何とも正直過ぎる感想を洩らしていた[11]。

　ありていに言って、芝居の最後になって非現実的な虚構のキャラクターが可視的な形態で舞台に登場すれば、いい大人が興ざめるのも想像に難くない。そうだとすれば、三島の作劇法は、やや強引だったと言わざるをえない。だが、その一方で、これらのファンタスティックなキャラクターをそのまま受け入れて楽しんでしまう人たちもいたはずである。大久保典夫ならば「ああいう子供だましのサービスでけっこう喜んで帰ったミーハー族もいるだろう[12]」と言うところだが、現代ならばさしずめ「かわいい！」と嬌声を発する軽やかな享受者たちもいるのである。むしろ「カワイイ！」と片仮名で表記する方がふさわしいあの言い方は、二十世紀も末になって独特なニュアンスを伴って使われ出したと実感しているが、その「カワイイ！」に当たる感性が、この三幕では求められていたのではないか。いまや外国語にも浸透したと聞く「カワイイ！」なる日常語が、消費社会の中で生まれた、退屈さや重苦しさを引き裂く微小な発見の叫びだとしたら、このことばは確実に人々の感受性を開拓したと思われる。そして犬のマフマフやニッケル姫は、未だ規範化されていなかった「カワイイ！」に対応する生き物《キャラクター》として、昭和三十年代の舞台に登場したのである[13]。

　そうだとすれば、ユーカリ少年として生きている帝一は、知能障害をもつ青年であるよりは、感性の進化した何者かと捉える方がよくはないか。先にも書いたように、童話は、三十歳の大人が楽しめる「大きな物語」をもつものでもなく、帰るべき現実とは逆行した虚構でもある。その世界に興味をもち、その世界にリアリティを感じ、その世界を生きたいと切望する青年は、誰にも誘導されないきわめて個人的な好尚に従っている。それをカントのあの「maxim（格率）」を援用して、「格率的愉楽」と呼ぶとすれば、他人に理解されるかどうかは二の次の、自分一個の悦楽的な世界に住む帝一は、その典型的な実践者にほかならない。普遍的な道徳と一線を画した、個人的主観的な規律である「maxim（格率）」を愉楽の方向に拡大した世界。もしかすると格率的愉楽の対象は、その人にとって、存在論的な深層に直結する世界であるのかもしれない。そして時代が進み、生活の中の個人主義的な色彩が強くなるにしたがって、格率的愉楽は、人々が互いに認め合う領域になっていったように思われる。

　しかし、帝一のように、自分の生きるいま・ここの条件を捨ててまで格率的愉楽に没入するとしたら、人はどう感じるだろうか。仮想現実を生きることに対する闇雲な倫理が発動されることは目に見えている。多くの人は実は額間であり、額間を滑稽な鏡像として笑うことはできても、心の底から哄笑することはできるはずはないのだ。額間は、ユーカリ少年が持つ「薔薇の短剣」を手にしたときだけ帝一を現実に引き留め支配できる。「薔薇の短剣」は、帝一に全能感をもたらす男根《ファルス》にほかならないから、その所有が動けば帝一は去勢され、この現実でやむなく人との関係をつくらなければならなくなる。だがひとたび「薔薇の短剣」を手にすれば、――コンピュータ・ゲームで〝魔法の剣〟を手にしたときのように――帝一ははや仮想現実に旅立ってしまう。現実の側から見れば、それは無益で、阿里子が言うように「危険」でさえある。

　しかし、もともとフィクションは、そういう「危険」を備えている領域ではないのか。そこから引き戻そうとする倫理的要請はなお根強いが、それこそは〝現実イデオロギー〟にほかならないし、帝一は現実を相対化しつくしたところに立っているのである。それでも帝一は、第二幕の最後に「僕は一つだけ嘘をついてたんだよ。王国なんてなかつたんだよ」と言い、幕切れに「僕たちは夢を見てゐるんではないだらうね」と言う。それが虚構であることを自覚している彼は、「なかなかお莫《ば》迦《か》さんぢやない」のである。帝一の童話の受容は、フィクションをフィクションとして知りつつ尊重する、最も能動的なフィクションの受容の仕方ではないか。『薔薇と海賊』は、その意義が認めがたい童話の世界に入り込むことで、フィクションの本来もつべき価値を見直した作品として意味をもつ。

注1　埴谷雄高は「文芸時評・中」（「東京新聞」昭和33・4・26、夕刊）で、「構成の緊密さにやや欠けるところがあり、夢幻が夢幻のなかにおぼれてしまうほどの縹渺さをもたないので、舞台にのぼせたときの効果の深さを測定しがたいが、さながら原子核のごとき微少な現実の一点をとらえて凸レンズの彼方にこれほど拡大してみせた鮮やかな新しさを敢えて祝したい」と評した。白井健三郎は書評「古風な美意識」（「日本経済新聞」昭和33・6・16）で、阿里子の「芸術至上主義」と「俗の世界」との対立を「もっとも通俗的な

しかも古風な図式」であるとし、帝一の「阿呆的存在」を強調して「裏を返せば、三島文学の讃嘆者はいささか阿呆的存在ということであろう」と皮肉を述べた。奥野健男「新劇評『薔薇と海賊』」（「新劇」昭和33・9）は、「ぼくはこの芝居を活字で読んだ時、正直なところそれ程感心しなかつた。「鹿鳴館」等に較べ劇の構成としては弱いし、この芝居の目指すところもどうもはつきりしなかつたものだ」と評した。文学座の公演については、「東京新聞」（昭和33・7・13、夕刊、署名・中）、「朝日新聞」（昭和33・7・14、夕刊、署名・脇）、「毎日新聞」（昭和33・7・14、夕刊、日下令光）、「読売新聞」（昭和33・7・14、夕刊、尾崎宏次）、「日本経済新聞」（昭和33・7・15、夕刊、署名・川）などおおむね好評であった。

2　中村光夫「文学的観劇記・中「薔薇と海賊」の信条告白」（「東京新聞」昭和33・8・10）。原田義人、村上兵衛、西沢揚太郎の「戯曲合評」（「新劇」昭和33・7）でも、村上兵衛が「これは三島の精神的な私戯曲」と評している。

3　村松剛『三島由紀夫の世界』（新潮社、平成2・9）、村松英子、松本徹、大河内昭爾「文科鼎談　劇作家・三島由紀夫」（「季刊文科」平成12・11）

4　大久保典夫「戦後を告発した三島演劇」（「テアトロ」昭和46・2）。引用は、大久保典夫『現代文学の状況と分析』（高文堂出版社、平成4・2）

5　村松剛『三島由紀夫の世界』（注3に同じ）

6　奥野健男「新劇評「薔薇と海賊」」（「新劇」昭和33・9）

7　注4に同じ。

8　〝現実が許容しない詩〟については、三島の小説の大きな傾向として、「〈現実が許容しない詩〉と三島由紀夫の小説」（松本徹・佐藤秀明・井上隆史編『三島由紀夫論集2　三島由紀夫の表現』勉誠出版、平成13・3）で論じたことがある。

9　ここでの「大きな物語」は、ジャン＝フランソワ・リオタール『ポスト・モダンの条件』の用語を拡大して使用した大塚英二『物語消費論――「ビックリマン」の神話学』（新曜社、89・5）や東浩紀『動物化するポスト・モダン――オタクから見た日本社会』（講談社現代新書、01・11）と同様に用いる。

10　注6に同じ。

11　大久保典夫「大人の童話の世界　浪曼劇場「薔薇と海賊」」（「テアトロ」昭和46・1）

12　注11に同じ。

13　奥野健男は「ディズニーランド」の比喩を用いてこの場面を評したが（注6）、三島が初めてディズニーランドを見たのは、この戯曲の発表の二年半後（昭和三十五年十一月）で、川端康成に宛てて「世の中にこんな面白いところがあるかと思ひました」という書簡（昭和35・11・24付）を送っている。

（近畿大学教授）

三島戯曲の六〇年代
——『十日の菊』と『黒蜥蜴』——

山内由紀人

1

三島由紀夫が江戸川乱歩の原作小説を自由に翻案し、戯曲化した『黒蜥蜴』（「婦人画報」昭和三十六年十二月号）は、同じ戯曲作品『十日の菊』（「文學界」昭和三十六年十二月号）と同時期に発表されている。『十日の菊』は、のちに『英霊の聲』（昭和四十一年六月）を表題作とする〈二・二六事件三部作〉の一篇を構成することになる。女性雑誌と文芸誌に発表されたこの二つの戯曲は、さまざまな意味で対照的な作品である。それはたとえば『英霊の聲』の自作解説として書かれた「二・二六事件と私」の、次のような文章が参考になるだろう。

> ……たしかに二・二六事件の挫折によつて、何か偉大な神が死んだのだつた。当時十一歳の少年であつた私には、それはおぼろげに感じられただけだつたが、二十歳の多感な年齢に敗戦に際会したとき、私はその折の神の死の恐ろしい残酷な実感が、十一歳の少年時代に直感したものと、どこかで密接につながつてゐるらしいのを感じた。それがどうつながつてゐるのか、私には久しくわからなかつたが、「十日の菊」や「憂国」を私に書かせた衝動のうちに、その黒い影はちらりと姿を現はし、又、定かならぬ形のままに消えて行つた。
>
> それを二・二六事件の陰画とすれば、少年時代から私のうちに育まれた陽画は、蹶起将校たちの英雄的形姿であつた。
>
> （「二・二六事件と私」）

『十日の菊』に先立つ一年前に、三島は〈二・二六事件三部作〉の最初の作品となる短篇小説『憂国』（「小説中央公論」冬季号／昭和三十六年一月）を書いている。『十日の菊』では、二・二六事件は「十・一三事件」と名を変えているが、時代は同じ昭和十一年である。舞台はそれから十六年後の昭和二十七年に設定され、「十・一三事件」で青年将校たちに襲撃された元大蔵大臣の森重臣《しげおみ》の屋敷に、かつての妾であり女中頭であった奥山菊が訪ねてくるというのが筋書である。菊は事件の夜に、寝室で体を張って森を助けていた。三島は『十日の菊』について、「二・二六事件を重臣側から描いてみた悲喜劇」であり、奥山菊の名に「主君への一般的忠誠を象徴して」「天皇制の問題」を寓話化してみせたと解説している。叛乱軍だった菊の息子正一《しゃういち》は、事件当夜、全裸で重臣をかばう母と対面し、唾を吐きかけ立ち去るが、その翌日に自殺する。一方、軍人だった重臣の息子の重高《しげたか》は、終戦後にビルマで捕虜となり、戦争犯罪人として処刑されるところを、部下に罪をきせて生きのびた。菊に語る重高の台詞。「菊さん、死んだやつはみんな仕合せだと思はないかね」「……わかつてくれ、菊さん、俺はどうしても俺に代つて死んでくれる人間を見つける必要があつたのだ。俺は生きるために、ほかにどんな方法があつたと思ふ？」。重高は自殺した菊の息子が忘れられない。菊は言う。「あの子はすべてに裏切られて、正義にも母親にも裏切られて自殺しましたんです。あなた様のやうに人を裏切つた方が、自殺なんかなさることはできません」。しかし重高は意に反し、その直後に首を吊って自殺する。そうした物語が六〇年代のはじめに、二・二六事件と敗戦による「神の死」の実感的な体験から書かれたことの意味は大きい。その創作意図は、具体的にはこう解説される。

　体を張つた女の助けと、その息子の犠牲によつて、まんまと難をのがれ、生きのびた重臣は、しかし生きる屍として、魂の荒廃そのものを餌にして生きてゐる。（中略）私はかうして生きのびた人間の悲喜劇的悲惨と、その記憶の中にくりかへしあらはれる至高の栄光の時間との対比を描きたかつた。

森重臣に、三島の戦中から戦後への挫折体験が投影されていることはいうまでもない。夭折を希求しながらも、戦後へと生きのびてしまった三島。その悔悟を、三島は六〇年代になってはじめて口にするようになる。たとえば『獣の戯れ』（「週刊新潮」昭和三十六年六月十二日号〜九月四日号）には、呪文のように「悔悟」という言葉が執拗に繰り返される。「幸二の心は、何故かわからないが、幸福に充たされた。これは悔悟の幸福な報いであり、断念のあとにはこんな準備が来たのだ、と」「……『俺は悔悟した人間で……』悔悟とは明晰さの認識だつた」。

「十・一三事件」で生きのびた重臣、そして敗戦後を生きのびた重高は、入隊検査の誤診によって徴兵を免れた三島なのだ。その時に入隊した同世代の若者たちの多くは戦死している。小説家になることを夢みて、戦後へと生きのびた三島はその夢を実現し、戦後を代表する作家にまでなった。しかし敗戦から十六年後、「悔悟の苦い味はひ」が、三島を襲う。

この十六年後が、『十日の菊』に描かれた十六年後と同じであるのは、決して偶然ではない。三島もまた、「生ける屍として、魂の荒廃そのものを餌にして生きてゐる」ことを告白しているのである。三島は自らの「生きのびた人間の悲喜劇的悲惨」を描こうとしたのだ。

「一度お助けしたら、どこまでもお助けするのが、私の気性なんですの」

『十日の菊』の幕切れの、菊の台詞である。ここで語られる「気性」こそが、この悲喜劇の本質である。三島はここにいたって彼女の運命と性格が一致する、と解説している。『十日の菊』のもう一方にあるのは、「人間の性格と運命との関はり合ひの劇」（「『十日の菊』について」）だが、ここに投影されているのは、三島が気質と一つになって生きていた幸福な〈詩を書く少年〉の時代である。三島は十代の気質の時代に帰ることを決意し、やがて自らの気質と運命の劇を生きることになる。

2

三島の森重臣への投影は、こんな言葉にもあらわれている。

しかしふしぎなことに、この奇怪な老人は、欺瞞の只中において一つの詩を夢みる。一つの光り輝やく詩。それこそ奥山菊の裸体に投影された二・二六事件の天翔ける翼の影なのだ。
（「二・二六事件と私」）

三島もまた戦後を生きのびたことによって、夭折という「人生の」「至高の瞬間」を逸した。こうした『十日の菊』の告白的な主題は、『林房雄論』（「新潮」昭和三十八年一月号）においてさらに明確に語られることになる。三島は『林房雄論』で、「私は幼いころに際会した二・二六事件以来、挫折といふ観念を、自分の美的観念の中核に据ゑてゐた」と前置きして、そのあとをこう書いている。

しぶとく生き永らへるものは、私にとつて、俗悪さの象徴をなしてゐた。私は夭折に憧れてゐたが、なほ生きてをり、この上生きつづけなければならぬことも予感してゐた。かくて、林氏は当時の私にとつて必須な、二重影像《ダブル・イメージ》をなしてゐた。すなはち時代の挫折の象徴としてのイメージと、私が範とせざるとえぬしぶとく生きつづける俗悪さのイメージと。言ひかへれば、心もうづく自己否定の影像と、不合理な、むりやりの、八方破れの、自己肯定の影像と。

この文章をそのまま『十日の菊』に当てはめてみてもいい

だろう。三島は林房雄との対談『対話・日本人論』(昭和四十一年十月)の中で、『林房雄論』について「あれはある意味では三島由紀夫論ですからね。林さんに対する僕の投影でもあるし」と語っている。すなわち重臣に林房雄を重ね合わせることもできるだろう。「しぶとく生き永らへる」重臣と林房雄。三島がそこに見たのは「時代の挫折の象徴としてのイメージ」と、戦後を生きつづけることの「俗悪さのイメージ」だった。「しぶとく生き永らへる」ことがいかに悲痛な体験であったか、それはたとえば『翼―ゴーティエ風の物語―』(「文學界」昭和二十六年五月号)のような寓話的な短篇小説に主題化されている。戦争末期、いとこ同士の杉男と葉子は愛し合うようになる。お互いに自分の背中の翼を知らずに、相手は翼を持っていると信じているが、杉男は偶然にも葉子の背中の翼を目撃して確信する。しかし葉子は空襲で死んでしまう。悲嘆にくれた杉男は一人戦後へと生きのびるが、戦後社会での生きづらさが自分の翼のせいだとは気づかずにいる。三島はこの作品についてこう解説している。

> 「翼」には「ゴーティエ風の物語」といふ副題がついてゐるが、ゴーティエの、リアリズムとははつきり袂を分つた短篇小説を模しながら、実は戦中戦後を生きのびなければならなくなつた青年の悲痛な体験を寓話的に語つたものである。私はこの種の短篇で、むしろあらはな告白をしてゐたつもりであるが、当時この告白に気づいた人はゐなかつた。「告白なんぞするものか」といふ面構へを売り物にしてゐた罰であらう。
>
> (新潮文庫『真夏の死』自作解説/昭和四十五年七月)

死のおよそ半年前の文章である。

『十日の菊』『黒蜥蜴』から『林房雄論』に至るおよそ一年の間、三島は切実に「挫折」と「俗悪」の二重の観念の狭間で思い悩んだ。戦後の時間といかに対峙し、小説家として生きてきた十七年をどう考えるか。それは小説家であることを否定すること、つまり死を前提とした問題だった。どのように「至高の栄光の瞬間」を取り戻し、遅すぎた夭折の夢を実現するのか。三島のそうした生と死の相反する思いがつよく反映された作品が、『黒蜥蜴』なのである。二・二六事件の「蹶起将校たちの英雄的形姿」について、三島はこう書く。

> その純一無垢、その果敢、その若さ、その死、すべてが神話的英雄の原型に叶つてをり、かれらの挫折と死とが、かれらを言葉の真の意味におけるヒーローにしてゐた。
>
> (二・二六事件と私)

『黒蜥蜴』のモチーフもこれに近い。黒蜥蜴は、三島にとって「挫折と死」のヒーローなのだ。『黒蜥蜴』もまた二・

二六事件から生まれた、〈二・二六事件三部作〉の番外篇ともいえる作品なのである。つまり『十日の菊』が「二・二六事件の陰画」であるなら、『黒蜥蜴』はまさにその「陽画」ということになるだろう。『十日の菊』と『黒蜥蜴』という根を一つとする対照的な二つの作品、そして自己批評としての『林房雄論』。それらを三島に書かせたのは、六〇年代になってからの鬱屈と倦怠だった。その「私の精神状態」を、三島はこう説明する。

一方、私の中の故しれぬ鬱屈は日ましにつのり、かつて若かり日の私が、それこそ頽廃の条件と考へてゐた永い倦怠が、まるで頽廃と反対のものへ向つて、しやにむに私を促すのに私はおどろいてゐた。（中略）
　私の精神状態を何と説明したらよからうか。それは荒廃なのであらうか、それとも昂揚なのであらうか。徐々に、目的を知らぬ噴りと悲しみは私の身内に堆積し、それがやがて二・二六事件の青年将校たちの、あの劇烈な慨《なげ》きに結びつくのは時間の問題であつた。なぜなら、二・二六事件は、無意識と意識の間を往復しつつ、この三十年間、たえず私と共にあつたからである。
（「二・二六事件と私」）

三島は六〇年代のはじめに襲われた倦怠からめざめようとしていた。それは『鏡子の家』の反動なのである。「『戦後は終つた』と信じた時代の、感情と心理の典型的な例を書かうとした」（「『鏡子の家』そこで私が書いたもの」）意図はまったく理解されず、『鏡子の家』は失敗とされ、文壇とマスコミからは黙殺された。その小説家としてのはじめての大きな挫折体験が、三島を二・二六事件と敗戦の記憶へと向かわせたのである。

「二・二六事件と私」によって、はじめて六〇年代の「鬱屈」と「倦怠」の意味を明らかにした三島は、以後饒舌なほど多くを語りはじめる。それは小説家として生きることの断念と覚悟だった。「自己をいかにあらはすか、といふことよりも、いかに隠すか、といふ方法によつて文学生活をはじめた」（『太陽と鉄』）三島は、昭和四十年代になってからは「自己をいかにあらはすか」ということに執着しはじめる。「不在証明」から「存在証明」へと、表現意識は大きく転回していく。もはやその行為は文学に限定されるものではなかった。その一つに『憂国』の映画製作がある。この自作自演の映画について語った言葉がある。「いはば、私は不在証明《アリバイ》を作らうとしたのではなく、その逆の、存在証明をしたい、といふ欲求にかられたのである」（「『憂国』の謎」「アートシアター」昭和四十一年四月号）。

映画『憂国』の公開が昭和四十一年四月、『英霊の聲』の刊行が同年六月。そして翌年の元旦の読売新聞に「私も今なら、英雄たる最終年齢に間に合ふのだ」（「年頭の迷ひ」）と書いた三島は、四月に単身で自衛隊に体験入隊をする。表現行為は、映画俳優から行動家へと、肉体による自己証明の方法へと移行していく。「楯の会」の結成もその一つである。三島は徐々に死の決意を固めていく。

その六〇年代の最初の予兆は、『鏡子の家』からおよそ一年後に書かれた、『弱法師――近代能楽集ノ内』（「聲」昭和三十五年七月号）にみることができるだろう。ここに描かれた孤独地獄の世界は、まるで昭和四十年代の三島の精神状態を暗示しているかのようだ。それは『鏡子の家』の不評に絶望した三島がはじめて語った、「戦後」という自らの内面の時間の物語だった。

主人公（シテ）の俊徳《としのり》は、五歳の時に戦災で盲目となり、孤児となって物乞いをしているところを、現在の養父母に拾われた。十五年後、二十歳になった俊徳の前に生みの親だと称する夫婦があらわれ、家庭裁判所を舞台に二組の親が対立する。また俊徳の相手役（ワキ）として、調停委員の級子《しなこ》という女性が登場する。前半は俊徳をめぐる平凡な愛憎のドラマだが、後半は俊徳の独白劇となって、ドラマチックな展開をみせる。その台詞は、ほとんど三島自身の内奥の声といっていい。俊徳は「裸かの囚人」として描かれ、盲目であることによって次のように自己を認識している。

「ああ、僕には形といふものがない」「でも僕には形はないけど、僕は光りなんだ。透明体の中の光りなんだ」「よくごらん、この光が僕の魂だよ」「あなた方とちがつて、僕の魂は、まつ裸でこの世を歩き廻つてゐるんだよ」

俊徳は、戦後の十五年という現実の時間から、閉ざされた人間である。彼が自らの存在を証明するものといえば、内面の世界に見えるイメージでしかない。彼には言葉も無意味なのだ。意味があるのは、ただ一つ「声」だけである。触覚ですら意味をもたない。音の世界だけがすべてなのである。

「この世の終りが来るときには、人は言葉を失つて、泣き叫ぶばかりなんだ」「そら又喋る。言葉で何もかも台なしにしてしまふ。また人間の声が消えてしまつた」「僕にはそんな言訳はききませんよ。何が僕を納得させると思つてゐるんです。言葉ですか？　そんなものは霧か靄みたいなもの。目に見える何かですか？　僕は盲らですよ。手に触れる何かですか？　手に触れるものと言つたら凹凸《でこぼこ》だけだ」

言葉への懐疑とは、すなわち小説家であることを自己否定することだ。三島は小説家として生きてきた戦後の十五年を、目をつむって通り過ぎて来たと言っているのである。『弱法師』は三島の戦後の不在証明《アリバイ》のドラマである。俊徳の呪詛にみちた言葉は、戦後社会に対する痛烈な批評として読むことができる。その怨嗟のような声は、やがて世界の終末を告げる。そして最後に俊徳が「死んでもいいんだね、僕が」と言うのを受けて、級子は「あなたはもう死んでゐたんです」と答える。この台詞は三島のお気に入りのようで、『弱法師』から七年後に書かれた戯曲『朱雀家の滅亡』（『文藝』昭和四十二年十月号）の幕切れの言葉も、これと同じ意味をもつ。

璃津子　滅びなさい。滅びなさい！　今すぐこの場で滅びておしまひなさい。
経　隆　どうして私が滅びることができる。夙《と》うのむかしに滅んでゐる私が。

主人公の朱雀経隆は、俊徳より自らの死（滅び）により自覚的な人間として描かれている。ここに六〇年代における、三島の一つの精神過程をみることができるだろう。このように六〇年代の時代の流れの中で『黒蜥蜴』をみると、一種独特の輝きをもった異質な戯曲であることがわかる。なぜなら『黒蜥蜴』は、二・二六事件の「陽画」としてだけではなく「陰画」としての一面をも合わせもち、錯綜し、しかも三島の生来の奇怪な欲望が美しい幻想の物語としても語られているからだ。それは『仮面の告白』の冒頭と叙述される、幼少年期の扮装欲に通じる。

3

三島の十九歳の時の未発表作品に「扮装狂」と題された一篇がある。この敗戦の一年前、昭和十九年八月一日の擱筆の日付をもつエッセイには、幼少年期にめざめた扮装への欲望の記憶が体験的に語られ、つよい興味をひく。『仮面の告白』の原型であることはいうまでもないだろう。「扮装狂」はまず女奇術師の松旭斎天勝への讃美からはじまる。天勝は明治の終わりから大正、昭和にかけて絶大な人気を誇った西洋奇術師である。『仮面の告白』では、九歳か十歳の頃に天勝の舞台をはじめてを見て、虜になるエピソードが語られている。「天勝になりたい」という憧れをもち、母の着物を盗んで扮装し狂喜した。江戸川乱歩の『黒蜥蜴』には、「天勝嬢の魔術みたい」なと比喩的に使われた、誘拐のトリックがある。この作品は、「日の出」の昭和九年一月号から十二月号まで連載された。三島は戯曲化にあたって、「少年時代に読んで、かなり強烈な印象を与へられた」（「『黒蜥蜴』について」「西武生活」昭和三十七年二月）と語っているから、原作を読んだのと天勝の舞台と出会ったのは同じ頃と推察される。『黒蜥蜴』では、明智も黒蜥蜴も千変万化の変装（扮装）をみせるのである。それだけでも少年の三島を魅了するには十分だった。

『仮面の告白』では、「扮装欲は活動写真を見はじめることで昂進した。それは十歳ごろまで顕著につづいた」とある。「天勝につづいて」「クレオパトラの扮装に憂身をやつした」「私」は、すでに自分の中にある同性愛的嗜好に気づきはじめている。その兆候は、六歳の時にジャンヌ・ダルクが「彼」ではなく「彼女」と知った衝撃にはじまる。「扮装狂」では、「天勝になりたい」という欲求は、やがて「エレヴェータア・ボーイ」や「花電車の運転手」、「地下鉄の改札掛」に転化される。それは幼少年期にありがちな制服への憧れでもあるが、『仮面の告白』の「私」は天勝との相違を論理的に分析する。つまり天勝に対しては「『悲劇的なもの』への渇望」が欠落し、制服に対するような「憧れと疾ましさとの苛立たしい混淆」の感情はないというのである。三島のいう「『悲劇的なもの』」の定義はわかりずらいが、自己の奇怪な欲望と性癖とは無縁の、一般的な人間たちの営みから拒まれているという意識といっていいだろう。要するに生活の匂いからの隔絶である。もっと具体的にいえば、「私の官能がそれを求めしかも私に拒まれてゐる或る場所で、私に関係なしに行なわれる生活や事件、その人々」のことである。最後に「私」はこう結論づける。

とすれば、私の感じだした「悲劇的なもの」とは、私がそこから拒まれてゐるといふことの逸早い予感がもたらした悲哀の、投影にすぎなかつたのかもしれない。

これは『仮面の告白』の第四章で、敗戦後の二十三歳の「私」が、女性に対する性的欲望が全く欠落していることを自覚して呟く、こんな言葉につながっていく。「『お前は人間ではないのだ。お前は人交わりのならない身だ。お前は人間ならぬ何か奇妙に悲しい生物《いきもの》だ』」。

これが幼年期に感受していた「私」の「悲哀」の正体である。制服の男性への憧れ、女装への期待、あるいは女性の男装に対する嫌悪といった趣味にあらわれる同性愛的傾向は、少年期に入って顕著なものとなる。中等科二年の冬に転校してきた落第の不良学生、近江への恋情。「扮装狂」では「ブラと仇名された四つ五つも年上の少年」で、「落第してきて」「暴君のやうに振舞ふ」が、三島は「彼に英雄を発見」する。その感情はかつて天勝に対してもった欲望の昂進したものだったが、そのことにはまだ気づかない。「そしてその同情が扮装欲のわづかな変形であることには気附かないでゐた」。この同情は「人には言へぬ暗い汚濁のために哭《な》きつゞけてゐる」「ブラの魂」に対するものと分析するが、これはすでに恋のはじまりである。そして「ブラ」からの突然の「露骨な愛情の表現」とともに訪れた別離。「一人のこされた」三島は、「ふしぎな病気」に包まれて、床に着く。そこでこんな「極彩色の夢」を毎晩みる。

そこには熟れた果実や南国の大都会がある。治りぎはに僕は一つの窓から往還を見るのを好むやうになつた。何か凶事が、何か椿事《ちんじ》が起りはせぬか。日もすがら僕はそれを念じた。ある女の人がその往還で白昼手籠《てご》めに会ひそうになる。あるひは殺人事件があの四つ角で突発する。あるひは人が車に轢《ひ》かれたり車同志が衝突して人間の体が四散する。ぜひ椿事は白昼に起つてほしい。

これは犯罪への期待といっていいだろう。『黒蜥蜴』における富豪の令嬢の誘拐やダイヤの強奪は、この夢の延長にある。三島が犯罪に興味を抱くのは、同性愛の嗜好からくる「ふしぎな病気」のためなのだ。こうした性的オブセッションは、三島文学の根源的なモチーフを形成する。それはおそらく生来の気質的なものに由来するのであり、その萌芽は『十五歳詩集』の巻頭詩「凶《まが》ごと」にみることができる。この昭和十五年一月に書かれた詩に、三島は「わたくしは夕な夕な／窓に立ち椿事を待つた」「わたくしは凶ごとを待つてゐる」と書いた。少年は戦争という現実を前に、自己破壊的な夢想に戯れている。世界の終末とともに、夭折を夢みている。この詩と「扮装狂」は同じ世界を描いている。しかし「凶ごと」が自己の内面の世界にだけ眼を向けているのに対し、「扮装狂」では拒まれた社会と現実に眼を向け、自己を客観的に見ようとしている。十五歳から十九歳へ。少年は青年に成長して性にめざめ、自らの社会的存在としての意味を問う。やがて戦争が終わり、人間の日常がはじまる。「椿事」はもやは犯罪という社会的事件にしか起こりえぬことを知る。その「椿事」（犯罪）とは変形された扮装欲であることを、三島は分析する。

――しかし僕は考へた。僕はじつと事件を傍観し享楽し得るであらうか。（中略）僕は扮装への健全な情熱を忘れたのではなからうか。僕は観客であることにより倫理を畏怖し、扮装者であることにより倫理を殺戮する二役いづれを望んできたのか。僕の衝動の美しさを、たゞ僕は椿事の光景に見ることはよさう。椿事を待つことによりそれを見よう。待つといふことが既に扮装の一つではないのか。

三島が『黒蜥蜴』の戯曲化を思いたった理由も、おそらくこの論理に近い。探偵と犯罪者という明智と黒蜥蜴の関係こそ、「観客」と「扮装者」の物語であるからだ。しかも二人が恋することにより、その立場は何度も入れ替わり、犯罪はアクロバチックな面白さをみせることになる。「椿事」「凶ごと」を「待つ」ことにこそ、三島の犯罪に対するロマンチックな夢と憧れがある。緑川夫人（黒蜥蜴）は、明智に向ってこう言う。「私はまだあなたみたいな探偵に会つたことがありません。こんなに心底《しんそこ》から犯罪を愛し、犯罪にロマンチックな憧れを寄せてゐる探偵に」。明智は犯罪を待つ探偵として描かれているのである。第一幕第五場の明智の台詞。

「犯罪が近づくと夜は生き物になるのです。僕はかういふ夜を沢山知つてゐます。夜が急に脈を打ちはじめ、温かい体温に充ち、……とどのつまりは、その夜が犯罪を迎へ入れ、犯罪と一緒に寝るんです。時には血を流して……。」

さらに明智は、緑川夫人の「要するにあなたは報いられない恋をしてらつしやる。犯罪に対する恋を」という言葉を受けて、「僕は犯罪から恋されてゐるんだと。犯罪のはうでも僕に対して、報いられない恋心を隠してゐるんだと」と答える。こうして黒蜥蜴は探偵である明智に恋心を抱くようになる。それはすでに犯罪者としての敗北のはじまりだった。つまり「倫理を殺戮する」「扮装者」であった黒蜥蜴は、「扮装への健全な情熱を忘れ」、ただ「倫理を畏怖する」「観客」になってしまうのである。ついに第二幕において二人の関係意識は逆転する。第二場での二人の台詞はそのことを暗示的に物語る。

黒蜥蜴　犯罪といふのはすてきな玩具箱《おもちゃばこ》だわ。その中では自動車が逆様になり、人形たちが屍体のやうに目を閉ぢ、積木の家はばらばらになり、獣物《けだもの》たちはひつそりと折を窺《うかが》つてゐる。世間の秩序で考へやうとする人は、決して私の心に立入ることはできないの。……でも、あの明智小五郎だけは……

（中略）

明智　今日も何事もなく日が沈む。この大都会、白蟻に蝕《むしば》まれたやうに数しれない犯罪に蝕まれたこの大都会に日が沈むんだ。（中略）犯罪の本質にいつも向き合つて、その焔の中の一等純粋なものを身に浴びなければならないのは僕なのだ。僕には犯罪の全体が見える。それはたえず営々孜々《しし》とはげんでゐる世界一の大工場みたいなものだ。

犯罪を「すてきな玩具箱」、「世界一の大工場」という二人は、すでに共犯関係にある。二人の見る犯罪の夢は同じなのだ。それは「扮装狂」で語る「極彩色の夢」と等価なものである。二人の関係を、三島の好きな言葉を借りていうなら、「死刑囚であると同時に、死刑執行人であること」ということになる。この言葉は『仮面の告白』や映画『憂国』の自作解説でも使われている。明智と黒蜥蜴の共通の意識にあるのは、「選ぶ」「選ばれる」ということである。三島は『『憂国』の謎」において、「選ぶ者と選ばれる者とを一身に兼ねることは」「『死刑執行人と死刑囚を一身に兼ねること』に等しい」と語っている。『黒蜥蜴』の面白さは、その二人の「選ぶ」「選ばれる」ゲームのような、心理の巧みな駆け引きにある。逆転につぐ逆転で、ついにクライマックスを迎えた第三幕第三場で、観念した黒蜥蜴は明智の前で毒を仰ぐ。それにつづく二人の会話。

黒蜥蜴　でも心の世界では、あなたが泥棒で、私が探偵だつたわ。あなたはとつくに盗んでゐた。私はあなたの心を探したわ。探して探して探しぬいたわ。でも今やつとつかまへてみれば、冷たい石ころのやうなものだとわかつたの。

明　智　僕にはわかつたよ、君の心は本物の宝石、本物のダイヤだ、と。

黒蜥蜴　あなたのずるい盗み聴きで、それがわかつたのね。でもそれを知られたら、私はおしまひだわ。

明　智　しかし僕も……

黒蜥蜴　言はないで。あなたの本物の心を見ないで死にたいから。……でもうれしいわ。

明　智　何が……

黒蜥蜴　うれしいわ、あなたが生きてゐて。

こうして黒蜥蜴は、明智の腕に抱かれながら死ぬ。一歩間違えれば陳腐なメロドラマになってしまいそうなこの場面も、三島は巧みな作劇術と華麗な台詞で盛り上げる。明智の「君の心は本物の宝石、本物のダイヤだ」という台詞と、黒蜥蜴の「あなたの本物の心を見ないで死にたいから」という台詞は呼応し、『黒蜥蜴』における三島独自の主題を提示する。幕切れの明智の台詞が、その主題を象徴する。盗まれた本物のダイヤを「贋物の宝石」と言って、明智は「ええ、本物の宝石は、もう死んでしまつたからです」と断言するのである。

4

この「本物」と「贋物」の問題こそ、三島が六〇年代のはじめに模索していた内面の主題だった。やがてそれは、小説家として生きるとは何かという、自らの存在の根源的な問題へと発展していく。『『黒蜥蜴』創作ノート」には、こんなメモが残されている。

夫人、なか〳〵きかぬ毒薬。明智との長い対話。本物の感情。仮装でない感情に生きすぎた。黒とかげは、本物の女、本物の恋、本物の情熱、本物の女だつた。どんなダイヤよりも本物のダイヤ。明智は盗人である。このダイヤを盗んだからだ。

何と執拗に繰り返される「本物」という言葉。三島にとって、黒蜥蜴は「本物」の英雄でなければならなかった。だからこそ英雄は誇りのために死ななければならないのである。三島はあくまでも黒蜥蜴が「恋の矜《ほこ》り」のために自殺したことを強調する。「創作ノート」のメモ。

夫人は、ウソの感情と仮装だけで、探偵を翻弄せるなり。しかるに真の恋を、だまつてきいてゐられたのはゆるせぬ。かくて、夫人は、敗北のためではなく、恋のために、自分の矜《ほこ》りを守るために自殺せるなり。

黒蜥蜴にとっては、死こそが勝利なのである。敗北こそが勝利のイロニーなのである。この「本物」と「贋物」という主題は、黒蜥蜴と明智との恋にとどまらない。実はこの場面に先立つ第三幕第三場において、黒蜥蜴の手下の雨宮と、誘拐された富豪の令嬢の早苗との「恋愛」で、かなり執拗に追及されているのである。

誘拐劇は、緑川夫人（黒蜥蜴）の紹介で、雨宮と早苗を見合いさせたことにはじまる。夫人は早苗の父が経営する岩瀬宝石店の華客という設定である。早苗は大阪のホテルで見合いをした直後に、部屋で雨宮にかどわかされ、大型トランクに押しこまれ連れ出される。しかし明智の機転で、無事に救出される。二回目の誘拐は、乱歩の「人間椅子」のトリックで、東京の自宅から忽然と消える。原作ではこの間に、明智のアイデアで早苗が替玉の女性とすり替わる場面があるのだが、三島戯曲では省略され、一気に「恐怖美術館」の場で正体を明かすことになる。「恐怖美術館」には、黒蜥蜴の趣味で剝製にされた人間の生《いき》人形が陳列されている。黒蜥蜴は美のコレクターであり、宝石ばかりか、若く美しい肉体を永久に保存することを夢みている。

早苗とダイヤの交換場所となった東京タワーの展望台では、売店の亭主に変装して黒蜥蜴を追跡した明智は、怪船の中では醜く髭だらけの火夫の松吉となって、ラストの「恐怖美術館」のある港の廃工場へ乗りこむ。こちらも髭をつけ、パーサーとなっていた雨宮は黒蜥蜴を裏切り、早苗を逃がそうとする。しかし松吉（明智）に阻止され、二人は檻に閉じこめられる。そこでの二人の会話。

早苗 そんなに好きだつたの？ 自分の命を捨ててまで助けてくれる気だつたの？

雨宮 さうだよ。僕の顔を見てごらん。僕だつて君を助ける値打のある人間だ。（ト変装の髭をことごとくむしり取る）

ここで雨宮は素顔をみせるのだが、替玉の早苗は驚かない。「創作ノート」には、この場面の綿密なメモがある。順一とは雨宮の名である。

しかし素顔に戻つた順一を見て早苗がおどろかないので、順一は早苗がニセモノではないかと疑ふ。（中略）順一は夫人の意のままになることにだけ、人生の目的を見出し、つひには自分を剥製にしてもらふために、わざと早苗を逃がさうとしたのだ。

早苗に対してはいつはりの恋である。

三島は雨宮を黒蜥蜴を愛する男として描いたのである。雨宮が「夫人の愛するあらゆるもの」にも、「人間剥製」にも嫉妬するのはそのためである。しかし雨宮に恋してしまった替玉の早苗は、自分が嫌われるのは「ブルジョア娘」だからと単純に信じこみ、明智との約束を破って正体を明かしてしまう。「私、早苗ぢやないのよ」「おどろいたでせう、替玉なの。おそろしいほど早苗さんに似てゐる。私自分だつて、はじめて早苗さんに会つたときは、目を疑つたほどだわ」。だが、もはや雨宮にとって、早苗が本物であろうとニセモノであろうと関係ない。ただ早苗が早苗であることが必要なのである。「君は死ぬまで本物の早苗であることが必要なんだ。（中略）……本物の早苗であればこそ、黒蜥蜴は僕に嫉妬する。僕に何より大切なのはその嫉妬なんだ」。雨宮は早苗がニセモノであっても愛することはできない。「死ぬまで本物の早苗」であることによって、「僕の恋は成就」するという。雨宮の恋は黒蜥蜴が嫉妬することで成就するのである。それこそ嫉妬に苦しめられてきた雨宮の、黒蜥蜴に対する復讐でもあるのだ。裏切ることによってしか実を結ばぬ恋を、三島は描こうとしている。

黒蜥蜴と雨宮の主従関係を考えれば、それはほとんどサド＝マゾの関係に近く、雨宮は死をもって黒蜥蜴の愛の奴隷になろうとしているのである。雨宮の台詞。

「……僕の最後の望みはもう一つしかない。自分があの剥製の人形になつてときどきあの人の愛撫をうけること。……そのためには、……わかるだろう、方法は一つしかない。君を脱走させるまねをして、あの人を裏切つてみせること。……あの人の目の中に、たつた一度でもいいから、僕に対する嫉妬の小さな火を燃え立たせること。……」

『黒蜥蜴』の戯曲にはこんな悲しい恋も描かれているのである。雨宮の声は、三島の戦後十五年の生を象徴する悲痛な叫びともとれる。その意味で、『黒蜥蜴』は『弱法師』や『十日の菊』と同じ主題を共有するのである。雨宮の心情を理解した早苗はその希望を聞き入れ、「好きなやうに死なせて」あげるという。つまり「ニセモノの早苗としてニセモノの愛を受けて死なうといふ」（「創作ノート」）のである。二人の会話。

雨宮　（中略）……僕たちは贋物の恋人だ。君は贋物の早苗。
早苗　あなたは贋物の奴隷ね。
雨宮　僕たちは贋物の愛で結ばれて、贋物の情死をする。ちつとも愛し合つてゐないのに、同じ朝、同じ時に殺されるんだ。
早苗　さうして私たちは剝製にされて……
雨宮　永久に抱き合つて暮らすんだ。
早苗　私たちの贋物の愛が、
雨宮　男と女の不朽のよろこびの像になるんだ。

かくて黒蜥蜴と明智の「本物の愛」とは対照的に、もう一つの「贋物の愛」が成立する。ニセモノの愛は「男と女の不朽のよろこびの像」になり、「本当の愛のよろこびの」「本物の愛の形をゑがく」ことになる。このパラドックスこそ『仮面の告白』の主人公の「『悲劇的なもの』への渇望」なのである。

三島の戦後の長篇処女作『盗賊』（昭和二十三年十一月）には、雨宮と早苗の原型ともいえる人物が登場する。主人公の藤村明秀と山内清子もまた、ニセモノの愛に生き、ニセモノの情死をする。『黒蜥蜴』では早苗がニセモノであることから、さらにその贋物性は巧妙になっている。この「本物」と「ニセモノ」という問題は、三島文学の根源的なモチーフを形成し、三島自身の内面にある切実な「虚」と「実」という問題に深く関わっている。三島は戦後、その二つを意識的に使いわけ、小説家という存在を仮面劇として演じてきた。それが生きることの、いや生きるための方法だった。しかし『鏡子の家』によって、もはやその方法論が無効であることを知らされた。「戦後は終つた」と確信的に書いた作品で、皮肉にも戦後から見捨てられたのである。

河野多恵子は三島の死についてふれた文章で、きわめて示唆的な指摘をしている。

氏は仮面を択べば択ぶほど素顔を察せられることを知りはじめ、やがて自ら素顔を択ぶことにしたようである。択んだ像の素顔にするために、整形手術を施したようなもので、そして整形手術を受ける人は常に本気に受けるのではないだろうか。

（「択びすぎた作家」「群像」昭和四十六年二月号）

「整形手術」とは巧みな比喩である。ここで河野多恵子がいう「素顔」と「仮面」こそ、『黒蜥蜴』における「本物」と「ニセモノ」の問題なのであり、まさにそれは「択ぶ」ことの物語だった。三島に「本物」と「ニセモノ」の面白さを教えたのは、映画『からっ風野郎』（昭和三十五年三月）の主演だった。この映画出演も、おそらく『鏡子の家』の挫折がなければありえなかった。若いヤクザの二代目親分を演じた三島は、はじめて映画俳優という存在にめざめ、そこに「仮面」に共通する世界を発見した。映画の中の俳優のニセモノの行動が本物らしく見えることに、つよい興味をもったのである。のちに映画『憂国』を自作自演した三島は、「映画俳優とは、選ばれる存在である」（「『憂国』の謎」）とも言っている。この俳優体験をもとに書かれたのが、短篇小説『スタア』（「群像」昭和三十五年十一月号）である。〈スタア〉という仮面の存在を通して三島が描いたのは、「虚偽」（ニセモノ）と「本物」の世界の認識の問題であり、スクリーンという虚構の世界における肉体の抽象性の問題だった。そんな『スタア』の主題は、そのまま『黒蜥蜴』へと受けつがれているのである。

作品集『スタア』は昭和三十六年一月に刊行されたが、『憂国』はそこに収録され、表題作ではなかった。三島の六○年代は『スタア』と『弱法師』によってはじまるといってもいいのである。そして『憂国』が『十日の菊』へと発展する過程で、『黒蜥蜴』は生まれた。三島の生来のロマン的気質が、小説家としての大きな思想的転回の時を迎えて、特異な作品空間を生みだしたのである。小説家の生と死を模索した、注目すべき戯曲といっていい。かくて『黒蜥蜴』は、六○年代のロマン的回帰を予告する作品となる。

（文芸評論家）

特集 三島由紀夫の演劇

新派と三島演劇
―思い出すままに―

狩野尚三

「サド侯爵夫人」以前の三島戯曲の名作は、ほとんど文学座が初演で、その多くは杉村春子の名演技による主演だったそうだが、残念ながら当時私はまだ新劇を見るような年齢にたっしていなかった。私が新劇を見るようになったのは、例の「喜びの琴」事件のずっと後のことで、日生劇場で上演された「喜びの琴」も、再演か再々演の文学座の「鹿鳴館」も自宅の白黒のテレビで見たように記憶している。

祖父が新派の花柳章太郎の贔屓だった関係で、しかし歌舞伎や新派の芝居は小学校に上がる前からうちのものに連れられて見ていたので、三島戯曲をはじめて舞台で見たのは、私の場合実は新派の芝居なのである。

中村歌右衛門のために書かれた三島歌舞伎の他にも、歌右衛門の勉強会だった「莟会」と新派の合同で、歌右衛門が主演した「朝の躑躅」(三島戯曲の中でもちょっと信じられないような駄作で、うちの者たちが「なにこのお芝居!」と呆れていたのを子供心にも覚えている)をはじめ、水谷八重子(初代)の「綾の鼓」、「鹿鳴館」、阿部洋子や光本幸子の「灯台」、それに三島の小説から脚色した「橋づくし」なども、新橋演舞場や歌舞伎座の舞台で見ていた。

三島由紀夫は「鹿鳴館」新派初演のプログラムに、杉村春子の「鹿鳴館」は明治の銅版画のような趣きがあり、水谷八重子の「鹿鳴館」には、極彩色の錦絵のような雰囲気があるというようなことを書いていたと記憶しているが、新派の「鹿鳴館」は、確か水谷八重子が乳癌かなにかの手術後長い闘病生活のあと、再起してはじめて舞台に立った公演だった。そして水谷八重子の影山伯爵夫人朝子が着物の長い裾を取って花道から現れた姿は、子供心にも息を呑むほどの美しさだったのを、今でも瞼に焼き付いて覚えている。「不死鳥」という言葉がまさにぴったりの再起公演だった。

後年旧華族の知人が、当時(明治)の華族のそれも伯爵家の夫人たちは、天長節のような祝日は、それにその頃は今よりずっと寒かった気候のせいもあって、屋敷うちでも三枚重ねの着物を着ていて、影山伯爵夫人が芸者のように二枚重ねの着物を着ているのはおかしいと言う話を聞いたことがあった。確かに上村松園が九条武子夫人をモデルに描いたという美人画を観ると、丸髷に三枚重ねの着物の裾をとった姿が描かれている。初代八重子の朝子が花道に現れた姿は、丸髷に三枚重ねだったのかどうかは知るよしもないが、その美しさは光り輝いて見えた。それに元新橋から出ていたという設定が随所の演技に垣間見られ、たとえば「殿方の扱ひにかけては、そこらの貴婦人方より私のはうが、ずつと年功を積んでをりますものね」という台詞を言って、前帯を指で扱きながら色目をつかって影山伯爵を見つめる立ち姿には、他の朝子を演じた女優たちの追随を許さぬ艶かしさがこぼれていた。

普段新派の舞台で水谷八重子の芸者姿や着物姿しか観たことのなかった観客は、二幕目の鹿鳴館舞踏会の場で、あでやかな〝洋装〟で登場する八重子を見て、まさに旧弊な伯爵夫人朝子の変身に驚く芝居の登場人物たちと同様の驚きと歓びを共有したに違いない。「今まで洋装もダンスもおきらいだと言って、私共をだましていらしたのね。そんなにお似合いになるじゃありませんか。」という、大徳寺侯爵夫人季子の大袈裟な賛辞の台詞は、そのまま観客の新派女優水谷八重子への賛美と重なるのである。

それに当時の新派は脇の役者に光る人が多かった。飛田天骨という不気味な刺客を持ち役にしていた島章という役者の気味悪さや、ほんのちょっと出るだけだが伊藤博文夫人梅子役の竹内京子の立派な顔の存在感などは、子供心によほど印象深かったようで今に忘れられず覚えている。

それにしても最近見た劇団四季の「鹿鳴館」にはびっくりした。あんな貧相な「鹿鳴館」が『親友・三島由紀夫に贈る』演出家浅利慶太のオマージュなら、あの世で三島由紀夫はさぞ苦虫を噛み潰したような顔をしていることだろう。長年ミュージカルの演出ばかりしていると、あんなにもストレートプレイの演出が杜撰になるものかと呆れるばかりで、細部《ディテール》というものがまるで等閑なのである。「鹿鳴館」は一種のメロドラマであり風俗劇である。だから、細部をよほどしっかり演出しなければ味も素っ気もない。四季の女優の演じた影山朝子には、明治の匂いもなければ、伯爵夫人の気品もなく、まして元新橋芸者だったという色気も艶っぽさのかけらもなかった。第一裾の長い重ね着を着慣れていないのが一目瞭然で、裾の持ち方、袂の使い方一つをとってもどう扱っていいのか分からないようで見ているほうが気の毒になるようだった。

「御立派だわ。御立派だわ。あなたは今女の目には、光りかがやくやうな方ですわ。勲章をさし上げますわ。」と言って、朝子が嬉々として庭先の大輪の黄菊を摘んで清原の襟に挿してやるところでは、初代八重子は左褄をとっていた裾を膝の間にすっと挟み、美しい立ち姿を見せて男の襟に菊を挿した。それはまさに芸者が屋形船に乗り込むときに見せる踊りの型なのである。

劇評に「さすが四季の芝居だけあって、台詞が良かった」というようなことを書いていた人がいたし、四季の宣伝文句にも「この作品の魅力を存分に引き出すには、戯曲に書かれた言葉を余すところなく観ている者に響かせることが必要」と書かれていたが、台詞を聴かせるだけの芝居なら、劇場で上演せずとも放送劇としてラジオで放送すればよかったのではないのか。確かに日下武史をはじめとする劇団四季の俳優の台詞は、はっきりと耳に届き、エロキューションもしっかりしていたが、それとてまるでアヌイやジロドゥの芝居を見ているようで「鹿鳴館」の世界には程遠いように思った。

今改めて「鹿鳴館」は三島の戯曲の中で、もっとも新派的な芝居なのだと思う。

*

私は後年ヨーロッパに住みついたので、西欧（ことにフランス語圏）で上演される三島演劇を数多く観る機会に恵まれた。現代の日本の戯曲の中で西欧諸国で上演されるものは、三島由紀夫の戯曲が圧倒的に多い。「サド侯爵夫人」「近代能楽集」「熱帯樹」そして「鹿鳴館」などみな英語やフランス語に翻訳され、現地の演出家によって繰り返し上演されている。

西欧の演出家が日本の作品を舞台化する場合、二つの傾向があるように思われる。

一つは無論異国情緒《エキゾティシズム》であり、もう一つはエロティシズムの強調或いは発見である。日本に対する西洋人の異国趣味、異国情緒が、なぜエロティシズムと結びつくのか？　キリスト教の洗礼を（幸運にも）受けなかった文化に対する彼らの特殊な色眼鏡であり、憧れでもあるのか？　あるいは何ら歴史的文化的伝統や教養の先入観なく作品《テクスト》に触れるため、日本人ではかえって気づかぬ言葉のエロスを敏感に感じとり、文章の裏に隠れたエロティシズムを読み取ることが出来るのだろうか？

たとえば、世界的に著名なバレーの演出家であり振り付け師でもあるモーリス・ベジャールは、三島由紀夫の近代能楽集の「綾の鼓」で、女主人公華子が老人の幽霊の打つ鼓が聞こえないという台詞を、はっきり性的オルガズムが感じられないと解釈し、幕切れ近く老人が渾身の力をふりしぼって打つ鼓の音を、「聞こえない、まだ聞こえない」と叫びながら、女主人公にベッドの上を身をくねらせ狂おしく悶えさせる演出をした。

三島由紀夫は彼の小説「音楽」の中で、冷感症のことを

「音楽が聞こえない」という表現でヒロインに語らせているので、或いは「綾の鼓」の老人の打つ音の鳴らない鼓にも、同じような性的な象徴を与えて、近代能楽集の「綾の鼓」を書いたのかとも想像出来るが、少なくとも作者が生存中新派で上演された初代水谷八重子と大矢市次郎の「綾の鼓」には、そうした性的な意味の仄めかしも感じられなかった。

同様のことはスイス人演出家アルメン・ゴデールが演出した同じ近代能楽集のうちの「班女」や、パリとジュネーヴで二人の女流演出家によって上演された「サド侯爵夫人」にも共通して見られる傾向であった。

「班女」では実子の花子に対するレズビアン・ラブを強調するため、狂っている花子の帯を解き着物を脱がせて半裸の花子の乳房や太腿を愛撫させたが、無論日本で女形の玉三郎が演じた花子では裸体になりようもなかっただろう。

水谷八重子の「綾の鼓」の華子にしろ、玉三郎の「班女」の狂女にしろ、日本のスターたちが演じる女たちは、あたかも能の鬘ものの主人公のようにひたすら美しく演じられ、彼女たちの悲嘆も苦悩も怒りも嫉妬もそして狂気ですら所謂「幽玄」に還元され、美化されて演じられる。しかし台詞におけるロゴスとパトスの対立を演劇理念の基本とする西洋では、それらの美しい女主人公たちも〝美〟の中にとどまっているわけにはいかず、一人の現実の女性として性格づけられ、演じられるのである。

最後に余談ではあるが、日生劇場で初演された「恋の帆影」についてちょっと可笑しいエピソードを聞いたことがあるのでここに紹介する。

「恋の帆影」は日生劇場開場一周年記念公演で、当時日生劇場を常打ちにしていた劇団四季と新派の水谷八重子らが加わった混成舞台だった。

無論女主人公の舞島みゆきは水谷八重子、その養子で秘密の情人でもある舞島正には光輝くように美しかった若き日の津川雅彦。そして彼に恋する娘船頭梅子を四季の女優で当時この芝居の演出をした浅利慶太の夫人だった影万里江が演じた。ところがこの役ははじめ新派サイドでは水谷八重子の弟子筋に当たる新派の若手女優を推していたのだった。だから四季の女優にこの役を取られたことは、水谷八重子にとっても少なからず面白くなかったらしい。そして幕が開くと、舞台の上で八重子は、梅子役の影万里江にことごとく意地悪をしたらしい。微妙に台詞の間をはずしたり、台詞を飛ばしたり、それが非常に巧みで、観客は無論八重子のとちりには思えず、梅子役の女優がとちっているように見えるのである。この話をぼくはリアルタイムで、同じ芝居に出演していた劇団四季の俳優だった人の口から直接聞いた。影万里江は舞台終了後毎晩泣いていたそうである。しかし、それを聞いたときには、にわかにそんなことは信じられなかった。実際舞台でぼくが見た日には全然そんな気配は感じられなかった。

しかしそれからしばらくして、有吉佐和子が発表した「幕が下りてから」という小説を読んでびっくりした。小説の主人公はいかにも水谷八重子をモデルにしたような大女優である。そして彼女が、舞台の上で〝微妙に間をはずしたり〟〝台詞を飛ばしたり〟して、若手の女優にいろいろ意地悪をし、若手の女優に殺意まで抱かせるほど悩ませるのである。そしてそこに描かれた〝板の上〟での意地悪が「恋の帆影」の初演当時聞いた八重子の意地悪そのままなのである。

そういうことはベテランの演劇人の間では日常茶飯のことなのかどうか、門外漢のぼくには知るよしもないが、偶然の一致にしてはあまりに似ていて、「へえ、あの話は本当だったんだ。怪物的な美しい女優にはやっぱり棘があったんだ！」と、妙に感心したのを覚えている。

紹介

オペラ「午後の曳航」
――二〇〇六年ザルツブルク音楽祭――

松本道介

二〇〇六年八月二十六日にザルツブルク音楽祭の一環として、ドイツの作曲家ハンス・ヴェルナー・ヘンツェ（一九二六――）のオペラ「午後の曳航」が演奏会形式で上演された。

このオペラは「裏切られた海（Das verratene Meer）」として一九九〇年にベルリンで初演され成功を収めたが、ヘンツェはこの曲の日本語版上演を希望し、藁谷郁美、猿谷紀郎による日本語版台本にオーケストラ部分の作曲も加えて「GOGO NO EIKO」として今回のザルツブルク（大劇場）での初演にこぎつけたのである。

当日の配役は緑川まり（ソプラノ、黒田房子）、高橋淳（テナー、黒田登）、三原剛（バリトン、塚崎竜二）、小森輝彦（バリトン、〈首領〉）で、指揮はゲルト・アルブレヒト、管絃楽はイタリアの放送オーケストラ、シンフォニカ・ナチョナーレ・デルラ・ライであった。

〈首領〉役の小森輝彦は文筆にもたけた方で、私の所属する日本リヒャルト・シュトラウス協会の年誌にドイツの劇場（ゲラ・アルテンブルク）に所属する歌手として興味深いレポートを何年も書いて頂いている。

年誌の原稿の締切（二〇〇六年号）が七月一杯だったので、オペラ「午後の曳航」については、ザルツブルク出演へ向けての稽古の段階までしか書かれてないのだが、ここに少し引用させて頂く。〈「午後の曳航」ですが僕はヘンツェ氏の作品を歌うのは初めてで、しかも現代音楽は決して得意ではありませんから、やはりこの作品の準備は困難を極めました。ピアノ・スコアにはピアノパートが常に四段で書かれており、僕がゲラでコレペティツィオン（ピアノとの下勉強）を頼んだピアニストの一人は「一体どこを弾いたら良いんだ！」といって怒り出してしまう始末。この方、R・シュトラウスのコレペティツィオンの時は、本当にバッチリ手伝って下さったし、指揮者としての経歴も長い方なのですが、このヘンツェの作品が如何に難しいかを物語っていますね。〉

十二音や無調も含んだヘンツェの音楽は聴く側にとってもかなり難しい現代作品だと想像される。八月二十六日の公演を聴いた友人の話では、歌手、オーケストラともに熱演だったので、出演者に対してはむろんのこと、会場に来ていた作曲者ヘンツェに対してもさかんな拍手が送られたとのことだった。

ただ、歌手たちの日本語は十分に聞きとれたが、字幕、つまり外国人のためのドイツ語と英語の字幕は説明的でかなり呑みこみにくいものだったそうだ。

作曲者ヘンツェは戦後ドイツのオペラ作曲家としては最も成功した人と言えようが、このヘンツェが今から十七年前に初演した「裏切られた海」を「GOGO NO EIKO」なる日本語版につくり直したのは必ずしも日本語自体に関心を抱いたからではなかった。初演の折のドイツ語の歌詞が日本語の歌詞の二倍か三倍長いものであることを知ったからであった。

なぜドイツ語が長いかといえば、翻訳というものが説明的になるせいだろう。題名の「裏切られた海」からしてすでに説明的である。私は最初この題名をドイツ語で聞いたときに意味がよくわからなかったし、今なお釈然としないものを感じている。

おそらくこの小説のドイツ語訳（一九八六年）のタイトルDer Seemann, der die See verriet——直訳すれば「海を裏切った船乗り」から海を主体として引張り出し、（船乗りによって）「裏切られた海」としたのだろうが、日本人にとって海なるものは裏切るとか裏切られるとかするしろものではないような気がする。

その点ドイツ語より二十年も前の英語訳The sailor who fell from grace with the seaの方がずっといい。海とともに優雅さを失った船乗りといった意味だと思うが……。

それよりなにより原題の「午後の曳航」がいい。私は三島が詩人としての才能を持たなかった作家であることを何度か書いた人間であるが、「午後の曳航」という題名にはポエジーを感じる。説明そのものという感じの独語訳英語訳の題名を見るにつけても「午後の曳航」という日本語を味わうことの出来る有難さを感じる。

題名につられて作品も何十年ぶりかで再読することになった。私は三島の作品には幻滅させられることが多くて、「金閣寺」がいかにつまらない作品かという文章を二度も書いている人間ながら「午後の曳航」は三島という作家本来のものをすっきり表現している感じで気持がよかった。「潮騒」や「暁の寺」や「天人五衰」なども思い出しつつ面白く読んだ。初めてと言っていいくらい面白く読んだ。（二〇〇七年四月）

（文芸評論家）

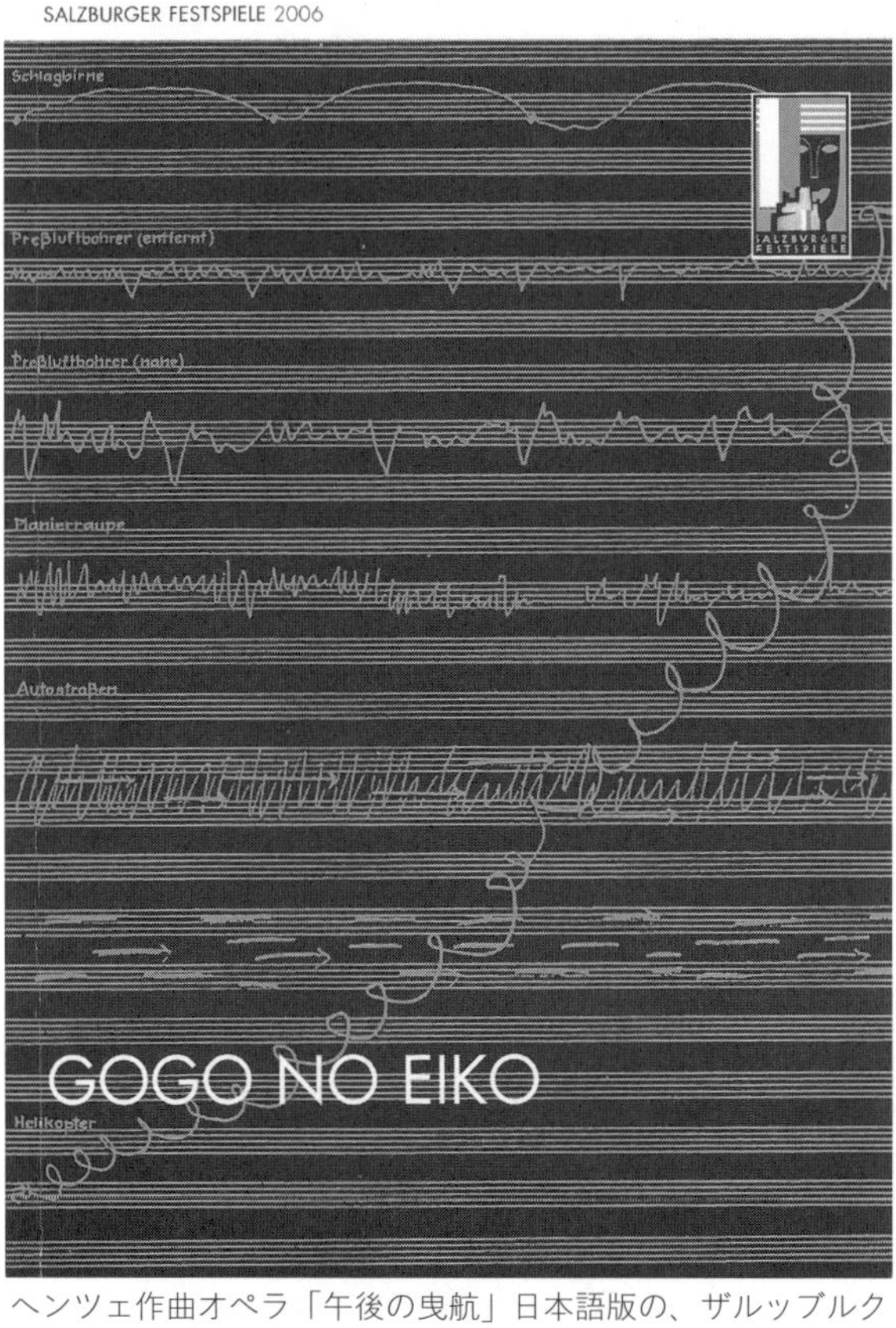

ヘンツェ作曲オペラ「午後の曳航」日本語版の、ザルツブルク音楽祭上演プログラム。

未発表

「豊饒の海」創作ノート①

翻刻・工藤正義
佐藤秀明

大長篇ノート2

〔三島由紀夫文学館所蔵「大長篇ノート2」の翻刻である。このノートは、表紙から途中のページまで『決定版三島由紀夫全集』第十四巻（新潮社、二〇〇二年一月）の六六一ページから六八〇ページに翻刻整理されている。ここでの翻刻は、全集六八〇ページに続く未翻刻分である。これにより、「大長篇ノート2」はすべて翻刻されたことになる。〕

◬宮家からお話があつたら絶対におことはりできない。
その人により許婚期間もあり。十七才でわけわからぬ
◬公家──→尼寺
近ヱ夫人は赤坂見附で見染められた。
◬上流でハ親がゆるさぬ
世間の外聞
お金の心配はさせぬ、しかし不名誉は絶対にいかん。
◬客を待たせてお化粧
主人「もうかへらうよ」といふ。
ドイツからかへつて、人力にのつて歩いてゐる

古河家へ、平民の家へ　嫁に入つたと日本刀をふりまはす
古河、北海道大学を寄附して、男爵になる。

角力出入りせり。お母様はお引きずり。

古河寅太郎氏病気のとき、夫人は、（吉之助の母）医者とくつつき、お腹大きくなり、家の中におとし穴を作り流産させたり。

主人生きてゐる間、医者来ると一緒にレコードをかけ、さわぐ。

きれいな娘と二人で医者と関係。娘行方不明。

寅太郎死したるのち、お引きずりの母が、頭の毛を切つてやつたところ、一週間後、附マゲをして丸まげに結つて、皆西郷家沼津へゆき留守に、洋館にカギかけ、医者を入れ、何時間も入れてゐる。

ビッコの家来、部屋の前を行き来して気をもめり。つけマゲ器用につけたり。

西郷家からも園田家からも離縁され　震災の時、焼け電車の中で死せり。

父おらぬ子を母に生ませまいとして、おとし穴で流産させん。

十八で亡*くなつた男の児もあり。

日比谷一中、
野球をして腰をねじり、誰も気づかぬ、腰曲り、赤十字に入れ、坐骨神経痛からカリエス。
＊カリエス

△没落──
地租税（台帳沢山ありし）
鹿児島の（「鹿児島の」抹消）東京と那須野からの地租
（炭千俵　米）家来いい加減にしよつて帰る。長屋、家来

大ぜい。＊＊

＊＊〔囲み罫、朱書〕

△お嫁に来て十年泣かされる。
⟁男と女、差あり。
男の頭は寝てゐても上のはうを通らぬ。タラヒも別。風呂の順。
食事は主人かえる迄奥さん待つ。
（主人、宮内省主馬寮の御用掛と狩猟官。
鴨猟一日おき。猪狩（天城）
　日光の鹿狩。 ＞皇族国賓。

△狩猟官＊
利根の〔「利根の」抹消〕富山の鱒猟
長良の鮎猟。（氷づけのあゆ）
カモ――大ガモ、子ガモ――一度に三羽客に出す。
狩猟官中、
一等酒の好きなのは誰かと明治帝云はれ　高松宮、長柄の酌で
酌して下さる。
死んでお勅使。
ふつうの背広。
朝はやく、七時車で迎へに来て日当もらふ。英語ペラ〳〵。

＊制服

△外人客
お雛祭り――有名なお雛祭り　象牙びな、
百畳敷の大広間に赤い大マリに押絵あるを幕に下げ　下は緋毛
セン。押絵〔「押絵」抹消〕

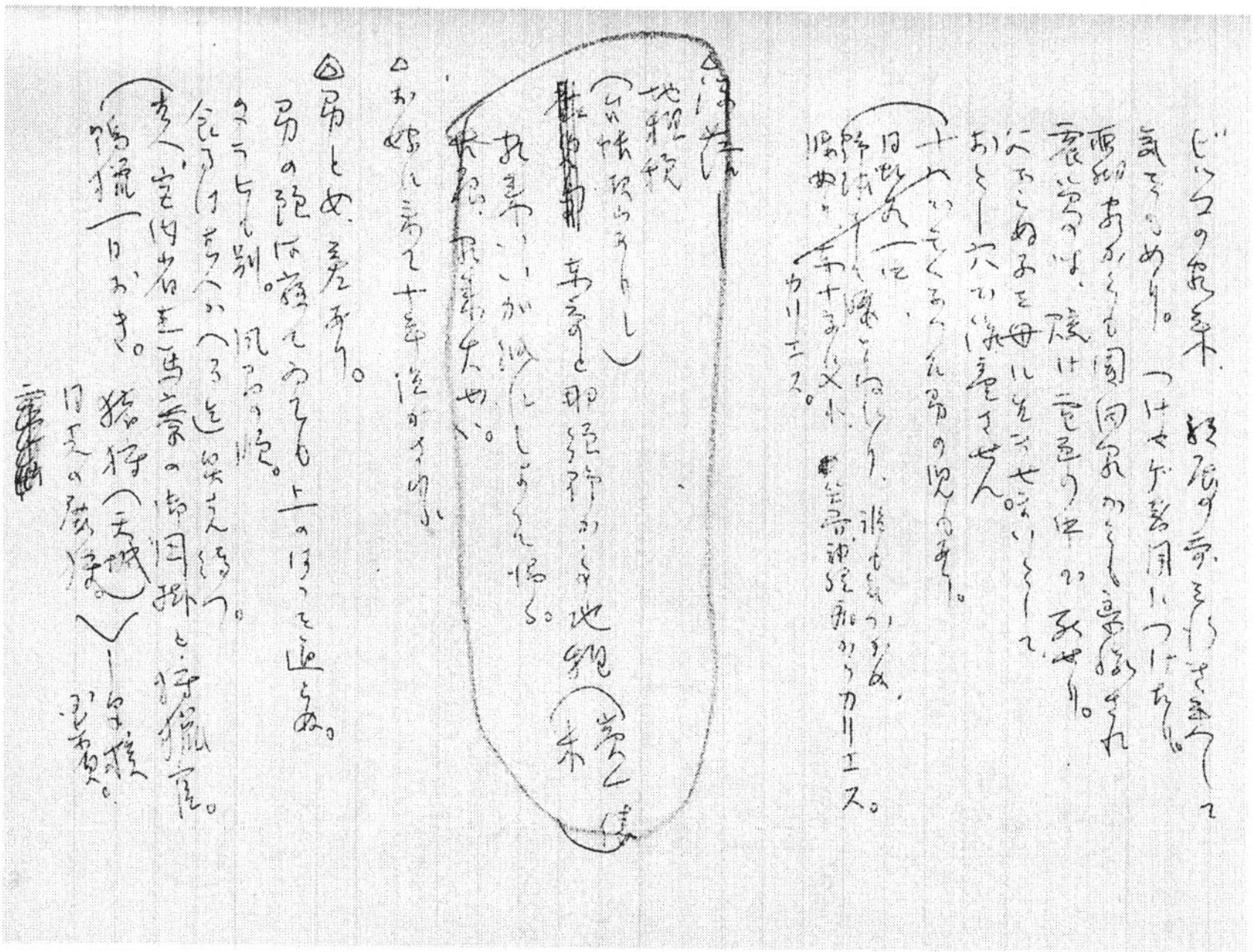

「つる」といふ押絵の名人のばあさん、「御意でございます」と
何かにつけて云へり。
（しよつちゆう外人の客
ごちそうは宝亭、（洋館や天幕ばり）
刀のツバ　小柄をフォークにしたりせり。
△留守〔不明〕〔この一行抹消〕
古河家によく呼ばれる。青山学院の外人に会話を習ふ　キモノ
を作つてゆく。
何とか殿下、西園寺八郎「あんな小さな国の殿下なんかどうで
もいいんですよ　いい加減にしておくんですよ」
着物着て並んでゐると、プリンスが、一人一人の手をとりてキ
ス。

△

羊の肉めづらしい。日本人の奥さん目を白黒してたべたり。
（小室翠雲が座興に、金の袋に、絵を描いてはみんなにくれる。
楽焼。

△

古河家——四階建。——石造。何百万といふ家。イギリス式の
芝生にバラの庭。少し下りてゆくと金閣寺写し。その中に宝物
殿あり。市兵ヱの肖像画
（大山、松方、古河では
金ボタンのバトラー、銀の盆に名刺うけたり。
入るとガラス棚に玉《ぎょく》一杯並べたり。

宮様
△西郷家に伏見宮よく来れり。玄関までお迎へし、お茶を出す。
本妻の子しかあいさつに出られぬ。庶子は出られぬ。
宮様——洋服　妃殿下〔「宮様——洋服　妃殿下」抹消〕
（妃殿下——おつき数人、洋装。
夫宮とおそろひに。（馬車）——二頭立——馭者　シルクハッ
ト、紋つきの箱馬車。
夫宮は背広。——オヒル〔「オヒル」抹消〕午後からおやつの
時間。洋酒を上る。
余興に映画を呼んで写せり。おたのしみに見えたり。
宮様方——朝から晩まで麻雀（妃殿下
　　お三味線を妃殿下ひいてゐる。
伏見宮妃殿下——病気でベッドに坐り長唄を弾けり。
琴のみ習ひて嫁に来りしに西郷家みんな長唄。浄観（？）師匠
に来り。芸人よく出入りせり。琵琶師も来れり。義太夫*（道玄
坂の芸者）をよぶこともあり。
（嫁に来る時も馬車迎へに来る）
＊お礼＝十五円。
△岩倉嫁に行きし時　コックと女中痴話げんくわして火事を出し、
タンス〔「タンス」抹消〕道具みな焼け、一万円もう一度仕度。
△書生——送り迎へ、勉強を見る。一人つ子に二人ついてゐた。
書生が悪いこと教へる。
△お守りの広告——沢山来た中から三味線上手な子来れり。
△書生——〔不明〕〔この一行抹消〕
△チゴさん、チゴや
△大木さん——徳川家より養子、その夫人運転手とくつつき、*子

供生み、子供死に、兄弟〔「兄弟」抹消〕（母、羽左ヱ門買ひたり）その後、異父兄妹一緒になりたり。

高松妃殿〔「高松妃殿」抹消〕養子**は困り実家へかへりたがりしが　宗秩寮ゆるさざりし故、こちらから嫁入り。
　＊離縁
　＊＊看護婦や女中〔この一行抹消〕

△高校
書生お菓子折もつていたるところに行きしがダメで　横浜高校へ入れしが　下宿先がラシャメンの家にして、一週間したらものになるといひて、おもちやにされたり。

△スポーツ
野球、[山]　水泳、ラグビー、

〔以下は、原稿用紙一枚の表裏に書かれたメモの翻刻である。「大長篇ノート2」にゼムクリップで止められていた。〕

△帝劇*
大正元年
十一月一日—十五日　ハムレット（外人）
十一月十六日—十二月十日（特等二円五十銭）
　本興行　梅幸、幸四郎
「堀部妙海尼」「ひらがな盛衰記」「連獅子」
十二月十一日
ユンケル氏送別音楽会
十二日—一月四日
本興行　女僧劇「野崎」「関の扉」「半裸体」「独唱」「親睦会千代廼賑」
　＊〔「△帝劇」から「親睦会千代廼賑」まで青色で筆記〕

△十二月二十日前後*
正月十日、（十五日ごろ授業はじまる）
△
◬大学法科**→外務省一等書記官
（久米正雄や菊池の仲間。柳沢健***）
日タイ文化協会の会長。（戦争中）
フランス語巧いので、タイの皇室、（スイス系フランス語）*****
当時の権力者ピブン****が、フランスびゐき〔「びいき」の誤記〕、
フランス語の話せるのを大事にする
木戸御免。（石井氏大使館参事官に会ふのハむつかしい。）
△当時、国際連盟にゐたワンワイ・タイヤコン殿下がフランス語
その妹は詩人。
◬日タイ協会事ム所
国際学友会——留学生。
柳沢は死んだ
田中幸太郎、——まとめて「南太平洋の夕暮」
◬民間人が司法長官
◬
◬フランス語の伏線
　＊〔「△十二月二十日前後」から「◬フランス語の伏線」ま

で朱書〕
＊＊仏法
＊＊＊仏クローデル大使をまねた。
＊＊＊＊ハイカラ文化人、
＊＊＊＊＊石井氏に会ふ。

〔余白〕*
17 18 19 20 21 22 23
（仲よくなる）
飯沼——ラスト　飯沼の口から聡子の企策〔「企策」誤記か〕を知り蒼白となる。
＊〔青色で筆記〕

大長篇ノオト②

〔三島由紀夫文学館所蔵「大長篇ノオト②」の翻刻である。このノートは、表紙から途中のページまで『決定版三島由紀夫全集』第十四巻（新潮社、二〇〇二年一月）の六九一ページから七〇〇ページに翻刻整理されている。ここでの翻刻は【翻刻A】【翻刻B】とし、全集六九八ページ、一七行目「（この王女の長い長い物語。「です」口調で）〔この一行、朱書〕」に続く未翻刻分（【翻刻A】）と、六九九ページ、一行目「供がどことなく清顕に似てゐるので気になつてゐる」に続く未翻刻分（【翻刻B】）である。これにより、「大長篇ノオト②」はすべて翻刻されたことになる。〕

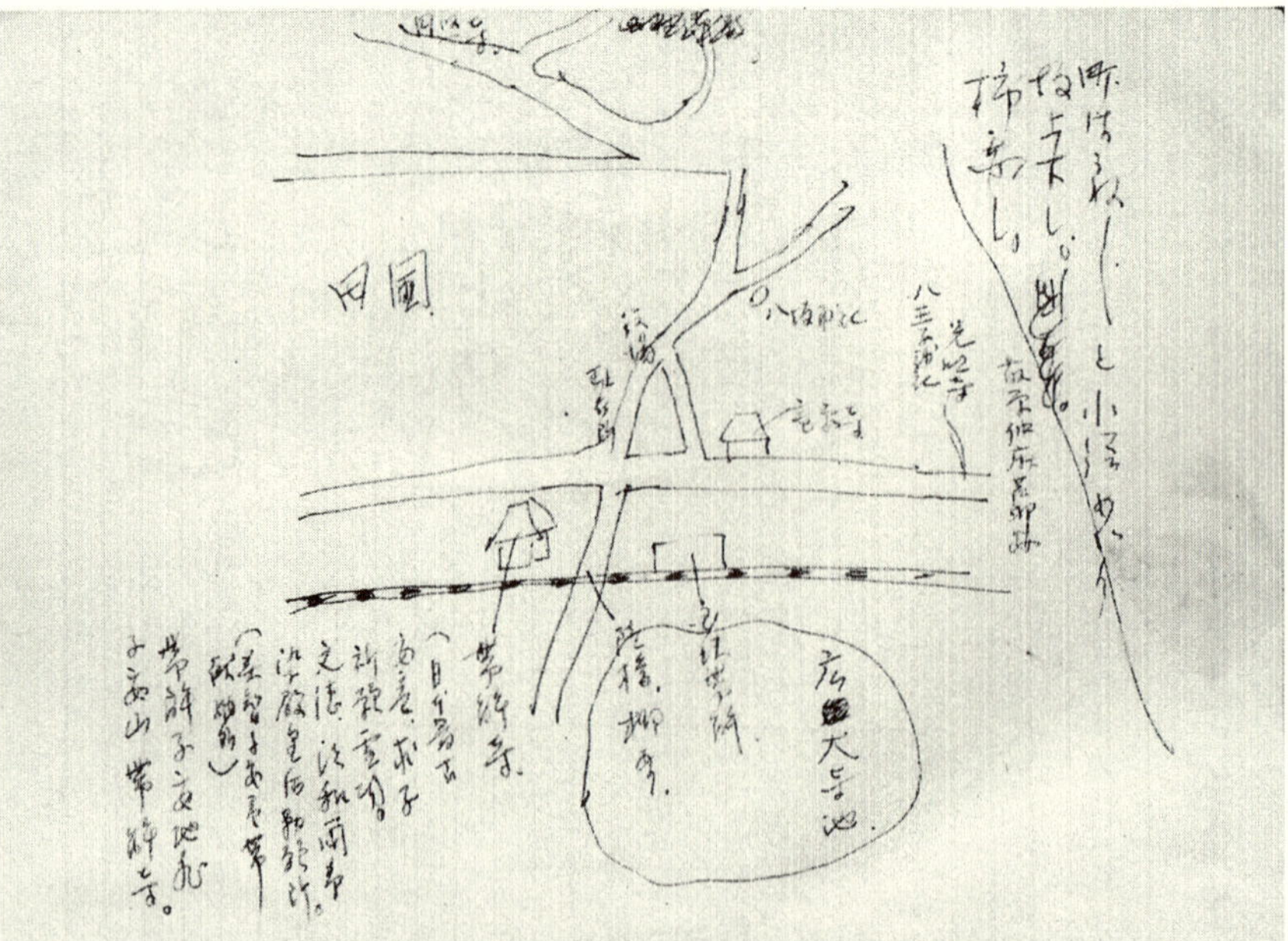

【翻刻A】

◎帯解。（十一月十八日）
〔この部分に民家の正面図。次のように注記〕
羽目板　玄関に赤い御幣、赤い菊の花　すりがらす、筋入り硝子、
町はうねくくと小径めぐり坂上下し。川あり。〔「川あり。」抹消〕柿赤し。

〔この部分に帯解駅から円照寺までの地図。次のように注記〕
広大寺池、国鉄帯解、陸橋、柳あり、
帯解寺。（日本最古安産、求子祈願霊場。文徳、清和両帝　染殿皇后勅願所。
（美智子安産帯献納所）帯解子安地蔵　子安山帯解寺。
藤原仲麻呂邸跡　光明寺　八王子神社　竜象寺　駐在所
役場　八坂神社　田圃　山村御殿〔「山村御殿」抹消〕
円照寺。

◬帯解駅。
〔この部分に駅舎の図。次のように注記〕
瓦屋根　白壁　入口に一本の枯れかけた杉、竜舌蘭
井戸、
駅前は、白いついぢ塀の旧家。土蔵。駅から陸橋＊のはう。赤い葉をのこした枯木、線路ぞひに立ち、村へのぼつてゆく。
右方の民家の干物、日に照る。おしめ。もんぺの絣。

路〔一字不明〕なる十一月の一葉血にじむ
駅前にカラタチの垣あり。みかん色の実、密集す。しもどけの道の前に。
＊駅に赤い葉のこす枯木あり。
陸橋の上から見るに、線路光り、単線が駅のところだけ複線になる岐れ目　陸橋の下なり。
木の橋のらんかん。弁慶縞のふとんを干す。袂に柳あり。
枯れずほのかに青し。

奈良鉄道会社線の延長初瀬線の一駅として、（北は大阪鉄道会社奈良線、南は仝会社桜井線に接続す）明治31年5月8日営業を開始して、明治37年10月関西鉄道ＫＫに合併、
明治四十年十月国有法に基いて国有となり、政府に引継がれ、桜井線帯解駅となり今日に至る。

伊セへお参りする要路　商人発達。

○駅の中の一角が一等待合室の貴賓席ありし也。
○停車場に菊の鉢植を置けり。小菊のけんがい。
○駅前の霜解け。灰色　ねずみ色に照る。
○陸橋のほとりにも菊の鉢日を浴びる。

△広大寺池
福徳延命地蔵尊の横入り　田ぞひの道。
〔うしろが〔一字不明〕〔「うしろが〔一字不明〕」削除〕に竹や

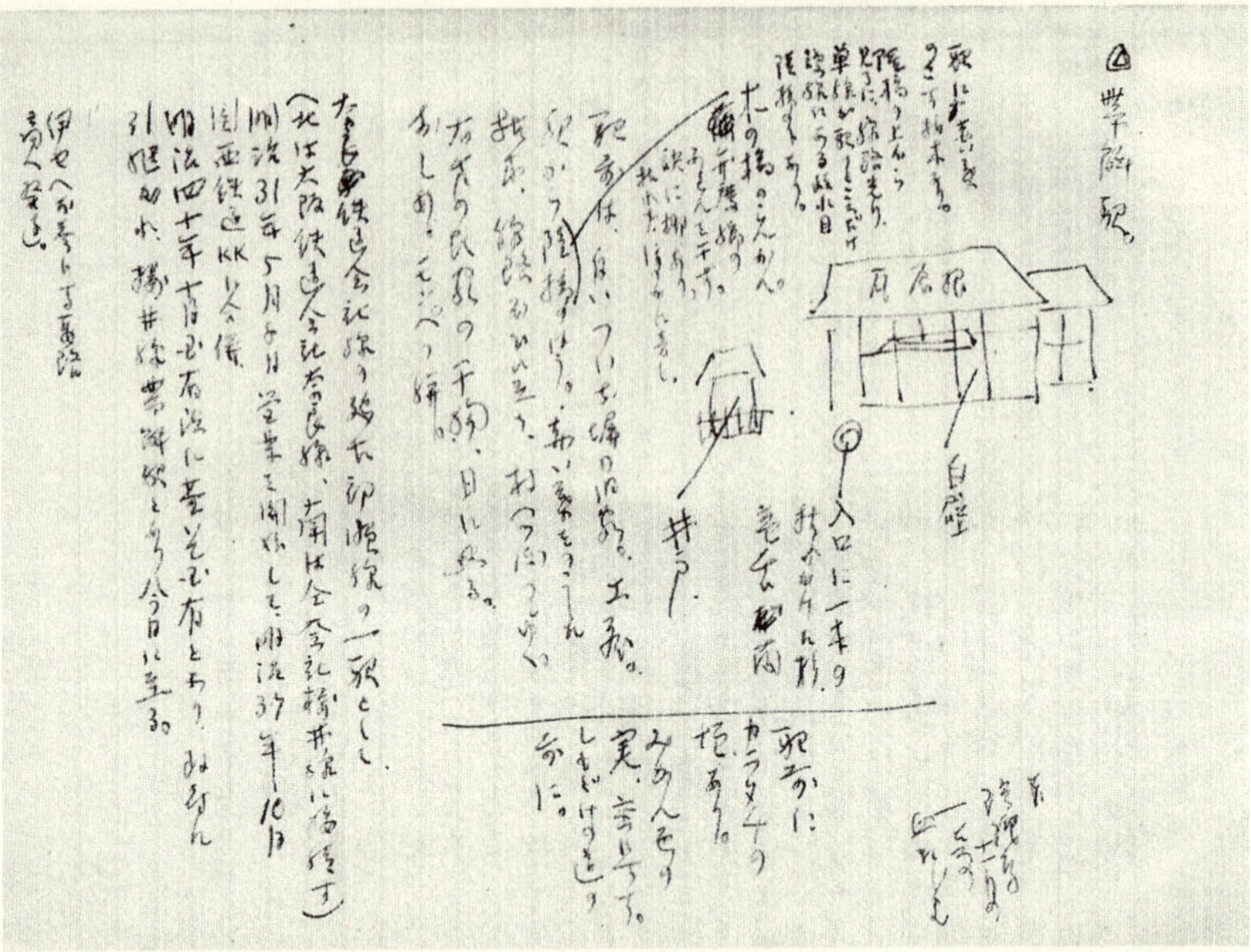

ぶ。〈池の前に冬菜とねぎと大根の畑（十一月）〉白いすすき。まはり干て、広漠たる池。〔魚を捕る網の図〕で漁る人、投網を投げる人。
東方に、線路の電線の向うに山々つらなる。
どこもかしこも低い山々に囲まる。
○村へ入らんとするところに窪地左にあり　右方に赤く柿みのり、赤き布を干し、〔この部分に干し柿の竿の図〕軒に干柿をつらね下げたり。柿なほいき〳〵とした色せり。
下りゆく径のほとり小菊、ほのかなる紫紅を見せて白し。

竹やぶのむかう。帯解寺のイラカ〔この部分に甍の図〕そびえたり。
○〜〜〜〜〜〜〜〜〜〜〜〜〜〜〜〜〜〜〜〜○
△帯解へ。
田は、稲梁《はぎ》を迷路の如くかけつらね賑はひたり。

五ヶ谷の丘陵地帯。南にやゝ高きが鳥見山。

田の間の道。ところ〴〵赤い柿。柿、葉二三のこるのみ。
◎山村御殿。
石の門柱。白いすすき門内にかゞやく。すすきを透かし、仄青い空と、低い山なみ。

右方にぶだう棚。〔この一行削除〕

赤茶けた葉。笹の葉末の日ざし。松の乾いた感じ。こほろぎ、鈴虫鳴く。左方に柿点々たり。秋空を彩る。柿日に照りてつややかに　二つ連なる柿の実は隣りの柿の実に鮮明な影を宿す。

柿いよ〳〵夥し。青い空に、赤い粒ぎつしりと枯枝にひしめく。

花とちがひ、ほとんど風にそよがず、のこる枯葉のみかすかに

ゆらぎ、柿の実ハ、凝固し、カッチリして不動で、青空にじか
に象嵌せらる。
（このあたりも紅葉ある由　まだ紅葉せぬ故、気づかれず）
桜の古木の枯れたるに芒の穂きらめけり。ある芒は上方を向け
り。黄と茶とのこる緑の草の色。右方大根畑の美しい緑ひしめ
き　緑のハンサな葉、ひしめき合ひ
　　煩瑣
日を透かす上部は葉脈まできはやかに、影を重ねたり。
道のべの草紅葉ほのか也。赤らめる葉もあり。道の左右に散松
葉溝を埋む。
竹やぶは青くモク〳〵とつややか也。前方に色づける葉見ゆ。
草もみぢ也。幼杉の間の草赤らめり。
アブ虻や虫の羽音。鳥声。道の白い小石の上に止る赤とんぼの
赤いせんさいな胴と、油光る羽根。
茶の垣、沼を囲む。茶の垣に赤き実のかつらからまれり。沼は
お納戸色に日を受く。
　　〔余白〕
　　　饌
灌木のぬるで（?）紅葉。
竹おびやかす如くウツソーとしげり立ち　のしかかる。
やがて老杉の下道へゆく。日かげり、道暗し。下草の笹にこぼ
れる日のみ。一本秀でたる笹にのみ日当る。
西国三十三ヶ霊場の石碑と共に右へ上る
石段のあるところに〔この部分に門の図〕黒塗りの門あり（黒
門）

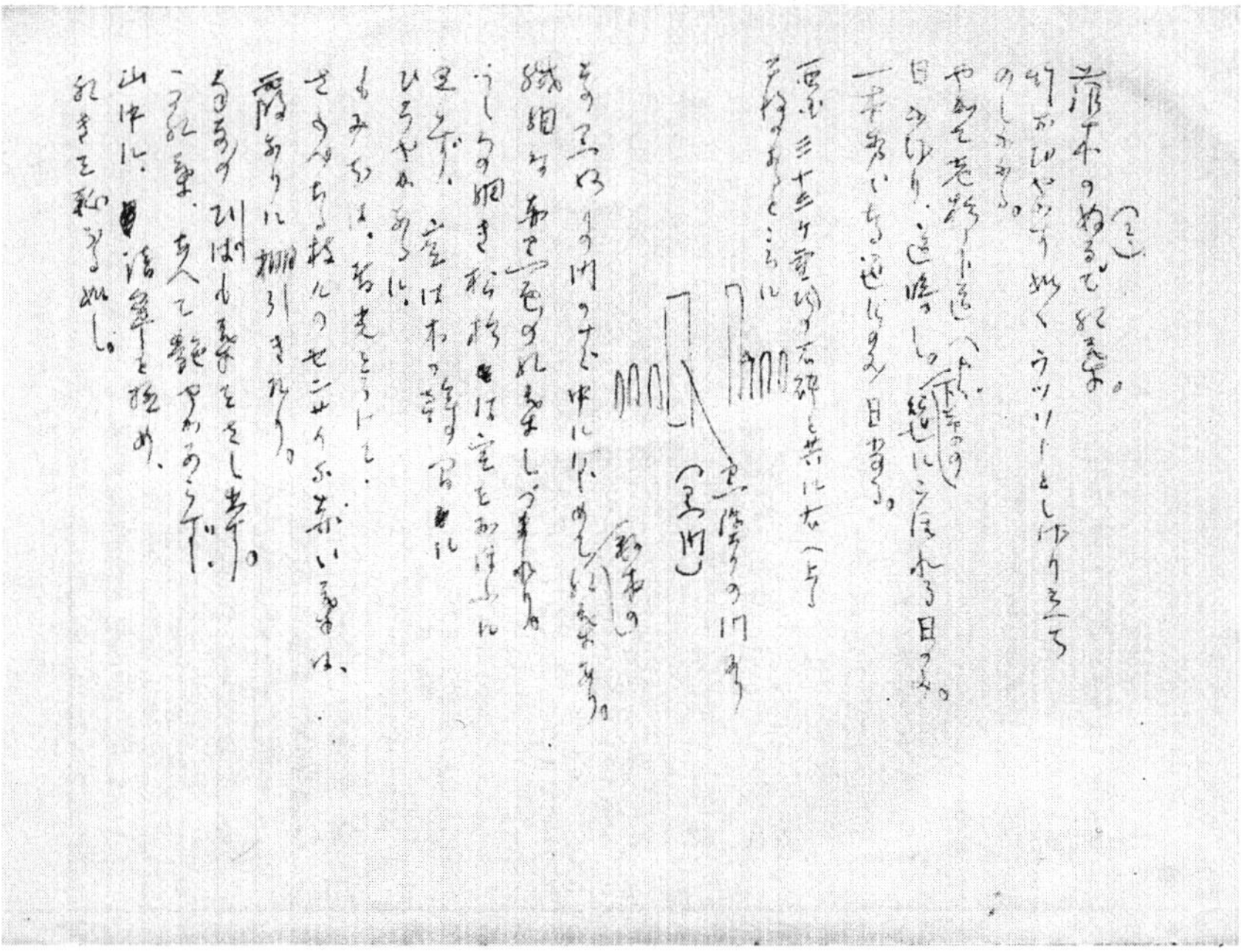

その黒ぬりの門のすぐ中にはじめて数本の紅葉あり。繊細な赤黒色の紅葉しづまれり。うしろの細き松杉は空をおほふに足らず、空は木の幹の間にひろやかなるに、もみぢは、背光をうけて、さしのべたる枝々のセンサイな赤い葉は、霞なりに棚引きたり。

手前のひばも葉をさし出す。この紅葉、あへて艶やかならず、山中に、清寧を極め、紅きを恥ぢる如し。

日を透かす葉は　鋭き葉の形の中央黄ばみたり。枝の下から仰ぐに　こまかい赤いレエスを透かして空を仰ぐ如し。次から次と葉つらなりて、葉端相接す。

やがて山門あり。（山門内の紅葉*はまだ青し。紅葉のけはひもなし）

＊通路に枝をさしのべたる

○～～～～～～～～～～～～○

菊の鉢植を並べ。

菊作りがもつてくる也。

白菊、乱れ等。

万両の赤い実〔この部分に万両の実の図〕

*万両は下向き　房になつてつく。

千両は葉の上に葉に囲まれ群がり、赤一株、黄一株。

渡り廊下の左右　赤黄の千両。

＊中庭。

△庭

書院前の庭。

大もみぢ〔この部分にもみぢの樹形の図〕盃形に　枝々、キノコ色、

赤き葉しづめたり。下枝はなほ黄也。右方の紅葉まだ、あんず色を上方に　中枝黄に、下枝、淡緑也。

〔この部分に石灯籠ともみじの図。次のように注記〕

石どうろうのぞく。

頂上の赤目にしみる。血の如し。凝結せる血の如し。

芝枯れそむ。山茶花咲きそむ。

さるすべり、なめらかに　くねらせた艶やかな光沢の枯木。

【翻刻B】

◎元内掌典　七十七、八才

皇后様の着物縫つて生活。

◎竹の御所。

調布市に尼寺あり。ここに嵯峨の尼寺の二郎をやつてゐた尼さん来てゐて、精進料理。

◎綾倉家モデル。

標準語へのもちこみは多田氏にきく。

◎茶が入らぬから公家の家は乱雑。埃だらけ。一点美抽出の茶の精神なし。

三條西家。

◎女が尼になるのハ平気。

皇子御誕生の時、

◎帯解観音の本尊を勧請して宮中に移す。

⟁妙峯山──→妙法山
⟁杉の葉）
御蓙　｝一万　心付
煙草　）

一月八日（土）
宮中乾《いぬゐ》門を入つて、両側が桜と松並木、左が本丸のお濠に水
涸れ、芦生え、鴨下りたり。
右が、練塀で、その中が吹上御苑、吹上御苑に沿うて右に折れ
左に道灌濠《ぼり》を見て、
（谷間）（川向うが紅葉山）
まつすぐ行くと、左に陛下の温室あり、（家光手植ゑの松等）
右へ折れ、正面に、陛下の生物学御研究所の門、これに向ひ左
手に古めかしい四ッ足門。
その一画が賢所。その裏門なり。古い練塀。
入ると玄関二つあり。これを賢所の候所《こうしょ》といふ。掌典や内掌典
の詰所也。内玄関は、陛下〔「は、陛下」削除〕の左に綾綺《りょうき》殿
あり。陛下の正式参拝のけつさい所とお召替所。及び内掌典の
局あり。
えらいのが二人、若いのが二人、それ〴〵に女中つく。
八畳二間に六帖ついた個々のアパート。
奥の向うを向いて、三つの神殿　賢所と皇霊殿と神殿あり。神
嘉殿あり。向うは白砂。ここで四方拝行はれる。
〔宮中で拝謁すると賢所参拝ゆるされ、門より拝す。門のとこ
ろで少尉も拝礼。〕
賢所ハ神座へ行くまで
扉なし、スダレのみ。御神体迄扉なし。神迄空気通ふ。観音扉
の戸もひるはあける。生きてる如く内掌典は化ふ〔「化ふ」誤
記か〕。
内掌典は処女にて一生御奉公。
忌みやかましく、月のさはりも下る。
⟁親戚の不幸ありし時も　電話をきいた時から忌みかかり　畳の
上に半紙を敷き、その上をさがり、部屋入らずに退つてしまふ。
内玄関はふつうなか〳〵入れぬ。
⟁衝立一枚をけつかい。黒いお朝膳も遠くからさし出す。
⟁入つて右に金屏風。京都御所時代の古もの。ついたても花鳥の
大和絵風。（錦でへりをとつた御所風）
⟁内掌典
老人二人――下《さ》げ下《した》。（お下げをたくし上げて結つて笄で止め
ておく）
若いの二人――下に白無垢の襦袢《おひよ》〔「襦袢《おひよ》」抹消〕襦袢《おひよ》を二枚
重ねて、白の小袖を着て帯をしめて、おかいど
りを着て、又、腰ひもで結へる。〔「又、腰ひも
で結へる。」抹消〕下の帯にはさんでからげて
ゐる。（能の壺折の如し、）おかいどりの裏が赤
で、袖口、裾口からワタを入れて赤を見せる。
下臈の女官ゆゑ、刺繍は着られぬ。りんずの無
地染を着てゐる。地紋はゆるさる。
今王子――紫の赤つぽいの。
若いのは二人とも「お中《ちゅう》*」に結つてゐる。
「お大《だい》」はおすべらかし。
＊無地の着物の元禄袖に　羽二重にツケ帯（へこ帯の如

し）を着る。

内掌典
内掌典補
針女《しんみょう》（下女）

魚はかまはぬが四つ足は喰べぬ。

忌服《きぶく》やかまし。

掌典（男子）は多少自由に出入。

京都の地下《じげ》の官人《くわんにん》といはれる家柄。

京都宮廷の下級官吏。——この娘えらばれて内掌典になる。

（斉宮ハ南北朝以来絶えてゐる。）

△掌侍《ないしのしやう》が京都ではないし所を守りしも、「内侍所の刀自《とぢ》」のこれり。節会《せちゑ》の時ハ、内侍所の一の刀自ハ二の釆女に出る。陛下配膳の役。

むかしハ後宮とは経済が別。

節分の晩ハ、建春門から入つて、東の賢所へお参りができた。

おさい銭で豆をもらひ西へ退る。

入口で袴の上だけ借りて返す。

今ハ内侍所の鈴鳴らすを　陛下、皇太子のみ。むかしハたのんで鳴らさせ金出す。独立経済。

△おくま——〔この部分に「おくま」＝神に供える米の図〕
宮中でも内侍所ハ古語のこれり。
△今は一般との交渉できぬ。
△ございまする。
△厚化粧——女官の風のこる。ふつうの紅。
柑 杏 蕗
◎金銀富貴

お花びら（玄関の裡、の外は白の丸餅　紅の小豆入り菜飾は内にて、
みそ煮のごぼう、〔この一行抹消〕
水煮のごぼうに白みそを添へる）

○陛下の御料〔一字不明〕みな染付で　〔一字不明〕附茶〔一字不明〕はない。みなかはらけで蓋。
塗物は位が低い。使ひ捨ての土器の精神。

（茶は一歩下つて塗物を正式とする）

◎竹の御所
曇けん院〔「曇け院」＝「曇華院」の誤記か〕の二﨟
陛下門跡となる。

◎円照寺縁起
開山大通文智は、後水尾帝の第一皇女。琴の家元　四辻公遠《きんとほ》大納言の娘で　お四つ御寮人といふ人が　その御所に上つてゐて、後水尾帝位に上りし時、第一皇女を胎に含めり。
将軍秀忠が娘を中宮に上げんとし（東福門院）せしが、御手つきゐて娘までゐる故、大さわぎとなり、兄四辻、弟高倉嗣良《つぐよし》の兄弟が九州にそのため流されたり。その結果、東福門院入内
第一皇子生れしもすぐ死ぬ。これを春の宮といへり。
第一皇女は二条家の妻となりしが離婚してかへり修学院へ入り尼となり、あまり都近く故、自らのぞんで奈良に引きこもる。
◎十六才の時、*それまで喝食なりしが、〔「喝食なりしが、」抹消〕
*その前ハ喝食　その前に得度し、白い着物を着て振袖、

——一尺五寸　袖付五寸　肩あげ　腰あげ　十五才迄。

お茄子に萩の箸で穴あけて満月を見て、留メ袖になる。

◎一年の修行。俗人の恰好。経をおぼえ、作法をおぼえる。
一年後得度、──→留袖。
（おかいどりは儀式的な時のみ。公家の娘は縫のあるおかいどり）
御附弟さんとして貰ひうける。
（ふつうの着物、太鼓に結ぶ。束髪のますごす。）
門跡奥御殿に住む。

かくして会へぬハ　私が邪魔するのでハない　仏の思召しや。

円照寺取材メモ

〔三島由紀夫文学館所蔵「円照寺取材メモ」の翻刻である。このメモは、『決定版三島由紀夫全集』未収録。縦15・0センチ、横10・7センチの白無地の用紙をホチキスで止めたもので、「大長篇ノオト②」に挟んであったもの。〕

△霊元天皇御奥書
円照寺規矩
（元禄二年、円照寺初代門跡文智女王が寺の規矩を定め、霊元天皇奥書されたり）
一　二時勤行神咒洛文哺時坐禅且野祝*　聖并月次懺法半月布薩等
不可懈怠修正盆供三仏二祖忌等
宜依年分須知行之事

＊竪
一、袈裟者須細密布而如法割黒色
惟公主者大戒満受之後著青色
及木蘭別干衆亦可矣如直
裰者同密布木綿黒色
而不可用薄布及絹類事、
一　各軒之後住亦可択
其器与俗姓縦雖応其器近辺
地下之輩或因骨肉之好以非器者
為後住等堅不可許之又軒料者
可受常住之与配事
　その他
復
○後陽成天皇字づくし
後奈良院の書かれたものを後陽成天皇がうつされて若宮（覚深親王、天正十六年五月誕生）にお渡しになつたものらしい。
　鳥獣
鳳　麟　鶯　馬　鵄　牛　鹿　猪　兎　猫　蝶　蜻蛉　蟷螂
鵑　鶏　雉　鶉　雁　鷺　鷹　鵙　鳩　鳶　鴛　鴨　鳴　鴟
鶴
　草木
梅　柳　桜　椿　槙　檜　杉　橘　楓　椙　栢　柏　楠　榎
松　菫　款冬　藤　躑躅　卯花　〔二字不明〕　薔薇　荻

御奈良天皇*〔「後奈良天皇」の誤記〕御手鑑
＊江戸時代皇室御一門書風のもと。

青地、薄茶地、カーキ地、桜色地に龍文ある色紙に和漢両様

○古今集かるた

文秀女王のお筆になる古今集のかるた。

宮中のおたとう紙を外箱に使用。

〔この部分に外箱の図〕青鼠色の裏紙わく代り

たとうは赤地に緑で雲紋　これに、鶴を配し、紫の小紐「秋上下」としるせし帙様外函

◎六《むつ》のふみ（おかるた）

一種のうた合せで伏見宮文秀女王のお手作りのもの。外箱は宮中のおたとう紙（御下賜品がつつまれてゐたもの）を利用されてゐる。現在でも正月の遊び道具に使はる。

〔この部分に外箱の図。次のように注記〕

〔この部分に花びらの紋の図〕紋入りの幔幕（緑赤紫）

六の婦み

極彩色の桜

〔この部分に外箱の図。次のように注記〕

裏地のおたとう紙の緑、赤のもやう　枠をなす

○明正天皇七十賀月次屏風

四季の絵を山本素軒（光琳の師）に書かせて、明正天皇の七十才の祝ひに霊元天皇をはじめ宮中関係者が、歌をよせて造る。

絵は狩野派の絵に大和絵的な色彩。

屏風絵。

右手が春の庭に白梅あり、松あり　殿上人庭にあそび、檜垣の内の殿の一部金の雲より半ばあらはれたれど、障子はしめてあり、（あけてみたくなる）、左方にへ移り、春駒、白、黒、灰、黄等躍動す。

池は田植に移り　女ら田植。

小滝、金の雲の奥より二段に落ち　たぎり来りて、池辺の草の青と共に夏をしらす。

水無月祓の白きぬさを池辺に立てて　殿上人ら集ひ、仕丁、緋衣、小舎人侍しをり。

赤き鳥居に鹿あそぶ　神苑より白馬引き出され、弓をもてる武官二、三、祭の仕度か？

紅葉池辺にあり　鶴あそび、池次第に冬枯れ　雪、金色にまぶされ、冬の鷹狩、白犬、空へとぶ雉へ向つて吼ゆ。

枯荻、枯芦。竹やぶに雪をおく。

（白犬、絵巻の内にて孤独に空へ向つて吼ゆるに、白き冬空に、一羽の雉、首毛の赤もほのかに、矢のごとく飛び去りをり。人の手の鷹は鋭き目もてこれを見送る。

下手は金の雲より、金地の竹やぶに雪を置けり）

○源氏双六

文秀女王作

〔この部分に源氏双六の図。次のように注記〕

小間絵（それ〴〵の巻に因む）

源氏香

巻名

中央よりは　緑の畳の上に三人の宮女をり、

「紫式部　源氏物語を上東門院に献上の図」が上りであつて。

山地にぼたんの、几帳のかげ、みすの下より、門院のお裾と檜扇みえ　その前に、源氏積まれをり。

各巻
松風（松の図）
薄雲、
朝皃（まがきに朝顔）等、四角く囲み、一巻一巻源氏香の〔この部分に源氏香の図〕（薄雲）　〔この部分に源氏香の図〕（松風）、〔この部分に源氏香の図〕（絵合）、
一巻一巻（緑青、黄、朱、藤いろ等）

○文智女王手づから御作
春日曼陀羅、
春日明神の信仰礼拝の対象として作られ、神鹿の背には鏡をかけた榊があらはされてゐる。
厨子のもぢ張りの中に　小さき鹿坐し、嬰珞〔「瓔珞」の誤記〕（ヨーラク）の下に、鏡をかけし、榊下れり。

○東福門院*御作押絵
　*後水尾帝妃、徳川秀忠女
押絵で馬郎婦《めろふ》観音をあらはす。

○後水尾天皇御画像

○明正天皇銀杖（屏風と共に贈らる）
〔この部分に杖の図〕

◎春華会
（お花まつり）
門祖大通大師が御母明鏡院のため毎年春の花のもつともさかりのときに春華会を催し、献花をして母君を追善したのにはじまる。宮中から花をいただいて献花をした伝統。（山村御流）

◎本尊
如意輪観音菩薩
元禄年間、開祖文智女王のとき　京堀川の兵部といふ仏師に作らした。木彫に金箔をおき、身高二尺六寸五分、全体五尺七寸五分の坐像
江戸初期の傑作。
ゆたかな蓮の上にけつかふざし　足の裏を合はせて
〔この部分に仏像の図。次のように注記〕
ヒジ　ヒザ　足の裏を合はす
うしろは〔この部分に光背の図〕型の光背。六本の手。
光彩只ならぬ宝冠の額飾りの中にには〔「中には」の誤記〕、小さき仏像坐せり。

かやぶき

○本堂ハ修学院より移さる。

◇「豊饒の海」ノート翻刻に際しては、著作権継承者及び三島由紀夫文学館の協力を得た。記して謝意を表する。

◇今日の観点から見ると、差別的と受け取られかねない語句や表現があるが、著者の意図は差別を助長するものとは思えず、また著者が故人でもあることから、底本どおりとした。本誌掲載の創作ノートは、以後も同様の扱いとする。

（工藤正義・三島由紀夫記念館学芸員
佐藤秀明・近畿大学教授）

座談会

演劇評論家の立場から
――岩波剛氏を囲んで――

■出席者
岩波　剛
松本　徹
井上隆史
山中剛史

■平成19年3月18日
■於・白百合女子大学
国語国文学科研究室

岩波　剛氏

■「薔薇と海賊」の衝撃

松本　私は、主に小説や評論を通じて三島由紀夫に接してきたので、三島がどういう状況で演劇の世界に入って行ったのか、演劇界は三島をどのように受け止め、迎え入れたのか、そのところが実感としてあまりよくわからないんです。今日はそのあたりのところを、長く演劇評論をやっていらっしゃる岩波さんのご体験に即して伺いたいと思っているんです。もう少し私自身のことを申しますと、大阪で育ち、大阪で職に就きましたので、大阪・大手前にあった毎日会館で、主に文学座の公演を見ていました。「只ほど高いものはない」「葵上」「卒塔婆小町」「鹿鳴館」などの初演を見たのもそこでした。当時、文学座はまず大阪で公演、それから東京でやるのが慣例のようになっていました。その頃岩波さんはもう大学を卒業されていますね。失礼ですが、大学は東大の……。

岩波　文学部でドイツ文学をやりました。

松本　その頃から、三島をよく見てらっしゃいましたか?

岩波　そうですね。でも、学生の頃は、お金がなければそう芝居には行けません。僕が一番最初に三島演劇に強い衝撃を受けたのは、もっと後年、昭和三十三年の「薔薇と海賊」なんです。

井上　ほう。それは意外ですね。

岩波　三島演劇では「弱法師」も好きですし、最高の達成は

「サド侯爵夫人」だと思いますが、「薔薇と海賊」は従来の新劇とは構造もコンセプトも言葉も違う芝居で、衝撃を受けました。

井上 その前に「鹿鳴館」がありますが、これと比べても「薔薇と海賊」の方が印象が強いということですか？

岩波 「鹿鳴館」には、もの凄くいい台詞がありますね。三島自身、デモーニッシュな時間の中で書いた筈ですが、舞台としてはメロドラマですよね。清原の言葉は男を賭けた言葉であり、影山の言葉も凄いということはあるんだけど、流れていってしまう。朝子も、杉村さんより水谷八重子の方がよいと僕は思う。よく出来ていて、ストーリーも楽しめますが……。

山中 その頃岩波さんは、もう劇評を書いていたのですか？

岩波 二足の草鞋を履いていたんです。

井上 新潮社にいらしたんですよね。

岩波 昭和二十九年、あの頃はもの凄く就職難で、底冷えのするような時代でした。

松本 本当にそうでしたね。文学部の人間なんて、全然ダメでしたね。

岩波 戦後の何にもない時代から比べれば、よい時代に決ってるんですが、どん底でしたね。

井上 朝鮮戦争が休戦し、特需も終わった。

山中 新潮社では「週刊新潮」にいらしたのですよね？

岩波 昭和三十一年の創刊にかかわるわけですよ。

松本 それは大変だ。

岩波 一年前から準備するんです。新聞社以外にはどこも週刊誌なんか出してなかった。

井上 編集は斉藤十一ですね。凄かったそうですね。

岩波 普通の神経の人間にはこなせない仕事です。やわな文学青年には地獄でした。だから逃げ場を持たずにおられなかった。

井上 そうか、そこに演劇というのが出てくるんですね。

岩波 劇場に入れば誰も追いかけてこない。電話もかかって来ない。同時に、演劇の取材も出来る。週刊誌の創刊って想像できる？ 資料も何にもない。海外支局もなければ、国内支社もない。一つの出版社が、ネットを持っている新聞社に対抗して週刊誌を始める。ただ事じゃないんです。

松本 よくわかるつもりです。私は新聞に入社する前でしたが、「週刊新潮」の創刊はかなり衝撃的でしたよ。

岩波 たとえばね、何か事件が起ると、被害者の写真が必要だ。そんなの手に入りませんって言ったら、葬式の遺影を盗んで来い、というよう空気ですからね。そんなこと出来ますか？ 普通の神経の人は、潰されてしまう。そんな中で、劇場に行けば、別の時間と空間がある。

井上 なるほど。「薔薇と海賊」は、何て言うんでしょうか、設定としては本当に現実離れしたお話ですから、全く別の時空間を体験できるというわけですね。

岩波　ところが、それまでの新劇というのは、劇場に行けば、逆に「おまえは何をしているのか！」と問われちゃうわけです。「砂川に行くべきではないか！」と。いや、これは一つの比喩ですが。

■「なぜ砂川に行かないんだ！」

松本　新劇といえば、俳優座、民芸、文学座などがあって、文学座は別ですが、俳優座、民芸はやはり「なぜ砂川に行かないんだ！」――反米基地闘争に参加しよう、と呼びかけるようなところがベースになっていました。

岩波　そもそもプロレタリア演劇というのは、歴史的には短期間しか存在しないわけで、戦争が始まるとすぐ潰されてしまった。それが戦後、米軍から「君たちはよくやった」と誉められたと思い込んで、それで「自分たちの時代だ」と思ったわけです。そういう思想的状況にあるので、「明日、革命が来るぞ。準備はいいのか」と問うような体質があった。俳優座と民芸だけじゃないですよ。東京芸術座とか文化座とか、主な劇団はみんなそうだった。

松本　よくわかります。三島に関して言えば「鹿鳴館」も、それ以前の「白蟻の巣」も、新劇のそういう傾向に対するアンチテーゼですね。しかし岩波さんは、「鹿鳴館」や「白蟻の巣」には特に強いものをお感じにならず、やはり「薔薇と海賊」ということになるわけですか。

井上　「週刊新潮」の仕事がもの凄くて、「白蟻の巣」や「鹿鳴館」ぐらいでは、別世界に飛べなかったのかもしれませんね。

松本　「白蟻の巣」は、青年座の公演ですが、多幕物での最初の成功作ですね。これは青年座の公演ですが、青年座もどちらかというとプロレタリア的な色彩の劇団でしたか？

岩波　いや、反対です。青年座は政治色、時事問題を入れない、創作劇をやりますという旗印で出発したんですね。だから、三島由紀夫をやるんです。

松本　ああ、そうだったんですか。

山中　青年座は「俳優座スタジオ劇団・青年座」といって、俳優座の若手が集まって出来た劇団ですが、俳優座自体は千田是也を筆頭に、多少政治色もあったでしょう。

岩波　青年座は別ですが、とにかく左翼じゃなければ人じゃないという風潮だった。そこへ、性欲のない男と性欲を嫌悪する女が出会って恋をするという「薔薇と海賊」が現われた。そこには、メルヘンのような台詞があるかと思えば、説経節の口説きのような台詞があったりして、自分がどんな罪を犯したかということを、ほとんど歌うように語る。役者は三津田健でした。その一方で、全く近代劇と同じような台詞もあって、まことに奇怪な芝居です。しかも、「海賊」じゃなくて「薔薇」が勝つんでしょ。つまり「夢」が勝つということで、現実をひっくり返してしまう。これは、実に不思議な、面白い芝居でしたね。

井上　なるほど。今、「薔薇と海賊」という芝居をどのように受け止めたかという、非常に具体的なお話を伺って、たいへん興味深く思います。と言うのは、私もこの芝居を好きですが、これは見方次第では、三島が単に、自分の幼少年期における童話的世界への憧れを自由に盛り込んでみせた、退嬰的、と言っては言い過ぎですが、そういう側面のある芝居ですね。一方、筋の骨格としては、芥川比呂志が演ずる帝一と杉村春子が演ずる阿里子の関係は、「卒塔婆小町」の詩人と老婆の関係をなぞったようなところがある。阿里子と良人の重政との関係は、「鹿鳴館」の朝子と影山の関係に似ている。そう言えば、重政も影山伯爵も中村伸郎でしたね。そういう意味では、それまでの三島戯曲の焼き直しで、なんとなく「卒塔婆小町」や「鹿鳴館」以下の作品ように考えられがちだと思います。しかし今、岩波さんから、芝居に何を求めるか、芝居をどのように楽しむかという、リアルなお話を伺って、実に面白く思いました。つまり「薔薇と海賊」の世界は、「お前、砂川に行かないのか！」というような社会の声と、明らかにコントラストをなしているわけですね。

山中　当時は新劇の劇団も観客も、そういう左翼的風潮が当たり前だった。

岩波　ただ、今から言えば「左翼」ということになるけど、むしろ、戦後アメリカ軍に占領され、独立後もその影響下にあって、日本はこのままでよいのかって考える市民は層が厚かった。それに、就職したくても職などない。そういう人たちの考えというか強い思いがあるんですね。そして、劇団というものは、そういう集団によって支えられなければ成立しない。

松本　労演が組織されたのは、何年頃でしたかね。

岩波　戦後まもなくでしょうか。

松本　後に「喜びの琴」事件が起きる一つの要因も、労演の存在ですね。

山中　労演がチケットを買ってくれない……杉村春子がそれで苦労したという。

松本　労演とか、うたごえ運動とか、そういうものが非常に大きな力を持っていましたね。イデオロギーが支配力を持っていた。

井上　それ以降、高度経済成長で日本が豊かになり、商業演劇が力を得てくると、労演が観客を組織するというようなことは次第に意味を失ってくる。

岩波　商業演劇と関係あるかどうかは別として、芝居を見たい人は、自分で直接切符を買えばいい、ということになって来た。

井上　そういう歴史的経緯を踏まえて今から顧みれば、「雲」の分裂も、「喜びの琴」事件も、労演に頼るような劇団組織の解体という意味で、起るべくして起ったと言えますね。「薔薇と海賊」という芝居を、そういう一連の動きの最初の方の時期に置いて見ることも必要ですね。もっとも、歴史は一直線には進まず、揺り返しもあるわけですが。

岩波　「薔薇と海賊」は、昭和三十三年ですから、安保の大騒動の前夜で、社会はもう揺れてるんです。僕にとっては、そういった状況が前提条件なんですね。

■妾としての劇作

岩波　ところで、これは矢代静一さんといつも笑いながら話してたんだけど、三島さんにとっては、小説は本妻で、戯曲は妾なんです。そして、もちろん妾の方がかわいいに決ってるんですよ。ひょっとして三島作品として残るのも、チェーホフやピランデルロのように、小説ではなく戯曲ではないかという予感もあります。

松本　それはいろんな方も仰ってるし、私自身も、素直に読んで一番面白いのは戯曲なんです。それに量的に見ても分野の幅の広さから言っても、一人の戯曲家としてあれだけの仕事を残した人は、そんなにいないんじゃないですか。

岩波　数だけ言えば、別役実はもうとっくに百本以上書いてるわけだけど、三島さんのようにコンスタントに優れた作品を書き続けたのは驚きだし、戯曲を書くときのコンセントレーションは凄いものだったと思いますよ。ただね、そもそも三島さんは、ドイツ語系、北欧、ロシア系が強かった日本の新劇が好きじゃなかったんですね。千田是也も久保栄もドイツ系ですね。三島さんは、学習院時代からドイツ語を習ったんですが、しかしドイツ系の新劇は嫌いで、芝居なら、むしろ歌舞伎を見る方が好きだったわけです。ところが、加藤道夫、芥川比呂志、矢代静一といったフランス語圏の演劇の友人ができた。矢代はフランス系ですね。三島はドイツ語は非常に出来た、しかし、フランス語はダメだったとは皮肉ですけど、矢代の関係で「火宅」を俳優座でやった。そこで、戦後新劇のフランス系の流れに入ってゆくんですね。

山中　「火宅」は俳優座の創作劇研究会の公演ですね。

岩波　やがて三島さんの仕事は、俳優座から文学座に移ってゆく。すると、岩田豊雄、加藤道夫、芥川比呂志、親分の岸田國士、みなフランス系なんですね。

山中　確かに戦前からの新劇は、イプセンとかブレヒトとか、北欧、ドイツ系の流れが目立ちますが、三島はブレヒトなどにはほとんど言及していませんね。一方、三島はフランス語は出来ませんでしたが、翻訳で相当フランス小説は読んでいた。だから、というわけではないですが、戦後、フランス系の演劇の流れに合流して行くわけですね。

岩波　そうです。フランス語系と言えば、洒落ていて、言葉が綺麗で、同時にラシーヌのような古典主義的な演劇がある。三島さんにとっては、北欧、ドイツ系より、こちらの方が、もともと魅力的だったんですね。それが、まず文学座アトリエで実現するわけです。ところが、昭和二十八年に加藤道夫が死ぬ。二十九年に岸田國士が死ぬ。芥川も、その少し前に病気になる。矢代も入院しますね。フランス系の有力な人物が居なくなるわけです。加藤さんは本当に純な人で、それが自殺してしまう。岸田さんは、雲の会という画期的な、当時の最も上質な文学者が集まる会を組織した人ですが、この人も亡くなってしまう。これは、日本の現代演劇の中で、非常に大きい可能性が失われたと僕には思われるんです。

井上　そのように伺うと、昭和二十年代の演劇界における三島の位置が、浮き彫りになりますね。しかし、三島が俳優座から文学座に移っていった切っ掛けは、何だったんでしょう？

松本　それはやっぱり、いまも岩波さんが言った岸田國士の存在が大きいんじゃない？　雲の会からは、福田恆存や中村光夫、大岡昇平たちも戯曲を書いて、新しい気運が生まれますね。イデオロギーにとらわれない創作劇が行える場所だった。

山中　俳優座の政治色というのもありますしね。

井上　そういう所に積極的に関わった三島は、ある意味では、人間関係の上で政治的になかなか巧妙に動いているとも言えますね。そこへ運命の偶然で、加藤道夫や岸田國士が居なくなって、三島の存在がポッと浮き上がるような面があって、「鹿鳴館」や「薔薇と海賊」が書かれる。

松本　その前に、三島は「仮面の告白」などで小説家として、地位を確立している。当時、文芸雑誌は戯曲の掲載を嫌がっていたけど、三島の作品は載せた。だから三島は、文芸雑誌を拠点として演劇へ入り込んでいった、というところがある。小説家三島にして初めて辿ることができた道筋で、雲の会の目指したところを実現した、とも言えそうだね。

■宮本研と別役実の間

岩波　そして六〇年代になる。六〇年（昭和三十五年）を境に、それ以前の十年と、その後の十年で三島さんは大きく変わります。戦後演劇にとっても、六〇年代はたいへんな興隆期で、前からの新劇も残っているが、そこに急にアングラ劇、小劇場が現われる。国民も豊かになって、芝居を見に行く余裕がようやく出てきた。そういう時期に三島さんが戯曲を書き続けた意味は、本当に大きいと思いますね。特に、六九年の「わが友ヒットラー」。ヒットラー、レーム、シュトラッサー、クルップの四人による均整の取れた対話劇で、日本における最初で最後の古典主義的戯曲と言ってよいかもしれません。僕は初日に行きましたが、三島さんが「ようこそ、今日はよろしくお願いします」と、腰を折るようにして声をかけてきました。そんな挨拶をされるのは初めてで、なにか常ならぬ感じがして、いまだに忘れられません。あの日は偶然にも、東大の安田講堂の攻防戦の第一日目だったんですよ。

山中　「わが友ヒットラー」は、日本における最初で最後の古典主義的戯曲とのお話ですが、たとえば三島は文学座で、ラシーヌの「ブリタニキュス」をやってますね。矢代静一の演出でそもそもこの企画自体も矢代から持ち込まれたらしいですが、しかし、修辞作品としてああいうのを仕上げたというのはやはり三島が元々ラシーヌのようなフランス古典劇に関心があったことの一つの現われとも言えるわけで、その奥にはギリシア悲劇のカチッとした構成、ダイアローグできちっと成り立つような芝居の型への関心があった。一方、昭和三十年代の終わりから新宿アートシアターが始まって、また唐十郎やら寺山修司やらが出てきた。赤テントの中で、すごいメークの人が躍り出てくるような、アングラのブームですね。そういうブームの中に置いた時、却って三島風のきちっとした古典劇は、当時の演劇の最先端の動きの中ではちょっと異質と言いますか、やはり目立ったと思うのですが、その辺はどのようにお感じになりましたか？

岩波　う～ん、三島さんの芝居が、アングラ劇に対して目立つとか異質とか、そういうことはどうかな。当時、三島由紀夫という存在それ自体、時代のスターであって、あらゆる問題について、三島さんならどう扱うか、三島さんは何て言うのか、話題になるというぐらい、三島さんの名前は大きかった。ただね、だからと言って、三島さんの芝居の観客が増えたわけでもないというところが、三島さんの悲しさなんですね。だから、不特定多数の人に見に来てもらうために、新聞記者たちにも一生懸命宣伝をする。あのニヒリストが、そこまで処世的に振舞うのかと、不思議に思うくらいでした。

山中　タイトル自体も、「ヒットラー」とか「サド侯爵」とか、意識してスキャンダラスに考えたところがあったように感じられますが。

井上　言葉のアピール力と言いますか、言葉が人にどれだけ魅力的に響くかということに、三島由紀夫は非常に敏感ですね。

岩波　ただね、はっきり言って、三島って僕にはよくわからない。わかったという人が地上にいたら、それは嘘だと感じるくらいで、三島さんというのはそういう人だと思うんです。じゃあ、劇作家としての三島さんをどのように捉えるか。僕が持ち出すのは、対極にいるのは誰かということで、それは一方では別役実、反対の対極には宮本研を考えます。宮本研はほとんど同世代です。普通の人は、三島は右翼で宮本は左翼だとしか考えないかもしれませんが。

井上　宮本研は一九二六年、大正十五年十二月生まれで、三島は十四年一月ですから、およそ二歳違いですね。

松本　しかし、そういう対極は今から当時を考えた時に成り立つのであって、六〇年代に既にそのように捉えられていたわけではありませんね。

岩波　いいえ、宮本研は三島を意識していましたよ。そして、宮本研のほうが観客動員力は強い。

井上　別役も三島を意識していたでしょうね。

岩波　シアトリカルに対して小さな空間、レトリカルなデクラメーションに対してささやくような日常の言葉、舞台言語らしい台詞の一行も出てこない戯曲。とにかく三島と別役は正反対ですよ。そして、別役はその文体を守ることで、生き続けているんです。

井上 それに三島が亡くなった後、文学座ではアトリエでも本公演でも、別役作品をかなりたくさんやってますね。文学座の歴史というものを考えた時、このコントラストの意味するものは、結構大きいのでしょう。

岩波 一方、宮本研はたとえば「明治の柩」という古典主義的な戯曲を書いた。「わが友ヒットラー」がベルリン首相官邸という一つの場所ですべてが展開するのに対して、「明治の柩」はそうとは言えない構造ですが、言葉を大切にして、すべて対話で成立する。出来事は舞台の外で起る。そのような戯曲によって、宮本は新劇を批判し、同時に新劇のラストランナーだと僕は言うんだけど、時代に対するアイロニーや反逆精神をリアルに現わした人です。ところが、三島さんの戯曲には、逆に想像力の勝利というテーマがあって――例えば「サド侯爵夫人」ですが、その点が宮本研の芝居の持つリアルさと対比的ですね。私は、このような見取り図の中に置いて三島を捉えたら面白いのではないかと思うんですよ。

山中 三島戯曲について考えるためには、ただ単に通常の新劇の歴史の流れの中に置くのではなく、なんらかの視点を設けるなり、独自のパースペクティブが必要になるということでしょうか。

■世界を呑み込む「女」

岩波 そうですね。三島戯曲に対する視点ということに関して言えば、「女」という問題が僕は以前から気になっているんです。「薔薇と海賊」も、先ほども言ったように、「海賊」じゃなくて「薔薇」が勝つ。「夢」が勝って、現実をひっくり返してしまう。ところがその後で、最後に童話作家の阿里子が、「私は決して夢なんぞ見たことはありません」と言うでしょ。ここで、話がもう一度ひっくり返りますね。この幕切れの台詞は、実に印象的だ。

山中 幕切れの女の一言で、世界が逆転する。

岩波 そう。「薔薇と海賊」だけじゃなく、「サド侯爵夫人」も「豊饒の海」もそうですね。「弱法師」も、あれほど威丈高だった少年が、調停委員の級子の一言によって、最後に敗北するわけでしょ。「サド侯爵夫人」は、勝ち負けというより、芝居全体が実はルネの芝居だったということですね。あんなにサド侯爵について語っていたのに、いざサドが帰宅したら、ルネは「もうお目にかかることはない」と言うわけです。いったい、三島演劇にとって「女」とは何者なのだろうか。

井上 「近代能楽集」の「班女」も、そうですね。「薔薇と海賊」と、ある意味で構図がよく似ていると思うのは、「卒塔婆小町」ですね。「卒塔婆小町」においては、小町は詩と言いますか夢と言いますか、これを信じようとしないわけで、その代わりにしぶとく生き続ける。一方、詩人は夢の中に溺れてしまい、命を落とす。結果として、言ってみれば小町が詩人に勝つんですね。これに対し、「薔薇と海賊」では、帝一の夢の世界が勝って阿里子が帝一に巻き込まれるように見えるけれども、私は夢なんか見たことないという阿里子の幕切れの台詞は、小町のしぶとさと通い合うようなところがありますね。この辺りは、どのようにお考えになりますか？

岩波　それはむしろあなたの考えを伺いたいね。

井上　私の考えですか？　いや、これは色々な見方が出来ると思いますけど、作家としての三島という点から言えば、単に想像力や空想に溺れているだけではなくて、むしろ自己を突き放すようにして意識的に文学作品を創ることが、自分の芸術家としての立場なんだという表明であり、三島の生涯に即して言えば、最初は詩のようなものばかり書いていたわけで、やがてそこから離れて、散文家としての生き方を選んだわけですね。その立場が、小町や阿里子の描かれ方に重ね合わされていると言えると思います。一方、三島という一人の人間について考えてみると、やはりそういうところに、三島にとっての理想の女性像があったと言えるんじゃないか。

岩波　どういうことですか？

井上　男と対決して、男を負かすような女性ですね。

岩波　最後に世界を転覆するような女ですね。こういう女性像は、何に由来するんだろう？

井上　世界を呑み込んじゃう女性ですね。心理学的に言えば、ヒステリックな祖母に育てられたということや、母親の影響などがあるのかもしれません。でも、この種の謎解きに拘り過ぎると、あまり面白くない。それよりも注目したいのは、たとえばリルケがポルトガルの尼僧について言った、「彼女は愛することにより、愛の対象の男すらすりぬけて、広大な愛の広野へ歩み出てしまった」という言葉です。どうも三島は、こういう女性特有の猛々しさに、怖れながらも強い魅力を感じていたような気がします。

岩波　抱きかかえてくれる母、ではないんですね。

山中　男たちは夢の世界を構築する。女はその世界の端緒でもあるが、最後には世界全部を崩してしまうような力を持つ存在でもある。そんな気がしますね。

岩波　そういう女なるものが、三島戯曲においては、世界を最後に着地させると言いますか、終結させる方法的な意味を担っているわけですね。「弱法師」でも、調停委員の級子が最後に少年に対して「あなたを好きになった」と言うことで、作品をちゃんと着地させるわけですからね。

■「これ以上、書きたいものはないんだ」

松本　ただ、実際の舞台としては、「弱法師」はなかなか難しいのではないですか。

岩波　僕はＮＬＴの初演から見ているけど、非常に面白かったですよ。

松本 昭和五十一年以降数年間、私は片っ端から見たけれど、いずれもピンとこない舞台ばかりだったな。さいたまで二度目に蜷川幸雄さんが演出した「弱法師」(平成十三年)を見て、やっと納得した。

岩波 さいたまは舞台が大き過ぎますけどね。前に蜷川が「弱法師」を演出した時は、音楽にワルシャワ労働歌を使ったんですよ。こういうとてつもないことをやる演出家は、めったに居ません。最後に自衛隊市ヶ谷駐屯地での自決直前の演説をダブらせていた。「弱法師」は、「近代能楽集」の中でもいいものじゃないかな。

松本 私もそう思います。世界の破滅を正面切って扱っていて、凄いなと思います。もう一つ挙げるなら「卒塔婆小町」ですね。

岩波 「卒塔婆小町」はいいですね。これは蜷川がやると、まるでシアトリカルになっちゃうんですけど、勿論、それに耐える要素は元々戯曲にあるわけです。「綾の鼓」は、僕は俳優座の初演を見たけど、舞台がマッチ箱みたいにちっちゃく、想像力が全然湧かなかった。むしろ、舞台に何もなければ、その方がいいんですけど、現実に創ろうとすると難しいですね。

松本 そういう意味で、一番の失敗作は「邯鄲」ですね。どなたがやっても、全部駄目だ。というのも、そもそも戯曲に原因があると思うんです。だって、夢を舞台の上で見せるわけでしょ。そんなものを見せられてしまったら、観客の想像力が働かない。その意味で、これは致命的といってもよい失敗作じゃないでしょうか。

岩波 まあ、「邯鄲」は「近代能楽集」の最初の作品ですからね。三島さんもまだ、劇というものをよくわかっていない。ただね、ういういしいんだよ。夢の中で奇妙な話が展開したり、三島作品にしては珍しい遊びの要素があるんですね。

松本 いろんな演出家がやりたがるのも、そのためですね。

井上 昭和二十五年に文学座のアトリエが出来て、その年の十二月のアトリエ公演が「邯鄲」と福田恆存の「堅塁奪取」ですね。文学座がやった初めての三島作品で、それなりに成功したのではないか。しかし、三島がまだ自分で納得のゆく劇作法を見出していなかったのは、確かでしょう。では、いつ頃から劇というものを本当に自分のものにしたと言えるのか、その転機になる作品を挙げるとしたら、何だと思われますか?

松本 さきほども少し言ったけど、昭和三十年の「白蟻の巣」が傑作だと思う。これで初めてきちっとした多幕物を書いたと思いますよ。

岩波 「若人よ蘇れ」の方が、先じゃないですか。

松本 「若人」は芝居としては、どうでしょう。初演を見ましたが、退屈でした。退屈した唯一の芝居です。「只ほど高いものはない」はかなりいいと思うけども、「白蟻の巣」の方が上です。一幕物は、それ以前に幾つもありますよ。傑出したのが「卒塔婆小町」ですね。

岩波　「白蟻の巣」の後に、すぐ「鹿鳴館」を書きますね。

松本　観客に広く愛される芝居らしい芝居ですね。私自身、「鹿鳴館」は文句なしに好きです。それから、先ほど岩波さんが挙げた「薔薇と海賊」に繋がってゆくんじゃないかな。「薔薇と海賊」のような現実離れした発想も、こういった成果が前提にあってはじめて生まれるように思いますよ。

井上　「薔薇と海賊」と「鹿鳴館」は、案外構造も似てるんですね。先ほど言いましたが、阿里子と良人の重政との関係は、「鹿鳴館」の朝子と影山の関係に重なる。夫婦と言いますか、男女の対決劇と見れば、同じ構造ですよね。

松本　そういう意味では、三島の芝居は基本的に皆よく似ている。「只ほど高いものはない」からしてそうですよ。

山中　あれは「火宅」の別バージョン的な作品とも言えますね。

松本　「火宅」も夫婦の対決劇として見れば同じ構造です。この意味で、三島の芝居はどれも同じような構造を持っているけど、そこに盛り込むものが随分違う。そのツボを、「白蟻の巣」ではじめてきちっと押さえたのではないか。

井上　なるほど。そのように考えると、色々なことが見えてきますね。確かに、「白蟻の巣」があって、それから「鹿鳴館」があって、その上ではじめて「薔薇と海賊」という作品も生み出されるんですね。ただし、冒頭で岩波さんが仰ったような意味での「薔薇と海賊」の魅力というのは、今日はじめて「はっ」と納得したので、非常に面白かったです。

松本　晩年の三島由紀夫について、記憶に強く残っていることがありませんか。

岩波　「わが友ヒットラー」の上演後、三島さんはもう芝居をやめた、戯曲は書かないと言っているという噂が流れたんですよ。僕は電話でそのことを確かめたんです。すると「うん、そうだよ。僕は他人のしないことにしか興味がない。やりたかった『近代能楽集』はすませた。女だけの『サド侯爵夫人』を書き、男だけの『わが友ヒットラー』も上演した。これ以上、書きたいものはないんだ。だから書かない」。いつもの笑いもなく、あまりに整然とした答えで、返す言葉もなかった。すでに翌年の「豊饒の海」の完結も、市ヶ谷での自刃も心に決めていたのだと後で知ることになります。

■解　題

岩波剛（いわなみごう）氏。昭和五年（一九三〇）長野県生まれ。演劇評論家。東京大学文学部卒業後、新潮社に入社。のちに演劇評論を行うようなった。著書に「現代演劇の位相」（深夜叢書社、昭56）がある。文化庁長官表彰（平成12年度）「演劇評論の永年の実績と地域文化の普及向上活動」。（井上隆史）

資料

三島戯曲・「燈台」

犬塚 潔

過日、大阪の友人から大きな封筒の手紙が届いた。その中には、テアトロ・トフンの演劇に関する資料が添えられていた。手紙には、京都にテアトロ・トフン主宰者、井上淳、幸子夫妻の御孫さんがいて、資料を所蔵している由が書かれ、『三島由紀夫書誌』（昭和47年1月25日・薔薇十字社刊）の48ページ②のテアトロ・トフン第1回試演「燈台」の写真（図1）は間違いです」と書かれていた。後日、テアトロ・トフン第1回試演「燈台」の写真（図2、3）を頂戴した。背景やテーブルなどの小道具の特徴から、三島書誌の写真は確かにテアトロ・トフンのものではないことが判明した。それでは三島書誌の「燈台」は、どの劇団の写真であろうか。

図1　三島由紀夫書誌

　「燈台」は昭和24年5月、文学界に発表された。昭和24年11月19～21日に大阪放送劇団により初演され、その後、昭和24年12月4日にテアトロ・トフンが公演し、翌昭和25年2月5日、俳優座が公演している。まず、これら三つの劇団について検討してみた。

図2　テアトロ・トフン・燈台

図3　テアトロ・トフン・燈台

テアトロ・トフン

　テアトロ・トフンの「燈台」公演は、第1回試演として、昭和24年12月4日に行われた。（図4）大阪放送劇団の「燈台」初演の16日後である。第1回試演「燈台」のパンフレット（図5a）には、三島氏も「作者の言葉」（図5b）を寄せている。テアトロ・トフン第2回試演のパンフレット（図6）も残されている。このパンフレットの出現により、「邯鄲」（昭和25年10月・人間）は、それまで昭和25年12月15日の文学座アトリエ第5回公演が初

図5a　燈台・パンフレット

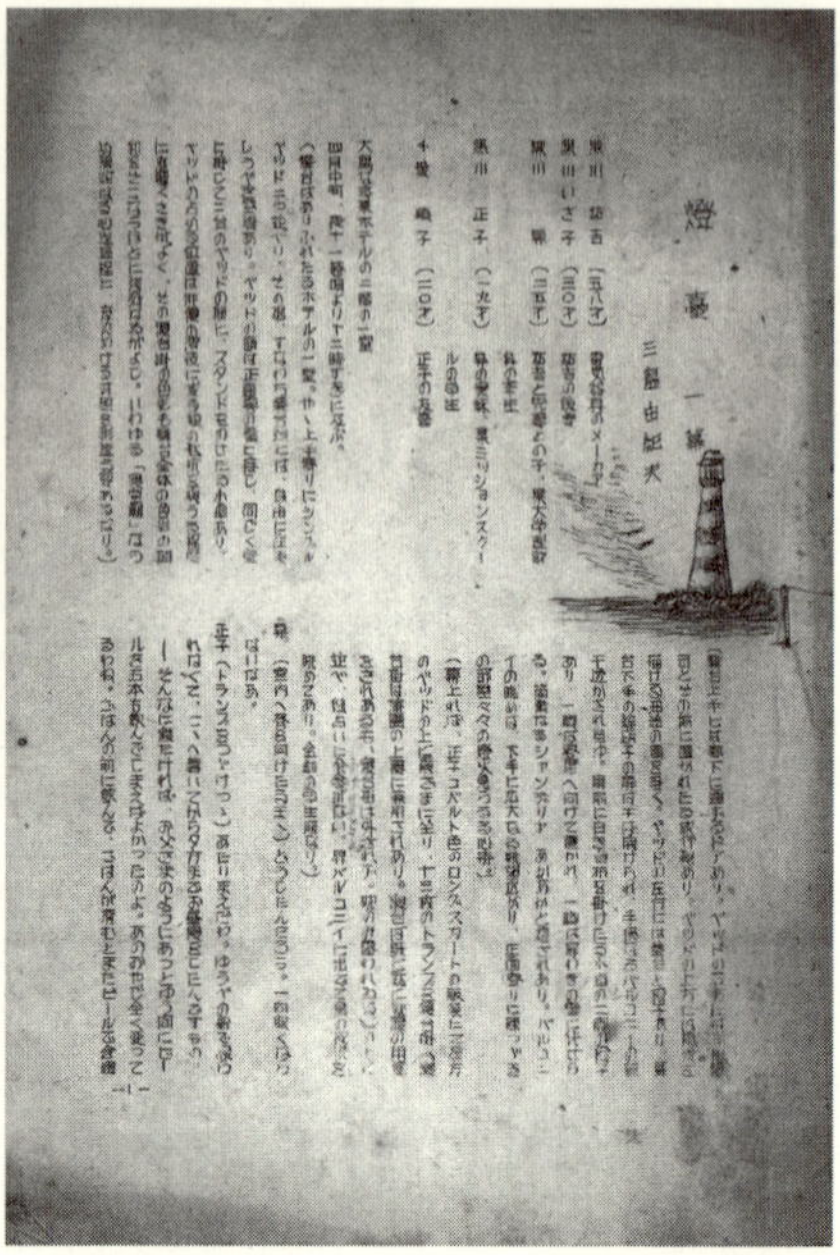
燈臺　一幕
三島由紀夫

図4　テアトロトフン・「燈台」台本

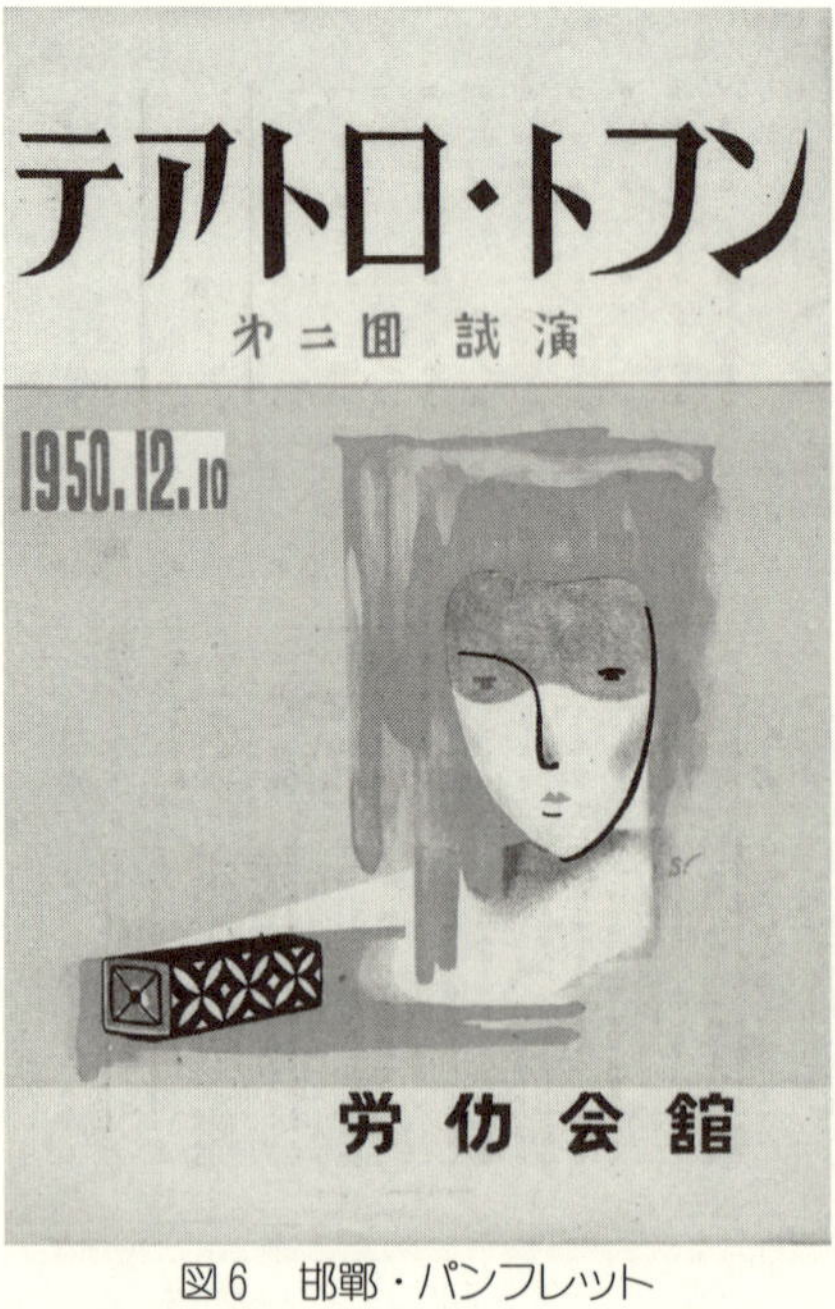

図6　邯鄲・パンフレット

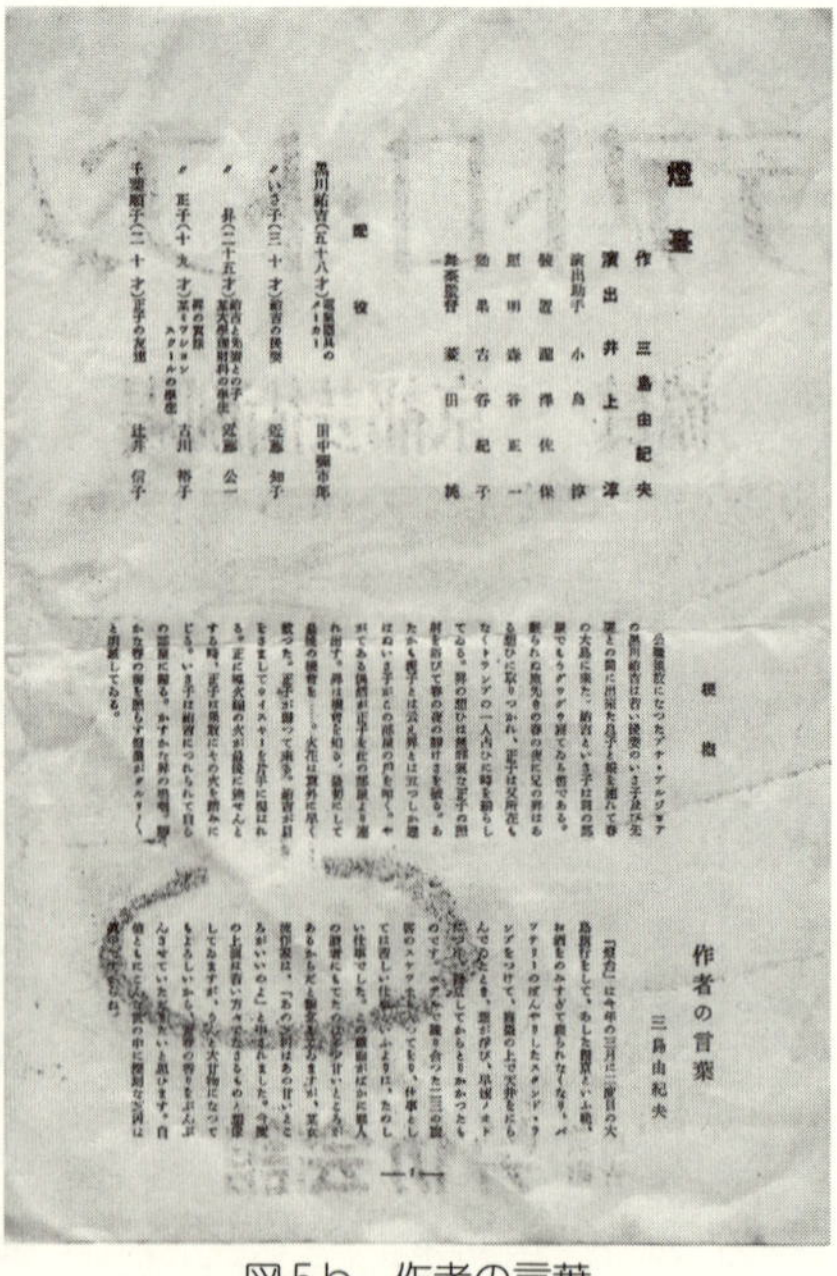
燈臺
作　三島由紀夫
演出　井上淳
配役
梗概
作者の言葉
三島由紀夫

図5b　作者の言葉

演とされていたが、昭和25年12月10日、文学座より5日早く、テアトロ・トフンが初演と確認された。この「邯鄲」のパンフレットには、俳優座の「燈台」公演で黒川いさ子を演じた岸輝子氏が、「いつも真摯な歩みを」という文を寄稿している。その中には「私たちが、三島由紀夫の燈台を稽古している時、京都のグループで燈台を演った時の写真だと云って、三島さんに見せて頂いたが、その燈台を演ったグループが、トフンの方々だった」と書かれている。三島氏が岸輝子氏に示した写真は、どの写真だったのだろうか。

入手したテアトロ・トフンの写真(図2)には、田中弥市郎(黒川祐吉役)、近藤知子(黒川いさ子役)、近藤公一(黒川昇役)、古川裕子(黒川正子役)(敬称略)が写っている。(図3)には、近藤知子、近藤公一、古川裕子、馬場和子(千葉順子役)が写っている。テアトロ・トフンのパンフレットに掲載された配役の中で、千葉順子役が辻井信子から馬場和子に変更されていたことが確認された。

テアトロ・トフンの演劇活動に関する資料として、第2回公演「戸口の前で」の公演パンフレット(昭和28年10月)があり、「テアトロ・トフン上演記録」が掲載されている。「燈台」の公演は、

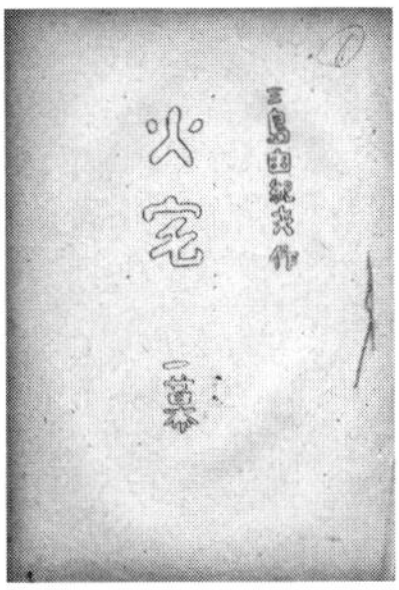

図7　火宅・台本

図8　語りもの京都新劇史

図9　テアトロ・トフン「燈台」・集合写真

昭和24年12月4日、京都労働会館で行われた後、昭和24年12月17日、長浜大和劇場でも行われたことが記録されている。長浜は井上幸子氏の出身地であり、その関係で長浜が公演場所に選ばれている。テアトロ・トフンは三島戯曲「燈台」「邯鄲」「火宅」(図7)の公演を行っている。また、「語りもの京都新劇史　その7　テアトロ・トフンの巻」(平成1年8月・京都新劇団協議会刊)(図8)がある。この冊子には、「燈台」に出演した近藤公一氏も参加して、テアトロ・トフンのことが語られ、「燈台」公演時の集合写真(図9)も掲載されている。それによると、「トフン」の語源は「兎糞」で「兎の糞」の意味であった。主宰者の井上淳氏は寺の住職で、本堂を使って演劇の勉強会などを行った。井上氏と「人間」編集長の木村徳三氏は、京都一中の同級生で、同人雑誌「ト

フン」を発行していた。この同人誌が姿を変えて、演劇集団を形作ったものがテアトロ・トフンであった。木村徳三氏は、テアトロ・トフンの「座友」としてパンフレットに名前が掲載されている。第1回試演のパンフレットに、三島氏の「作家の言葉」を掲載できたのも、木村氏の尽力によるものであった。「作家の言葉」に三島氏は、「今度の上演は若い方々でなさるものと想像してゐますが、うんと大甘物になってもよろしいから、青春の香りをぷんぷんさせていただきたいと思います。自他ともにこんな世の中に深刻な芝居は真平ですからね」と書いている。

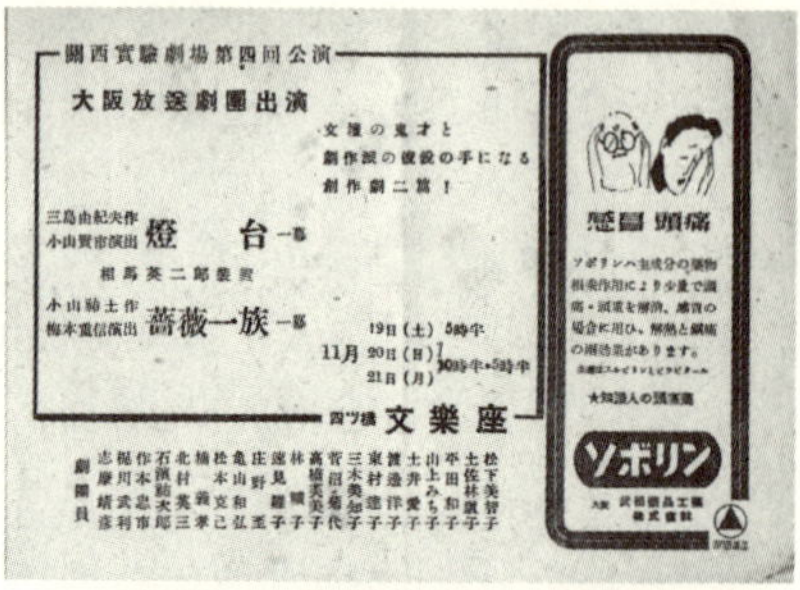

図10　大阪放送劇団・チラシ

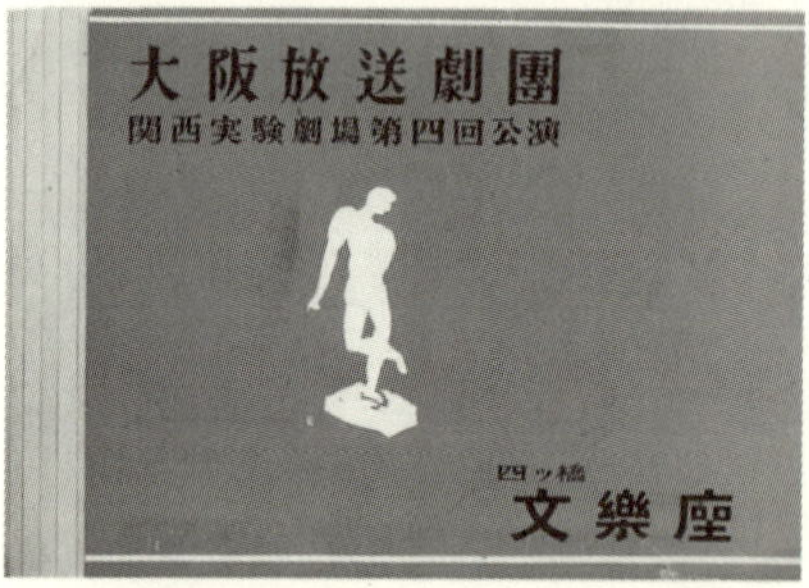

図11a　燈台・パンフレット

大阪放送劇団

大阪放送劇団は関西実験劇場第4回公演として、昭和24年11月19～21日に「燈台」（図10・図11a、b、c）を初演している。この劇団は昭和16年にNHK大阪放送局の専属劇団として創設され、現在も活動を続けている関西新劇界の老舗劇団である。

「燈台」初演当時の写真を探索中、第5回公演（昭和25年10月21日）のパンフレット（図12）の中に、劇団員の写真入り紹介欄を見つけた。この中に「燈台」に出演した5人の内3名、石浜祐次郎（黒川祐吉役、図13）、松本克己（黒川昇役、図14）、土佐林道子（千葉順子役、図15）（敬称略）の写真を確認した。三島書誌の写真には、男性2名、女性2名が写っている。この芝居の出演者は男性2名、女性3名であり、2名の男性は黒川祐吉と黒川昇である。また、和服姿の女性は黒川いさ子であり、千葉順子は常に黒川正子と共に出演しているので、黒川正子のいない状態で千葉順子だけが舞台に立つことはない。従って写っている女性2名は黒川いさ子と黒川正子ということになる。

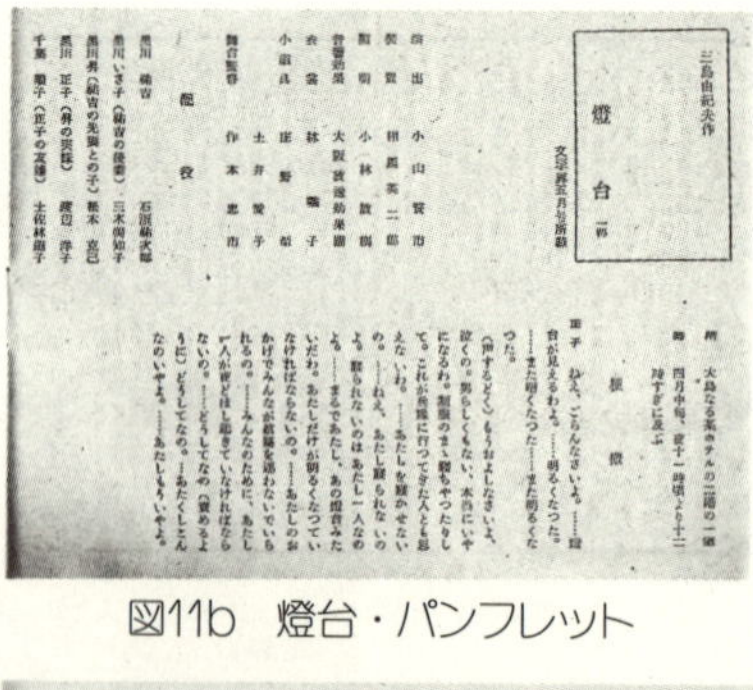

図11b　燈台・パンフレット

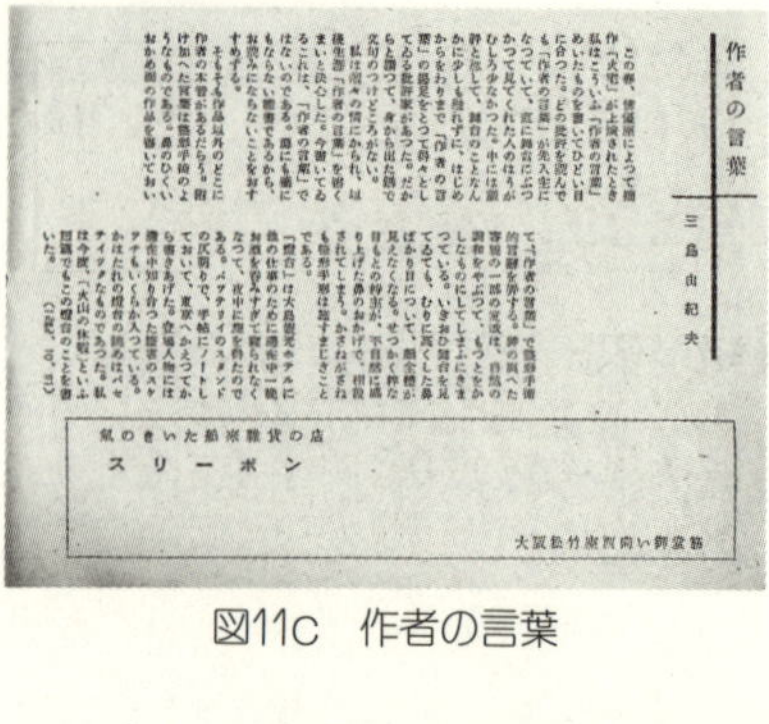

図11c　作者の言葉

図16　大阪放送劇団「燈台」・集合写真

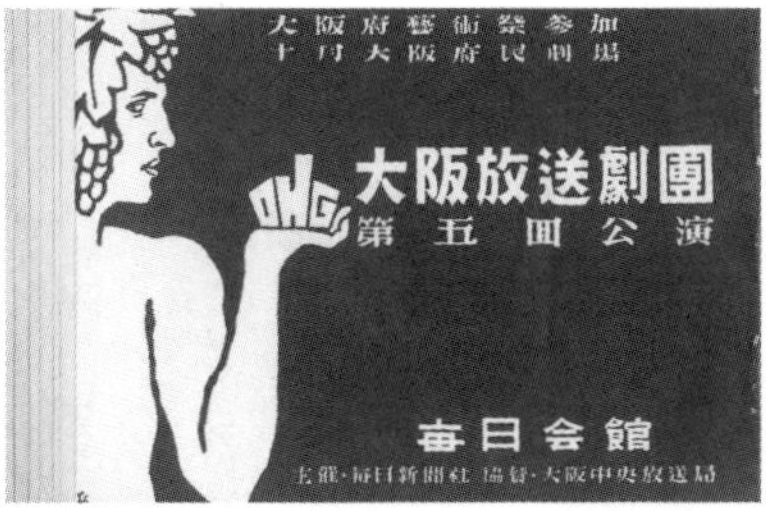

図12　大阪放送劇団・第5回公演

図17　大阪放送劇団「燈台」・集合写真

図15　土佐林道子氏　図14　松本克己氏　図13　石浜祐次郎氏

図18　大阪放送劇団「燈台」・舞台写真

私は（図1）の学生服姿の黒川昇が松本克己であり、和服姿の黒川祐吉が石浜祐次郎ではないかと考えた。このことを手紙に書いて大阪放送劇団に問い合わせたところ、公演終了後の記念写真をもとに、書誌の写真は大阪放送劇団のものではないとの返事を頂いた。「燈台」の公演に携わった方は、すでに劇団に在籍していなかったが、舞台監督をしていた竹本忠市氏、さらに出演者の松本克己氏と渡辺洋子氏に連絡する事ができた。渡辺氏より当時の写真を見せて頂いた。（図16、17、18）また、種々の貴重な証言を得ることができた。図16、17は、公演終了後の記念写真である。この戯曲では5人が舞台に揃うシーンがないので、図18は舞台に出演者全員を揃えた撮影用のシーンである。

文学界に発表されたばかりの「燈台」が、上演題目に選ばれた理由について松本氏は「この公演が『関西実験劇場』の一環としての公演であること。さらには、劇団としてもかねてから新劇の清新な創作劇を舞台化して新劇の大衆化を進めたいと考えており、『燈台』は劇団の意図するレパートリーにぴったりだったから」と説明してくれた。

また、黒川祐吉といさ子がシャンソンを口ずさむ場面があり、どのような曲を使ったらよいか、直接、作者にたずねてみようということになった。石浜裕次郎氏の兄は作家の石浜恒夫氏で、三島氏と大学時代から親交があるというので、三島氏に電話をしてアドバイスを頂くことになった。電話がまだ普及していない戦後のことで、放送局の電話を使って石浜恒夫氏から劇団員の前で、三島氏にたずねてもらった。「燈台」の作中に書かれている通りに三島氏は「Parlez moi d'Amour」というシャンソンの曲を指定された。また、舞台で黒川祐吉と正子がジルバーを踊るところがあり、これも作中の指定通りに、「Five Minutes More」という曲が使用された。

三島氏は、「作者の言葉」を昭和24年10月21日に書いている。これはパンフレットの編集を担当した松本氏が、手紙で依頼して原稿を頂いたものであった。この原稿の所在は現在不明である。

三島氏は、「燈台」の初演である大阪放送劇団の公演を観劇していなかった。

俳優座

俳優座の公演は、昭和25年2月5日で三島氏の初演出であった。俳優座の公演であれば「俳優座史」（図19a、b）（昭和40年4月15日・劇団俳優座刊）という、A4版の365ページもある立派な本があり、三島戯曲の初公演である「火宅」（図20）から始まり「燈台」（図21a）「綾の鼓」（図22）と、その歴史を把握することができる。また、当時のパンフレット「俳優座創作劇研究会」（図21b）に「初演出について」（図21c）が載っている。この舞台の写真は作品集「燈台」（図23、24）（昭和25年5月・作品社刊）や「舞台文庫」（図25）（昭和29年5月・創元社刊）、毎日マンスリー№61（図23）（昭和30年6月・毎日会館）などにも掲載されている。これらの写真も三島由紀夫書誌の「燈台」の写真とは異なっ

図19a　俳優座史

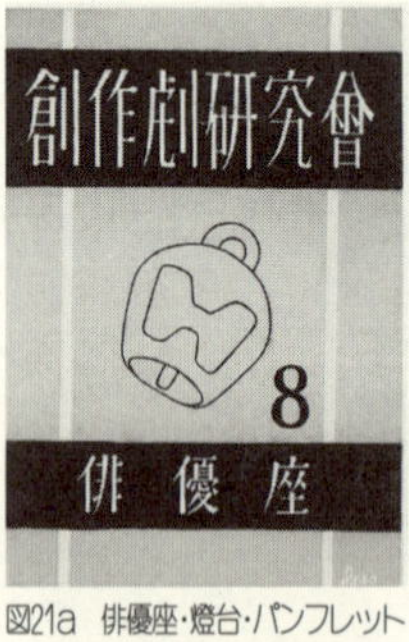

図21a　俳優座・燈台・パンフレット

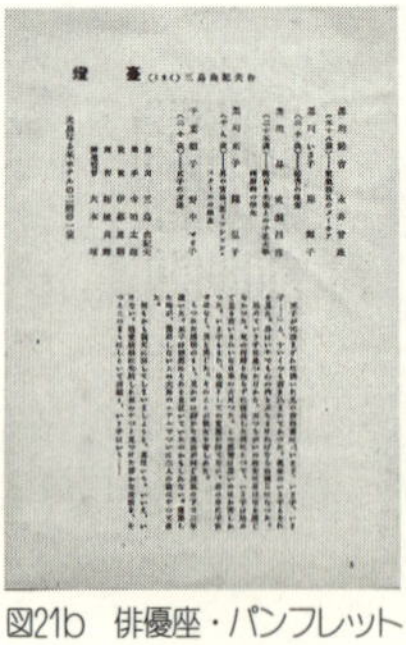
図21b　俳優座・パンフレット

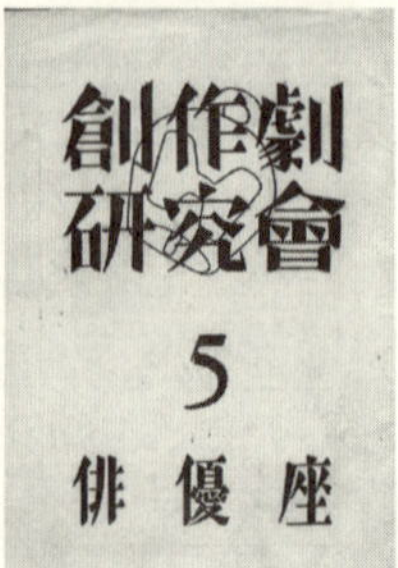

図20　火宅・パンフレット

図22　綾の鼓・パンフレット

図21c　俳優座・パンフレット

図19b　俳優座「燈台」

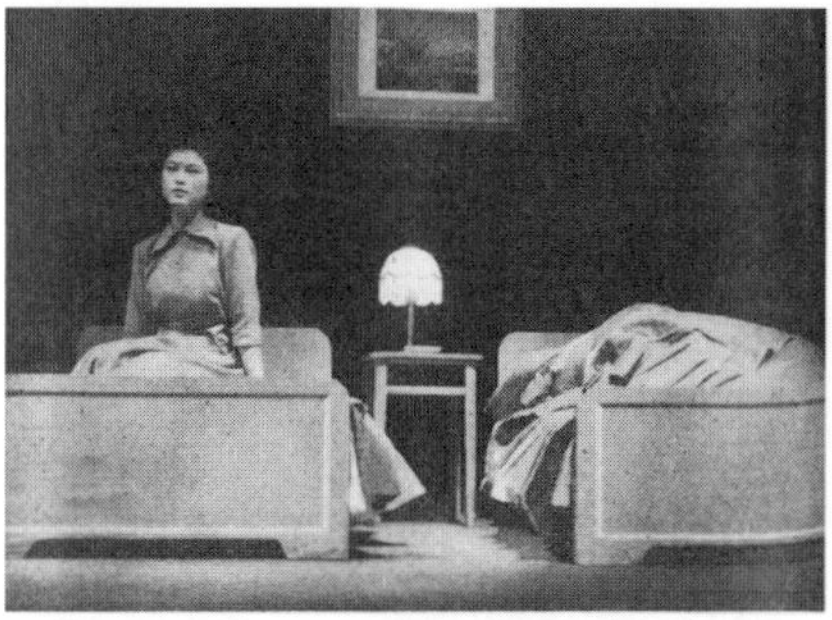

図24　俳優座「燈台」

図23　俳優座「燈台」

図25　俳優座「燈台」

ていた。

三島書誌の「燈台」に関しては、今のところ全く手がかりがない。しかし、明日、新たな資料に出会うかもしれない。大阪放送劇団にしても、テアトロ・トフンにしても、この時期の関連資料を探すのは極めて困難であると実感している。もし、三島由紀夫書誌の「燈台」の劇団をご存知の方がいらしたら、是非御教授頂きたく、お願い申し上げる次第である。

（形成外科医）

資料

三島由紀夫の手紙

犬塚　潔

「決定版三島由紀夫全集」第39巻・月報には、阿川弘之氏の「三島由紀夫の手紙」という文が掲載されている。同全集・第38巻に収められた「夕食会への礼手紙」について説明したものである。そこには「ちなみに三島さんの私宛の手紙、在り来たりの便箋一枚に、細字の万年筆でしたためてあって、封筒は事務用の粗末な茶封筒。三島邸の華やかなたたずまひにいつも気圧され勝ちの私への、何らかの配慮かと考へたこともあったが、よく見ると、封筒の裏に、『大森局内（大田区）馬込東一丁目一三三三』と住所が印刷してある。文房具に関しては意外に質素で、誰にでも、こんな封筒とこんな便箋を使って手紙を出してゐたらしい」とある。阿川氏が書いているように、三島氏は本当に「誰にでも」「在り来たりの便箋」と「事務用の粗末な茶封筒」を使って手紙を出していたのであろうか。

「馬込東」時代の封筒

三島氏が、「馬込東」の住所で手紙を書いたのは、馬込に転居した昭和34年5月から住居表示制度の実施により「馬込東」から「南馬込」に変更になった昭和40年11月15日の前までである。「決定版三島由紀夫全集」第42巻の年譜には、「昭和34年5月10日（日）『馬込の新居に転居』」と記載されているが、引越の手伝い

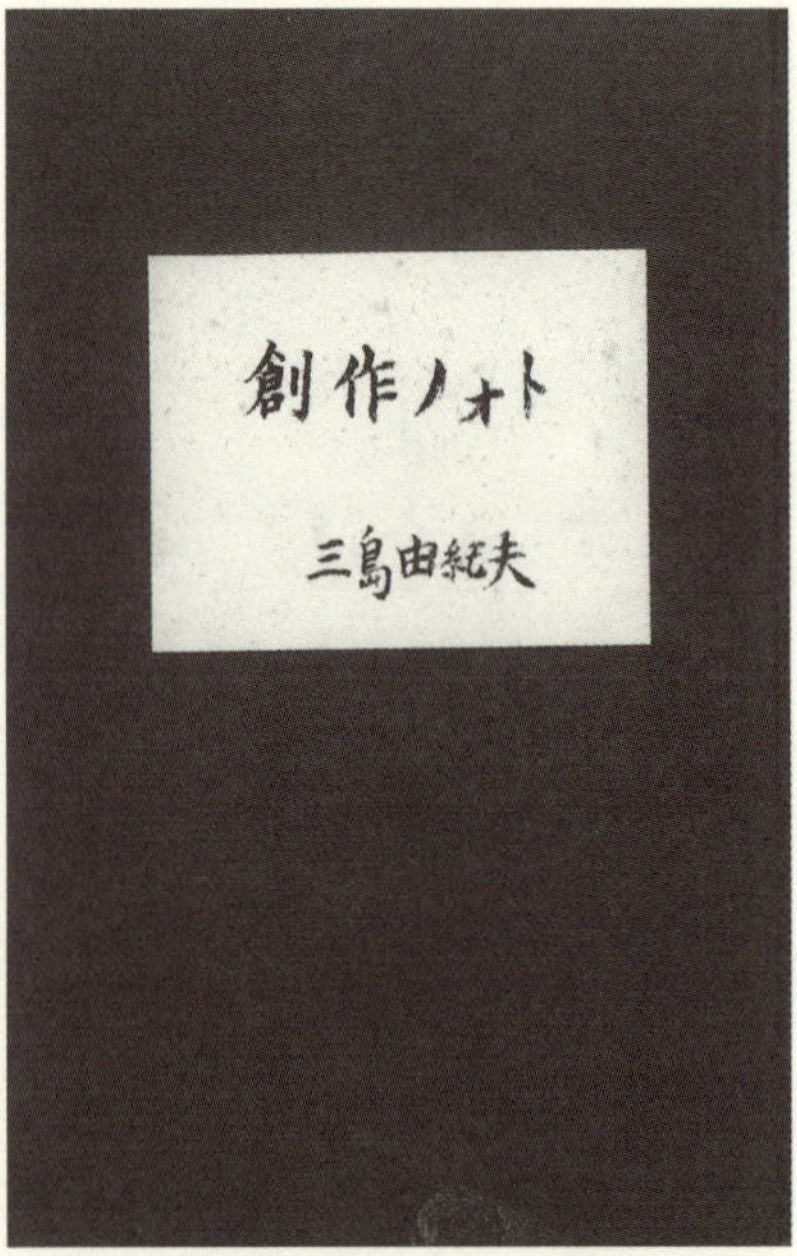

図1a　創作ノオト・表紙

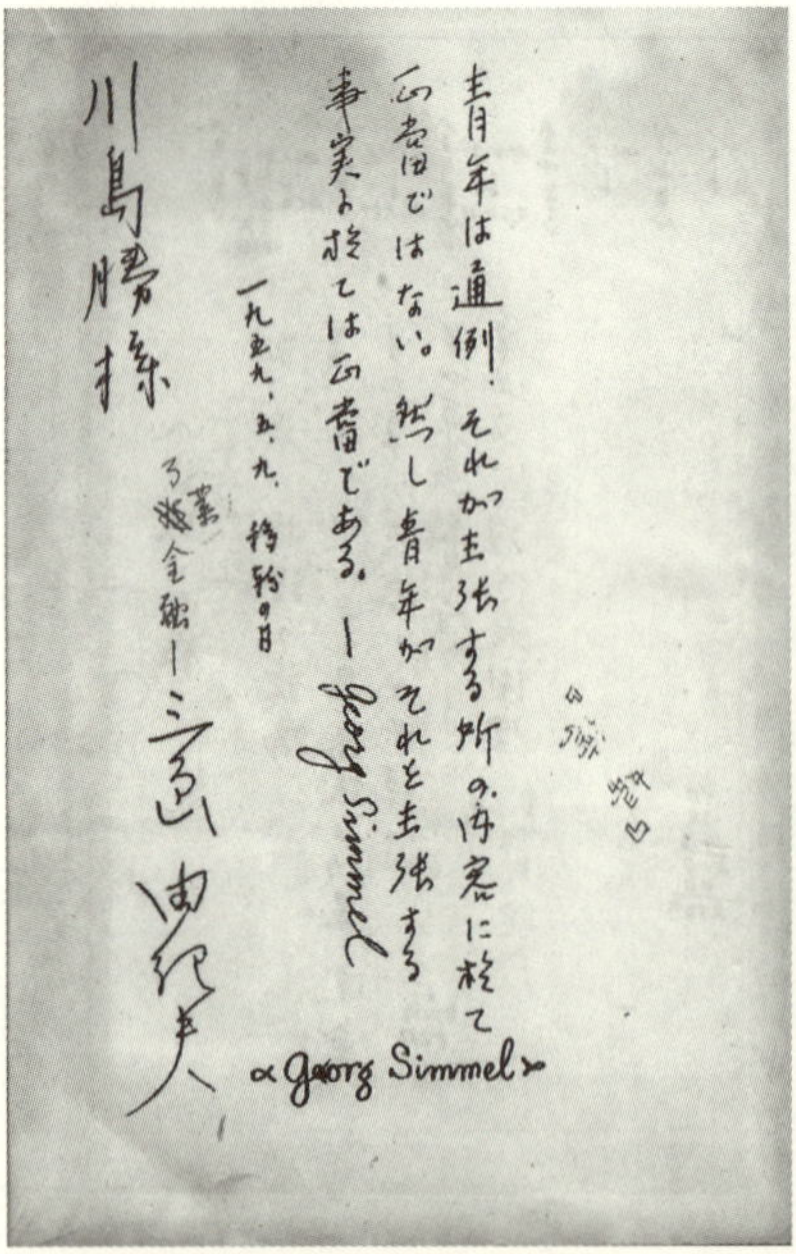

図1b　創作ノオト・見返し

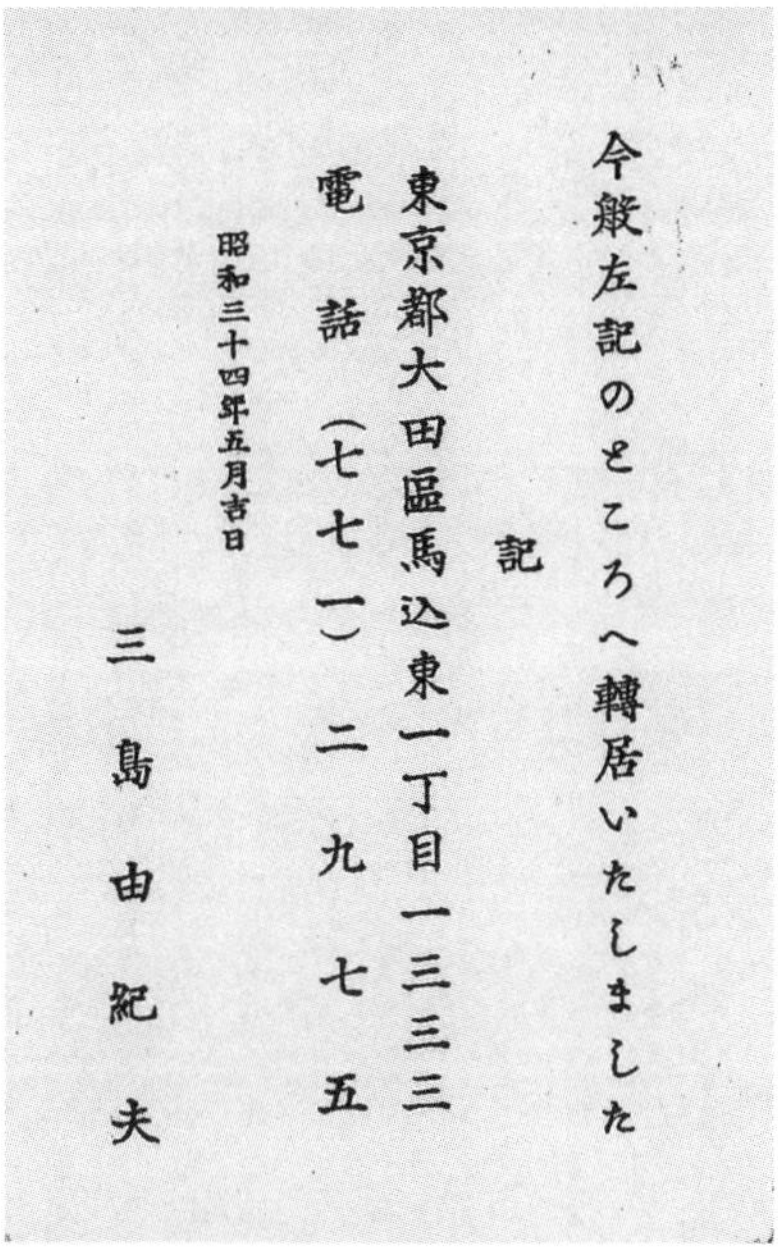
今般左記のところへ轉居いたしました

記

東京都大田區馬込東一丁目一三三三
電話（七七一）二九七五

昭和三十四年五月吉日

三島由紀夫

図2　転居通知

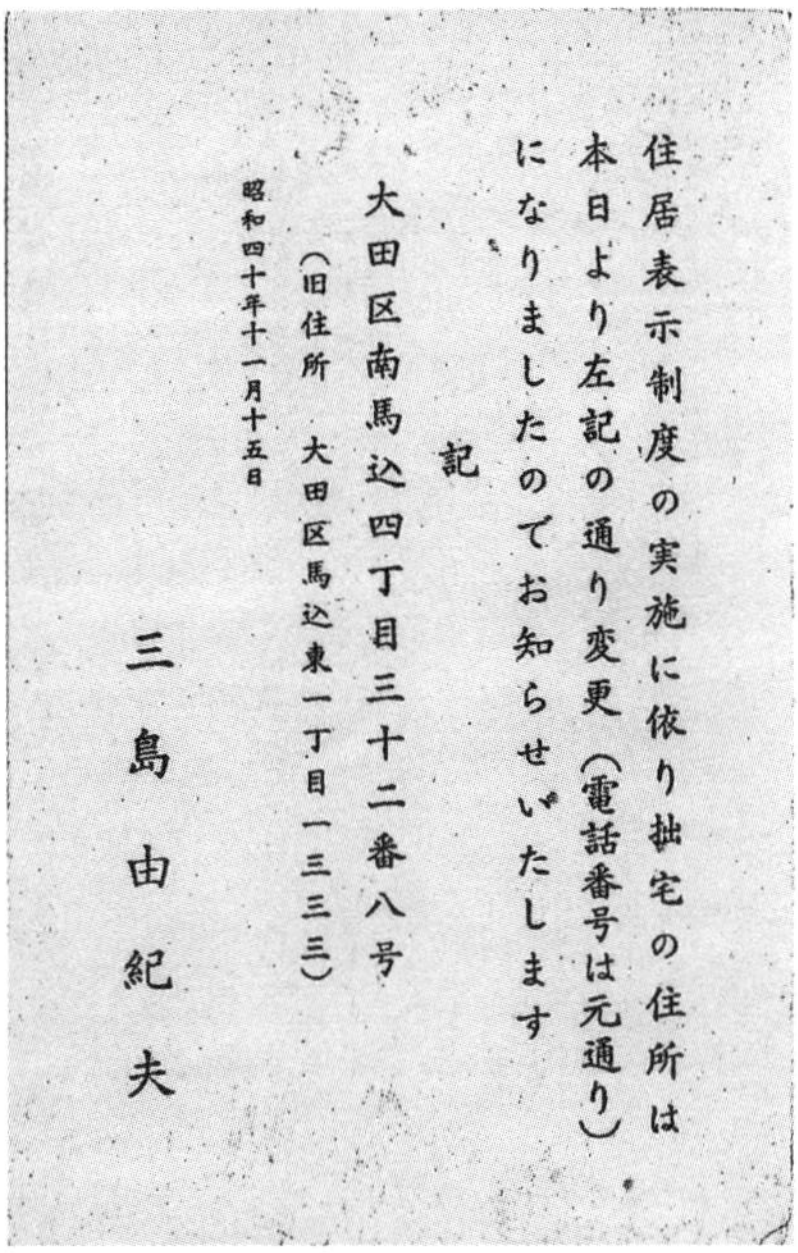
住居表示制度の実施に依り拙宅の住所は
本日より左記の通り変更（電話番号は元通り）
になりましたのでお知らせいたします

記

大田区南馬込四丁目三十二番八号
（旧住所　大田区馬込東一丁目一三三三）

昭和四十年十一月十五日

三島由紀夫

図3　住所変更通知

のお礼に、三島氏が川島勝氏に贈った「創作ノオト」（昭和34年・ひまわり社刊）には「一九五九．五．九．移転の日　川島勝様　三島由紀夫」（図1a、b）と書かれている。「転居通知」（図2）と「住所変更通知」（図3）が残されている。

「馬込東」の表記で使用された封筒を検証してみる。住所と氏名の判子を捺したもの（図4）、住所と氏名を印刷したもの（図

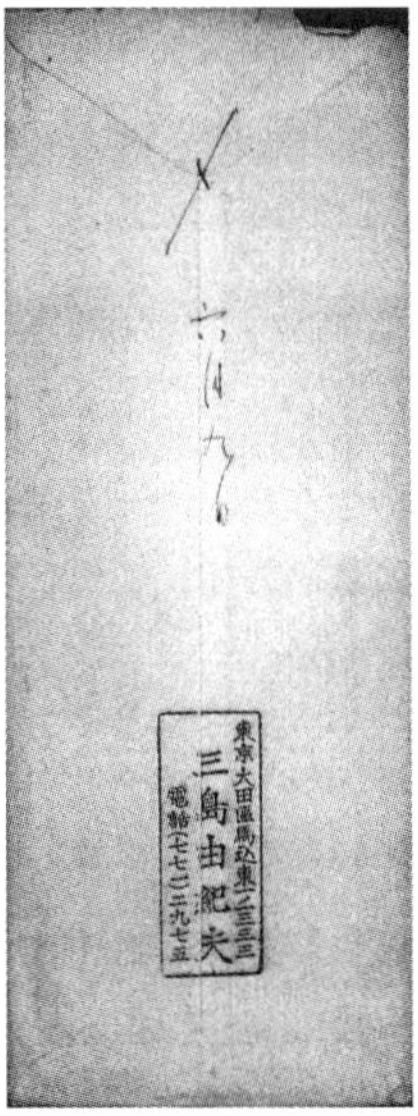

図4

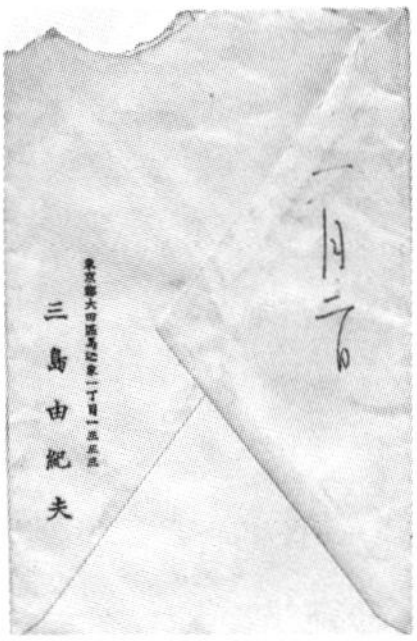

図5

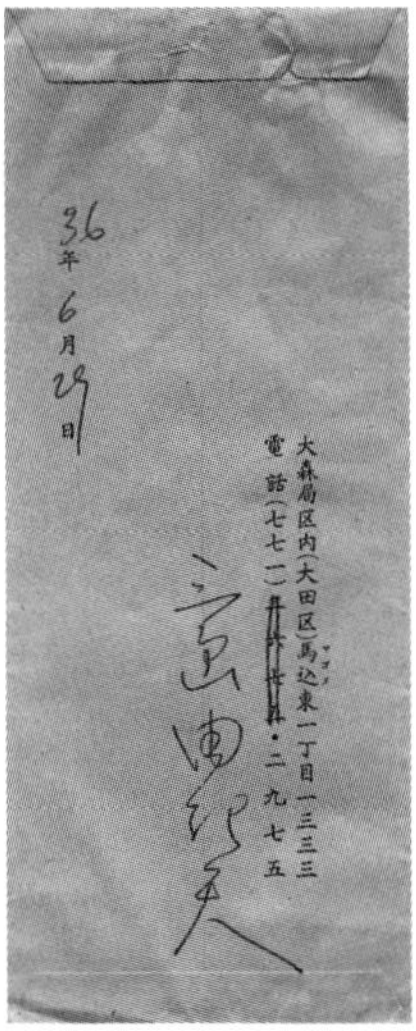

図6

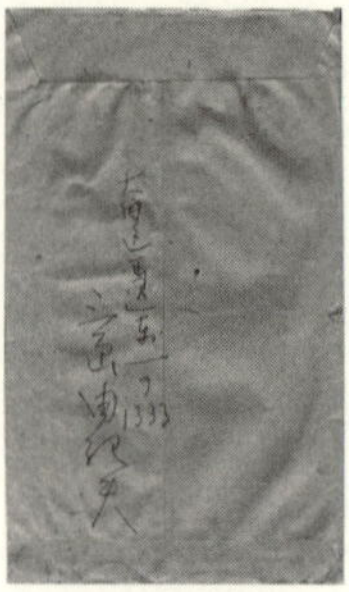

図7a

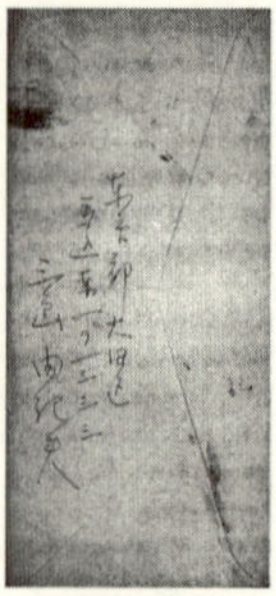

図7b

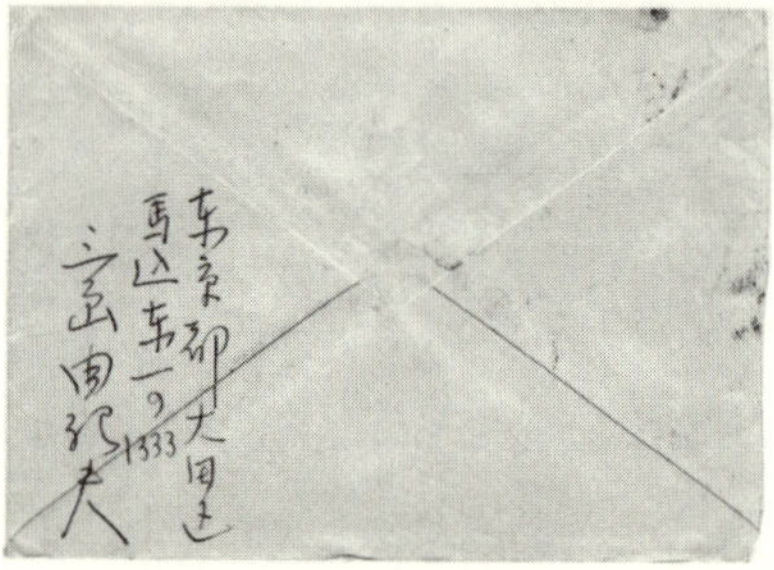

図7c

5）、住所だけを印刷し氏名は自筆のもの（図6）、住所と氏名が自筆のもの（図7a、b、c）がある。色は白、茶、クリームがある。この中で阿川氏の記載に合致するものは（図6）である。

阿川氏にとっては「粗末」なものかもしれないが、一般的には特別に粗末という印象は受けない。また、この中に納められた便箋は普通の便箋であったが、阿川氏宛の便箋は「在り来たりの便箋」であったことになる。

岩淵達治宛書簡と谷崎潤一郎宛書簡

「馬込東」の表記の書簡の中に、一日違いで書かれた書簡がある。昭和38年1月2日と3日の書簡で、1月2日の書簡は当時、学習院大学の「岩淵達治先生」に宛てたものである。（図8a、b、c、d）三島氏が書簡に書いているように、「先方書信のローマ字にはめて御尊名を書」いたため、岩淵氏の名前の表記に「誤り」がある。白封筒で住所と氏名が印刷されている。便箋は2枚、普通の便箋である。

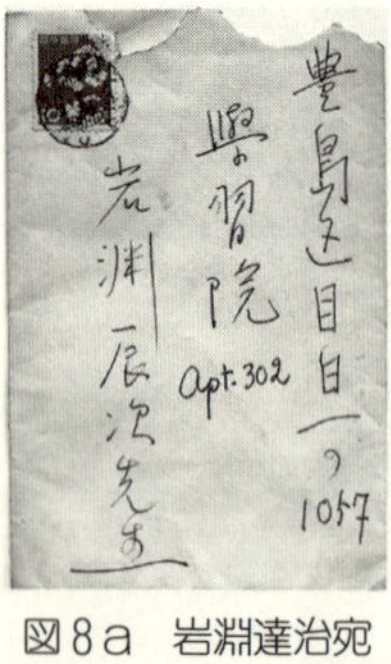

図8a　岩淵達治宛

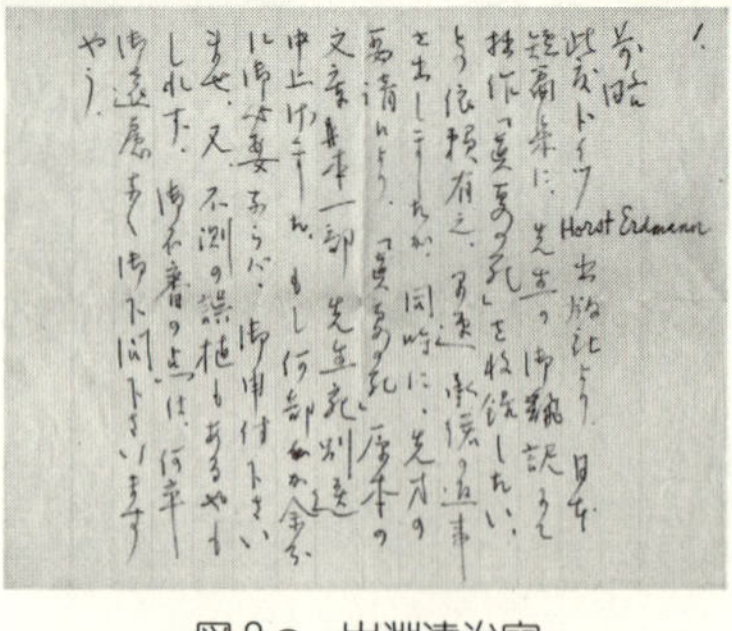

図8c　岩淵達治宛

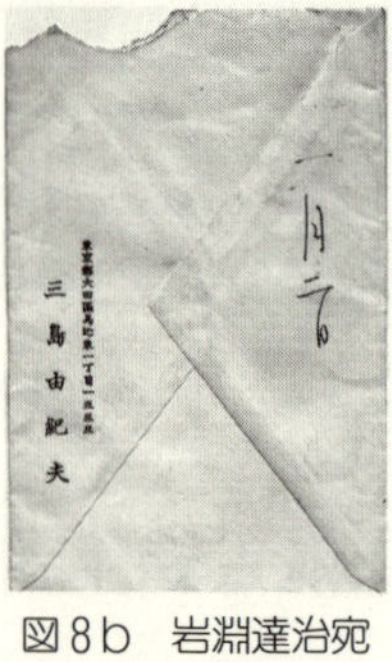

図8b　岩淵達治宛

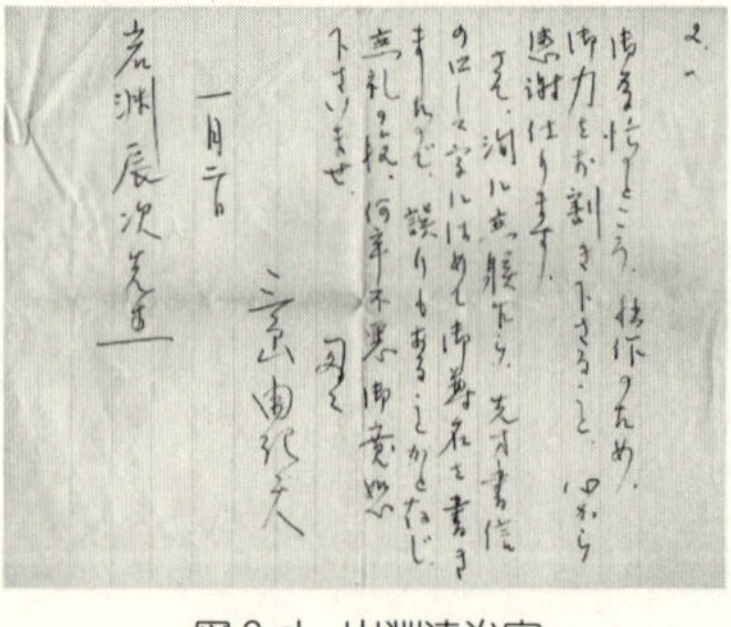

図8d　岩淵達治宛

1月3日の書簡は「谷崎潤一郎先生」に宛てたものである。（図9a、b、c、d）クリーム色の封筒に住所と氏名を自書している。便箋には「M」「Y」の文字を組み合わせたマーク（図10）が入り、「PHO．LEOGER」の透かしが入っている。特別注文で作られた便箋であり、封筒はこの便箋とセットになったものである。この便箋で書簡を受け取った方は谷崎氏の他に、田中光子氏、Donald Keene氏、George H. Lynch氏（図11 a、b、c、d）らがいる。岩淵氏宛、谷崎氏宛の2通には、それぞれ異なる便箋と封筒が使用されていることから、三島氏は最小2種類

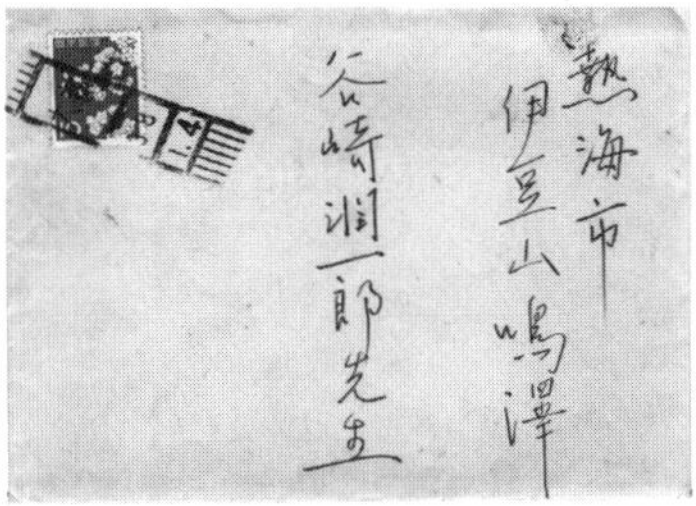
熱海市
伊豆山鳴澤
谷崎潤一郎先生

図9a　谷崎潤一郎宛

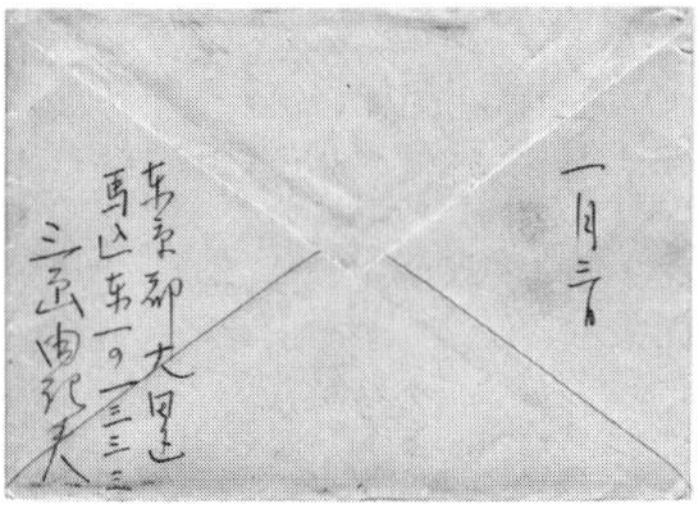
一月三日
東京都大田区
馬込東一の一三三三
三島由紀夫

図9b　谷崎潤一郎宛

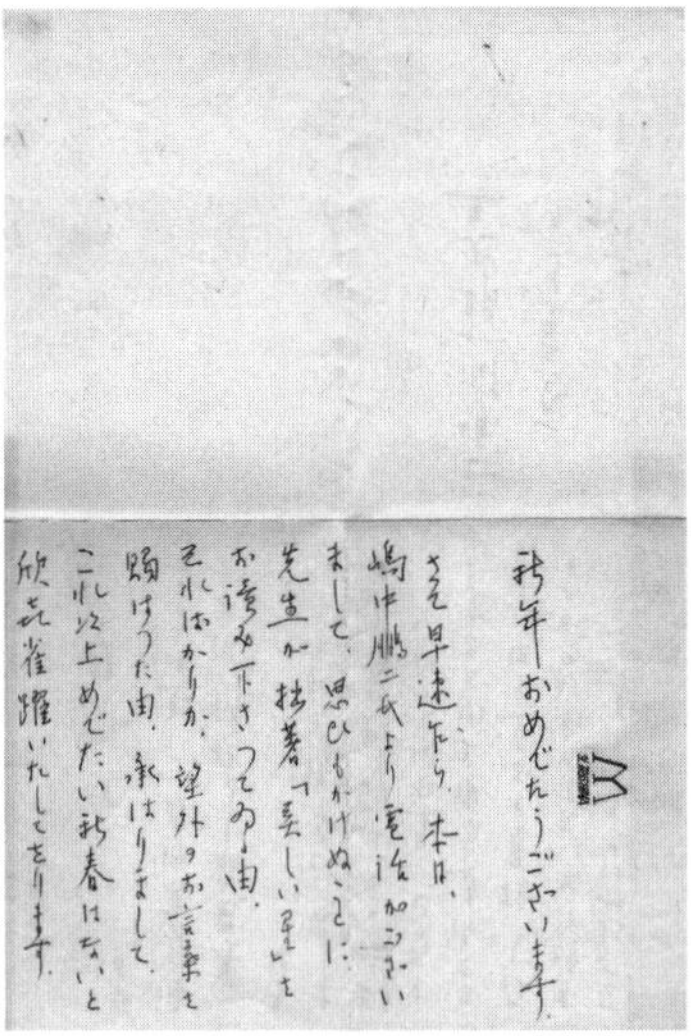
新年おめでたうございます
さて早速ながら、本日、
嶋中鵬二氏より電話がございまして、思ひもかけぬことに
先生が拙著「美しい星」を
お讀み下さつての由、
それはかりか、望外のお言葉を
賜はつた由、承はりまして
これ以上めでたい新春はないと
欣喜雀躍いたしてをります。

図9c　谷崎潤一郎宛

Yukio Mishima
1333, 1-chome, Magome-higashi,
Ota-ku, Tokyo, Japan
AIRMAIL
Mr. George H. Lynch
2819 Hillside Drive,
Burlingame,
Calif. U.S.A.

図11a　Lynch宛

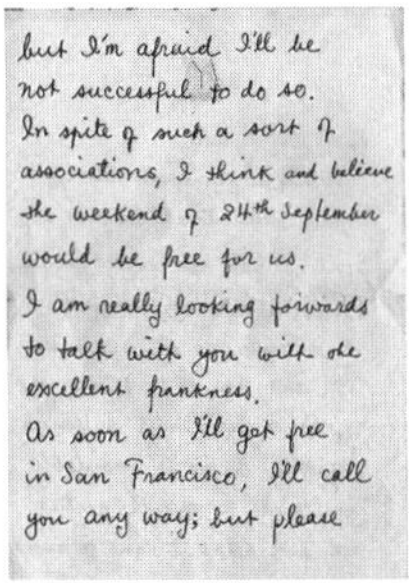
but I'm afraid I'll be
not successful to do so.
In spite of such a sort of
associations, I think and believe
the weekend of 24th September
would be free for us.
I am really looking forwards
to talk with you with the
excellent frankness.
As soon as I'll get free
in San Francisco, I'll call
you any way; but please

図11c　Lynch宛

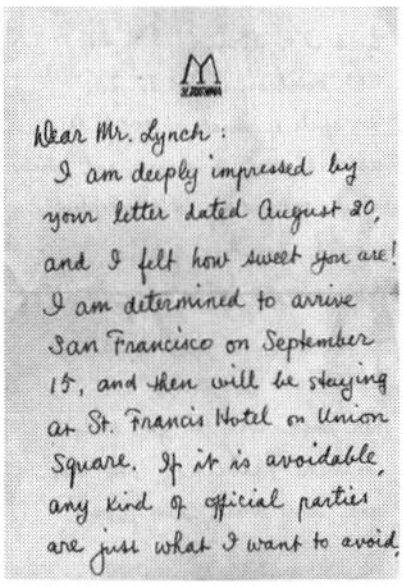
Y.MISHIMA
Dear Mr. Lynch:
I am deeply impressed by
your letter dated August 20,
and I felt how sweet you are!
I am determined to arrive
San Francisco on September
15, and then will be staying
at St. Francis Hotel on Union
Square. If it is avoidable,
any kind of official parties
are just what I want to avoid,

図11b　Lynch宛

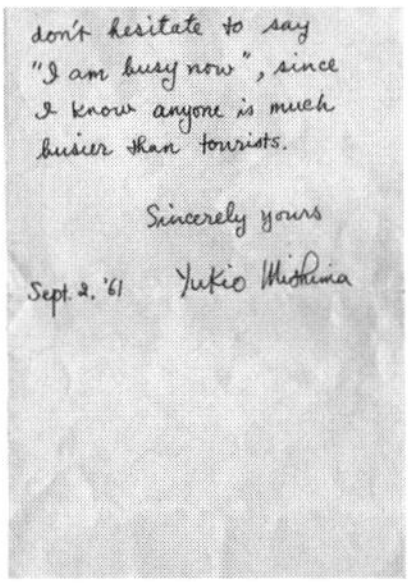
don't hesitate to say
"I am busy now", since
I know anyone is much
busier than tourists.

Sincerely yours

Sept. 2, '61　Yukio Mishima

図11d　Lynch宛

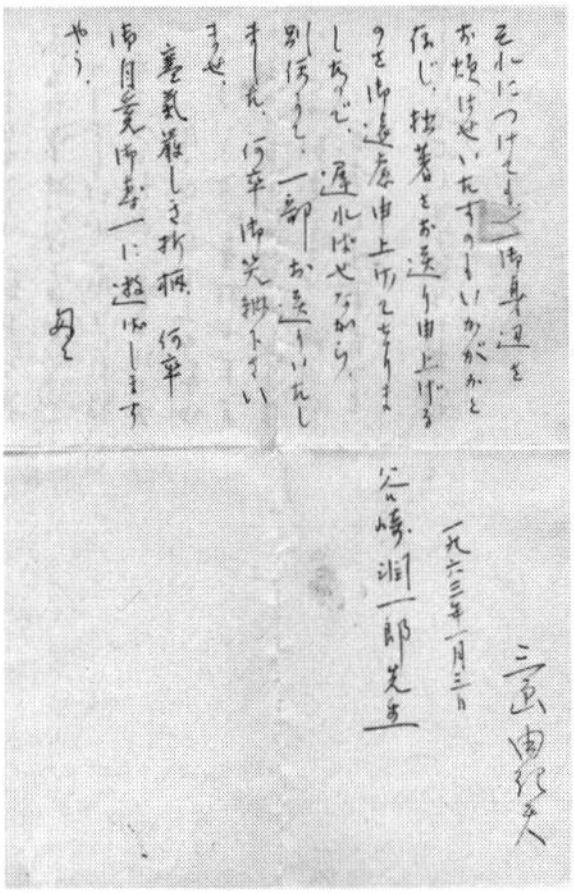
それにつけても、御身辺を
お騒がせいたすのもいかがかと
存じ、拙著をお送り申上げる
のを御遠慮申上げてをりま
したので、遅ればせながら
別便にて一部お送りいたし
ます。何卒御笑覧下さい
ませ。
寒気厳しき折柄　何卒
御自愛御専一に遊ばします
やう。
匆々
一九六三年一月三日
三島由紀夫
谷崎潤一郎先生

図9b　谷崎潤一郎宛

図10　便箋のマーク

の便箋と封筒から選んで書簡を書いたことになる。

伊東静雄宛書簡と北川晃二宛書簡

昭和23年頃は、物資の極めて不足していた時代であり、三島氏は手紙を書く際に、「誰にでも」同様の便箋と封筒を使用せざるおえない時期があった。この時期に、一日違いで書かれた書簡がある。昭和23年3月22日と23日の書簡で、3月22日の書簡は伊東静雄氏に宛てたものである。（図12a、b、c、d、e、f）この書簡は「決定版三島由紀夫全集」第38巻に収められているが、小高根二郎氏の「詩人、その生涯と運命」（昭和40年・新潮社刊）を資料に用いたため、日付が違っている。原稿用紙4枚に書かれた端正な文字には、伊東氏に対する三島氏の畏敬と敬愛の情があふれている。「二伸」に三島氏は、「美しい書体のお葉書に対して醜い文字と文章をお恥かしく思ひます。どうかお怒し下さい」と

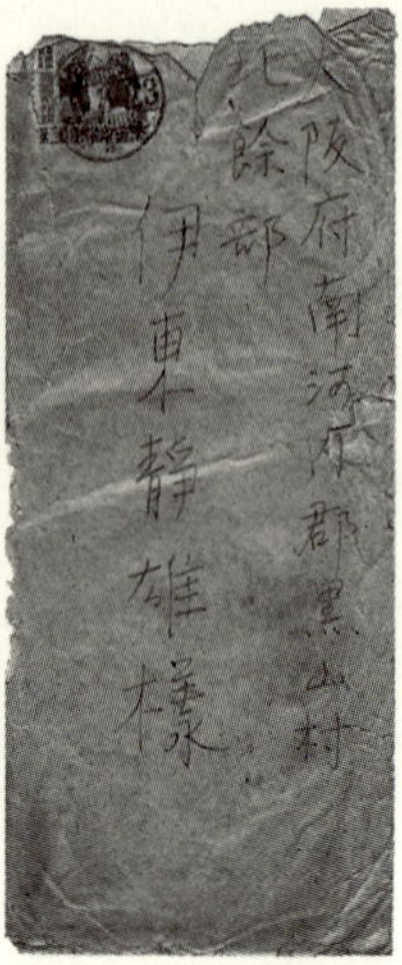

図12a　伊東静雄宛

図12b　伊東静雄宛

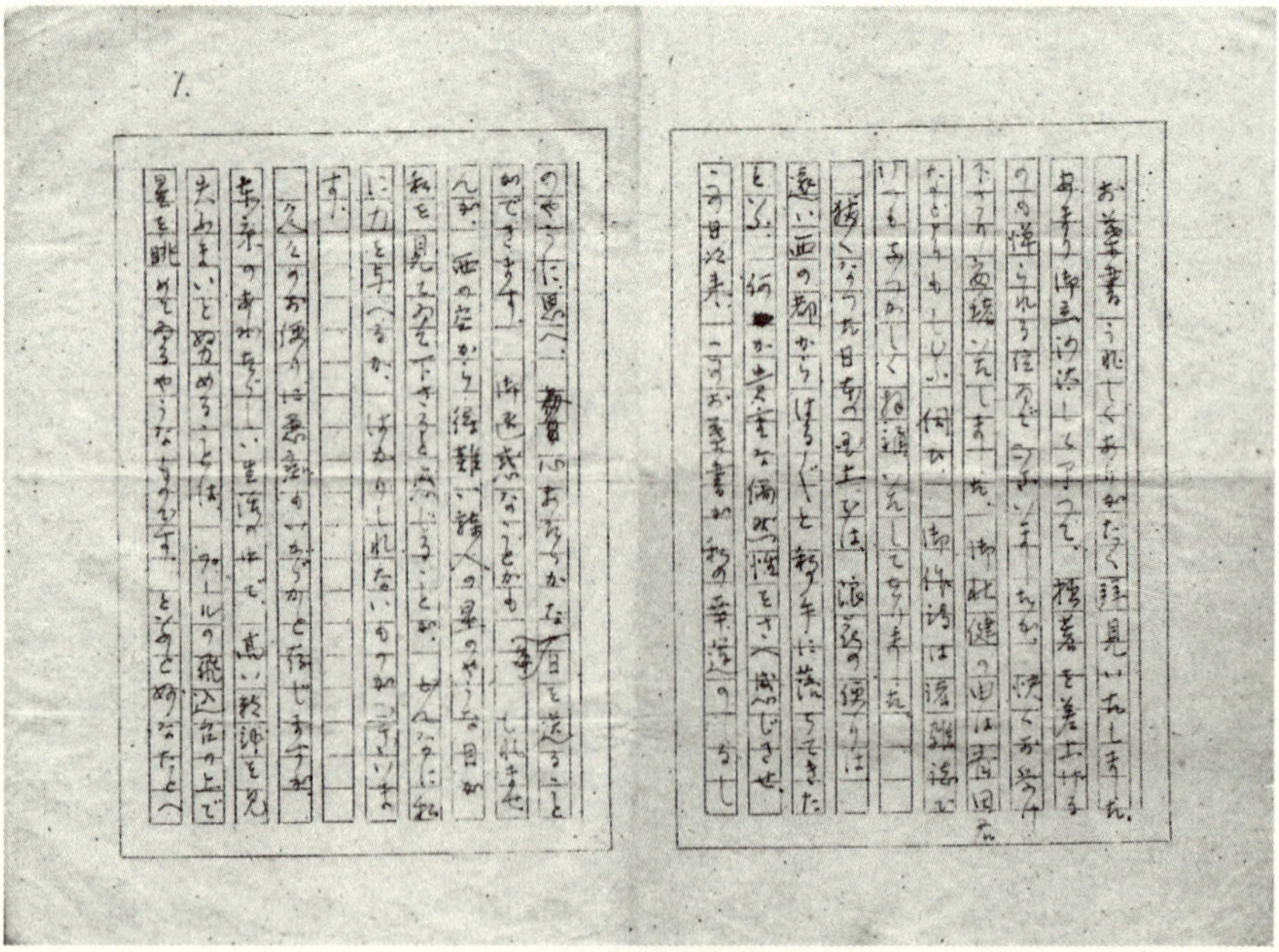

図12c　伊東静雄宛

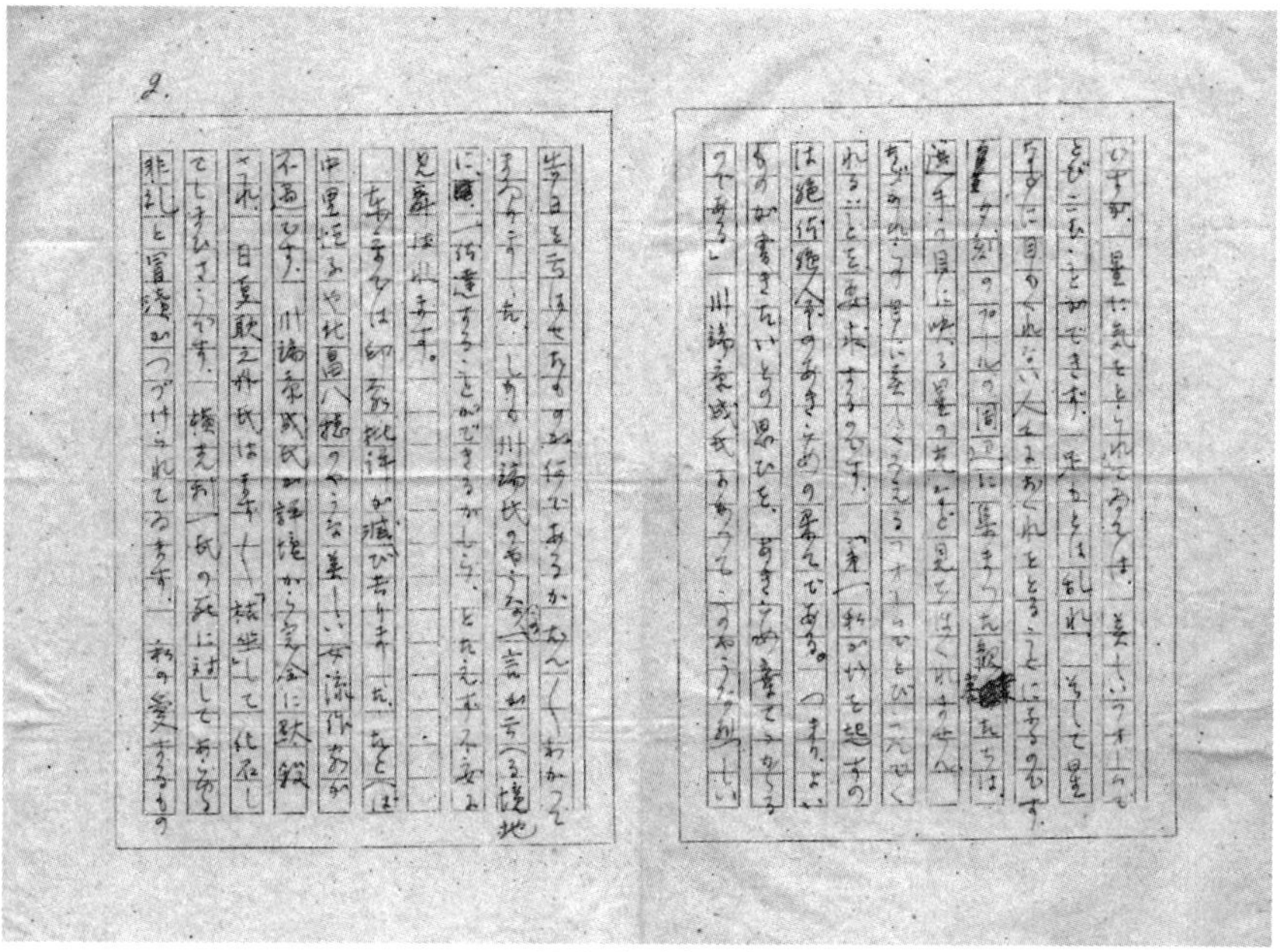

図12d　伊東静雄宛

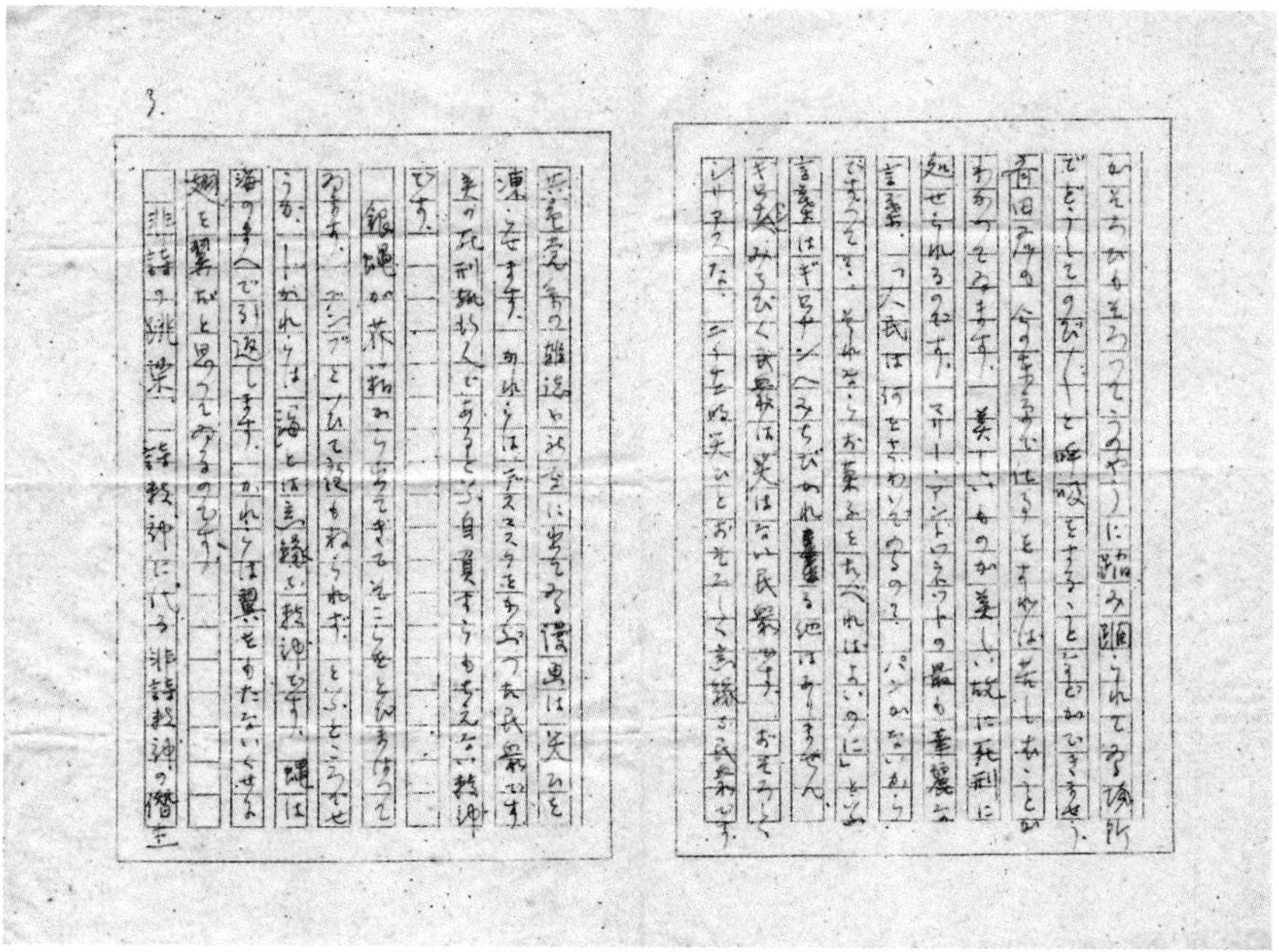

図12e　伊東静雄宛

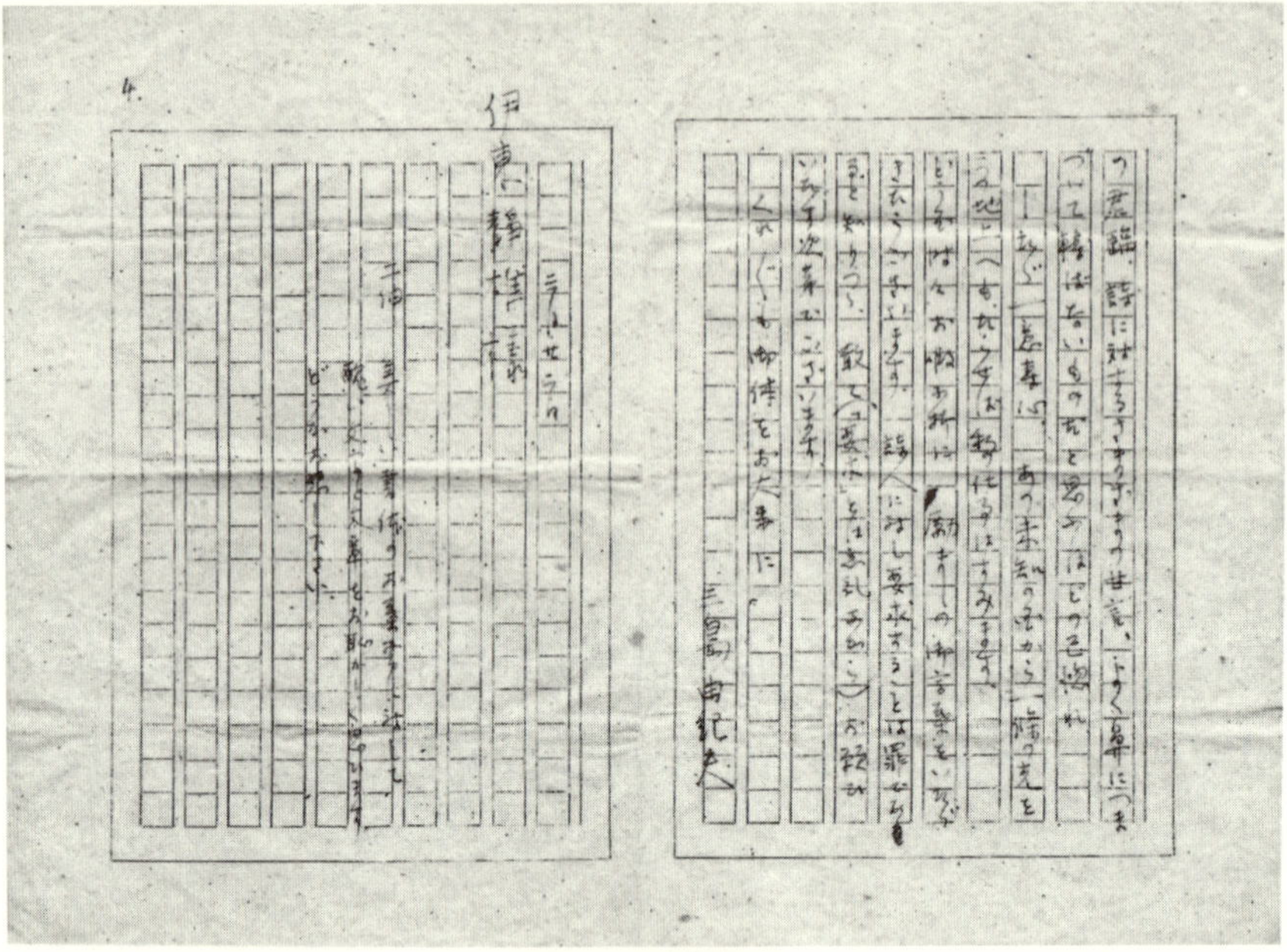

図12f　伊東静雄宛

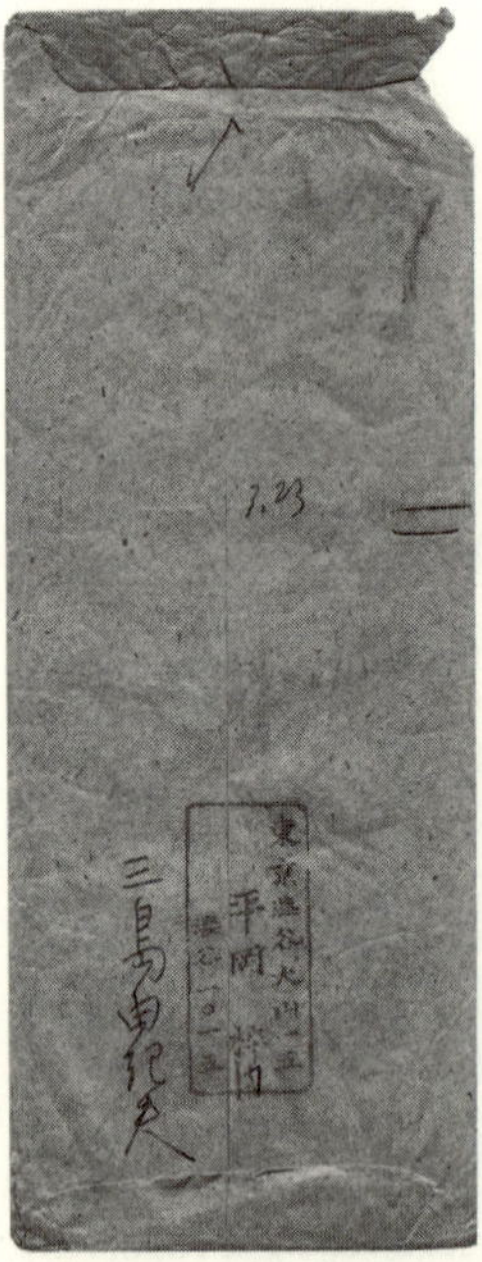

図13b　北川晃二宛

図13a　北川晃二宛

書き入れている。

　3月23日の書簡は北川晃二氏に宛てたものである。（図13a、b、c）「午前」（昭和23年2月号）に掲載された「恋の終局そして物語の発端」（盗賊・第一章）の原稿料の領収証（図14）に添えて書かれたものである。この2通は同じ封筒に第2回国民体育大会の記念切手が貼られ、同じ原稿用紙に書かれていながら、インクの色が異なっている。この手紙が書かれたのが59年も前のことであり、経年的変化を否定できないという意見もあろうが、実物を見れば一目瞭然である。どちらも大切に保存されてきたのである。

　これらの昭和23年の封筒は「粗末な茶封筒」と言われるかもし

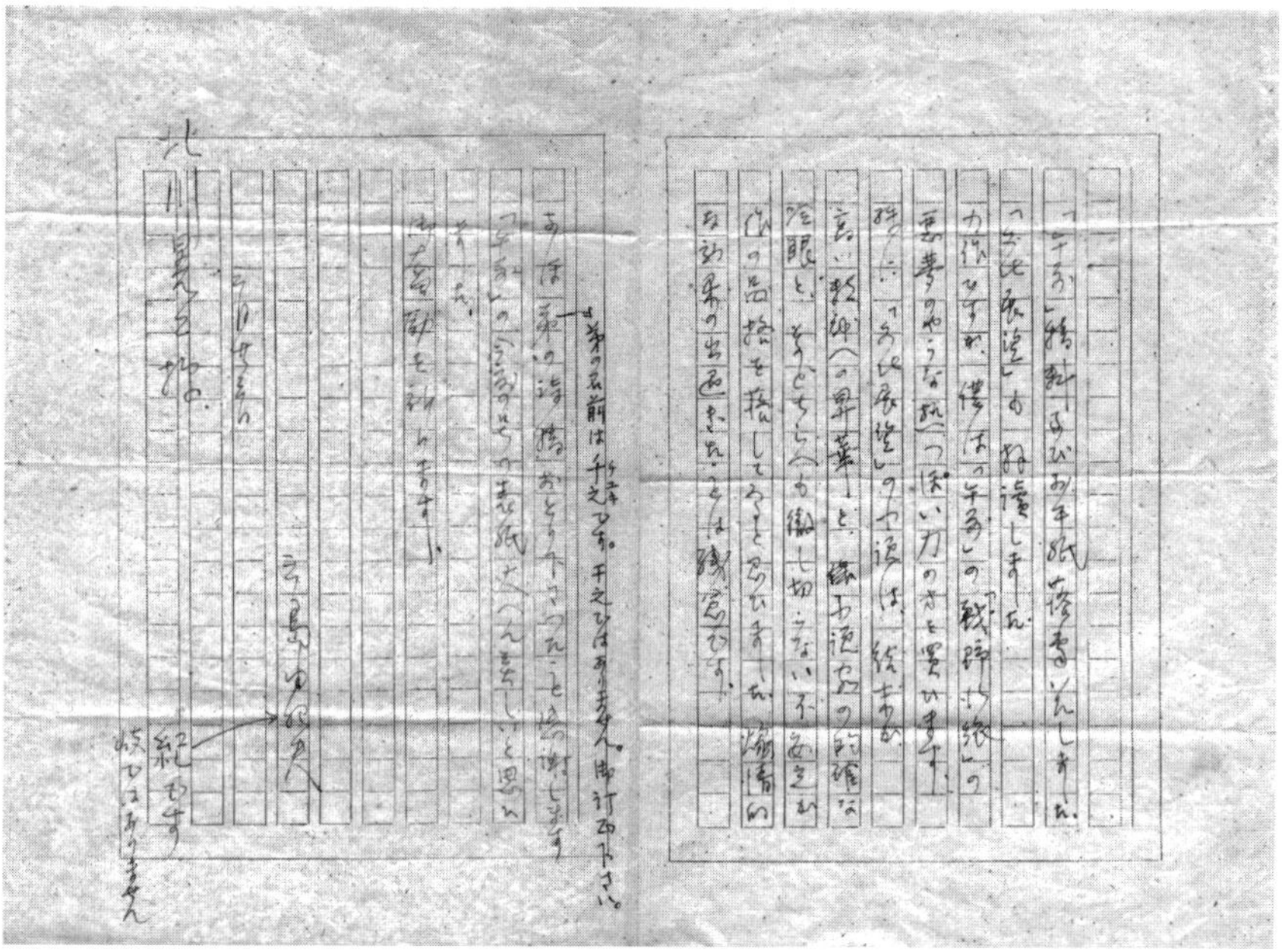

図13c　北川晃二宛

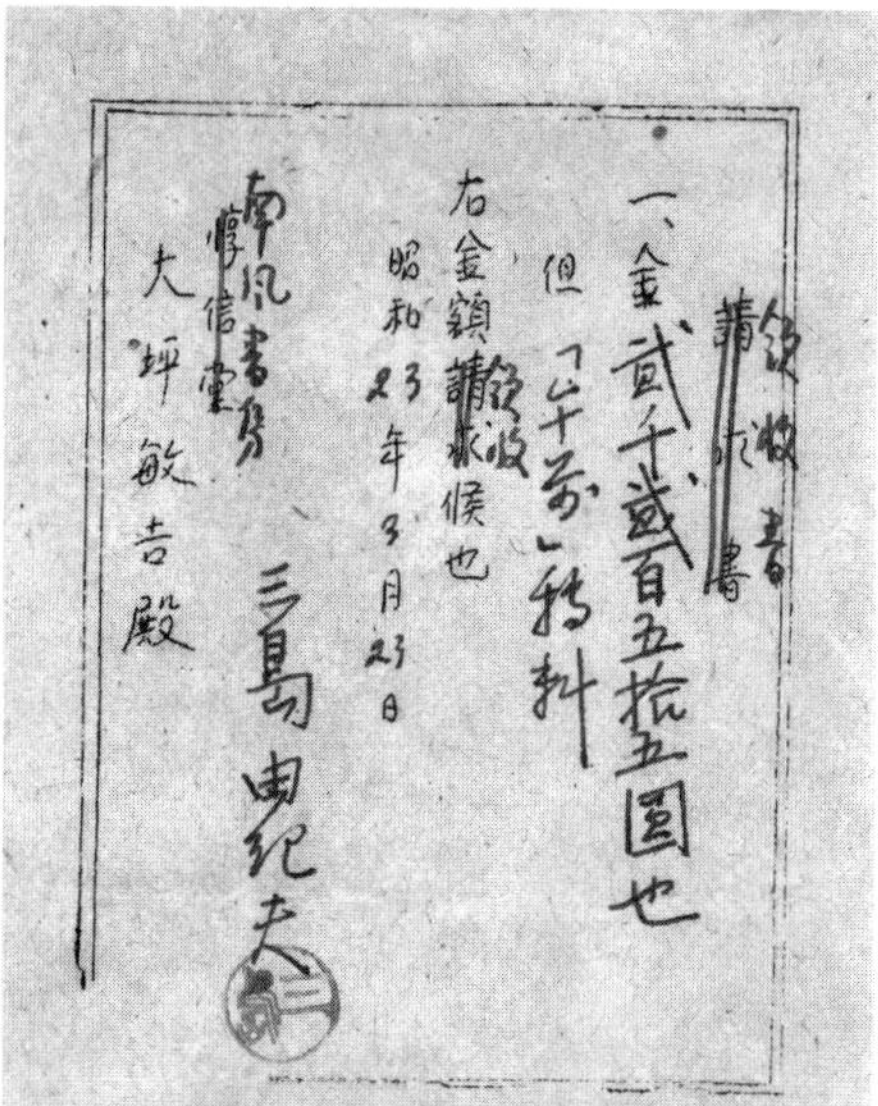

図14　領収書

れない。しかし、三島氏のファンであれば、この封筒を見て「粗末な」という印象を持ち得るであろうか。三島氏が伊東氏宛に何通の書簡を送ったかは定かではないが、この書簡は現存が確認された伊東氏宛の唯一の貴重な書簡なのである。

昭和23年とは異なり「馬込東」時代では、三島氏はその用件や宛先に応じて種々の封筒を使い分けている。阿川氏は月報に、「私宛の三島書簡、探せばもっとあるかも知れないのだが、今のところ、これしか見つかってゐない」とも書いている。是非、三島書簡を探し出して頂きたいと思うのである。そうすれば、素敵なクリーム色の封筒を使った書簡が見つかるかもしれないのである。

（形成外科医）

三島由紀夫作品上演目録稿（決定版全集以後）

山中剛史 編

凡　例

本目録は、平成17年3月までの上演記録をまとめた「上演作品目録」（『決定版三島由紀夫全集42』新潮社、平17・8）を追補するものとして、平成19年1月までに国内で上演された三島由紀夫作品を作品の五十音順にまとめたものである。

ただし、三島の作品を元にしていても他者名義の作品は除いた。また、日本の団体が海外で上演した場合はその旨補記し、職場サークルや学校のクラブ活動での上演、また、演劇学校や俳優養成所の卒業公演、舞台コンクールでの上演などは原則として除いた。

各項目ごとに、上演名、上演年月日、上演場所（都市・劇場名）、主なスタッフ・キャスト（キャストの日替わりについてはいちいち記載しなかった）、補記を記載した。

［葵上］

M・M・S・T公演
平成17年8月12～13日　東京・THE GUIDE
平成17年8月16～17日　大阪・JUNGLE in→dependent theatre
平成17年8月21日　富山・利賀芸術公園リフトシアター
演出／百瀬友秀
出演／伊藤恵、大崎美穂
＊富山公演は、利賀演出家コンクール２００５参加

［綾の鼓］

劇団文芸座公演
平成17年12月3～4日　富山・富山能楽堂
演出／宮島春彦
＊「班女」と併演

［禁色］

世田谷パブリックシアター公演
平成17年6月8～11日　東京・世田谷パブリックシアター

平成17年6月24〜25日　京都・京都芸術劇場春秋座
平成17年7月3日　福岡・北九州芸術劇場
構成・演出・振付／伊藤キム　美術／小島常雄　照明デザイン／足立恒　音響／藤居俊夫　衣裳／大野雅代　舞台監督／黒沢一臣
出演／伊藤キム、白井剛
＊小説「禁色」の舞踊化

［黒蜥蜴］

パルコ公演
平成17年4月7日〜5月8日　東京・ルテアトル銀座
平成17年5月12日　新潟・新潟県民会館大ホール
平成17年5月14日　宇都宮・宇都宮市文化会館大ホール
平成17年5月18日　松本・まつもと市民芸術館
平成17年5月21〜22日　神戸・神戸国際会館こくさいホール
平成17年24〜29日　大阪・大阪厚生年金会館芸術ホール
平成17年6月3〜5日　愛知・愛知厚生年金会館
平成17年6月8日　盛岡・盛岡市民文化ホール
平成17年6月10〜11日　仙台・宮城県民会館大ホール
平成17年6月14〜15日　福岡・福岡サンパレス
平成17年6月17〜18日　広島・アステールプラザ大ホール
演出・美術・音楽・衣裳／美輪明宏　照明／戸谷光宏　音響／高橋巖　舞台監督／北条孝、佐川明紀　制作／祖父江友秀
出演／美輪明宏、高嶋政宏、木村彰吾、早瀬英里奈、瀬下和久、有田麻里、日野利彦ほか

TPT 58th
平成18年11月24日〜12月20日　東京・ベニサン・ピット
演出／デヴィッド・ルヴォー、門井均　美術／朝倉摂　照明／小林芳祐　衣裳／原まさみ　舞台監督／大垣敏朗
出演／麻実れい、千葉哲也、山﨑雄介、宮光真理子、浅利香津代、清水紘治ほか

［サド侯爵夫人］

三島由紀夫全戯曲上演プロジェクト第1回公演
平成17年11月4〜13日　東京・東京国立博物館
演出／岸田良二　美術／秋山正　照明／石井幹子　衣裳／コシノジュンコ　ヘアアーティスト／伊藤五郎　顔の美術／鈴木寅二啓之　舞台監督／山本圭太　制作／宮前日出夫、西尾聡、寺田航　エグゼクティブプロデューサー／西尾栄男
出演／新妻聖子、剣幸、佐古真弓、福井裕子、椿真由美、米山菜穂
＊平成18年4月23日、NHK衛星第二（24時55分〜27時45分）にて放映

［卒塔婆小町］

ホリプロ公演「近代能楽集　卒塔婆小町　弱法師」
平成17年6月1〜19日　埼玉・彩の国さいたま芸術劇場大ホール
平成17年6月24〜26日　新潟・りゅーとぴあ新潟市民芸術文化会館劇場

平成17年6月30日～7月3日　愛知・愛知県勤労会館
平成17年7月9～17日　大阪・シアターBRAVA！
演出／蜷川幸雄　装置原案／金森馨　装置／中越司　照明／原田保　音響／井上正弘　衣裳／小峰リリー　振付／広崎うらん　舞台監督／明石伸一　制作／吉永千紘
出演／壤晴彦、高橋洋、清家栄一、塚本幸男、岡田正、井面猛志、鈴木豊ほか
＊「弱法師」と併演
＊同年7月28～30日、ニューヨーク・リンカーンセンターローズシアターにて米国公演

JIPAS第1回アトリエ公演「大いなる昭和を訪ねて」
平成17年8月11～13日　東京・銀座小劇場
演出／加藤毅　照明／進藤尚子　音響／奥野竜史　衣装／高木直子
出演／針生琳太郎、沖森健一、石動三六ほか
＊「弱法師」と併演

しずくまち♭公演
平成17年8月21日　東京・音楽専用空間クレモニア
演出／ナカヤマカズコ、岡島仁美　作曲・ピアノ・ピアニカ／侘美秀俊　衣装／まちことなおこ　照明／坂本華子　三味線／松永和姿子　ボンゴ／由田豪
出演／伊藤美紀、ナカヤマカズコ、岡島仁美

しずくまち♭公演
平成17年12月10日　仙台・せんだい演劇工房10-BOX／box-2
演出／ナカヤマカズコ　作曲・ピアノ・ピアニカ／侘美秀俊　美術／本郷友美　衣装／まちことなおこ　アイリッシュハープ／堀米綾　ボンゴ／由田豪　舞台監督／落合拓郎
出演／伊藤美紀、ナカヤマカズコ、岡島仁美
＊衝劇祭2005仙台ON/OFF参加

［道成寺］

tpt 52-1
平成17年8月20日～9月4日　東京・ベニサン・ピット
演出／トーマス・オリヴァー・ニーハウス　美術／松岡泉　照明／笠原俊幸　音響／長野朋美　衣裳／原まさみ　舞台監督／増田裕幸、久保勲生
出演／中嶋朋子、塩野谷正幸、千葉哲也、大浦みずき、池下重大、植野葉子、廣畑達也

ルームルーデンス公演
平成17年2月18～20日　東京・西新宿TJPスタジオ
演出／大根田真人　監修／田辺久弥

［灯台］

向陽舎vol.11
平成17年7月2～5日　東京・タイニイ・アリス

演出／久保亜津子　舞台美術／二宮知子　照明／榊角五郎　音響／松浦進一　振付／高野宏之　舞台監督／高橋世志男
出演／朝日貴之、久保亜津子、加藤四朗、田中千佳子、黒滝和佳

【班女】

うずめ劇場若手公演
平成16年4月3～4日　北九州・ウテルスホール
演出／藤沢友
出演／後藤ユウミほか
＊鈴木泉三郎「火あぶり」と併演

劇団文芸座公演
平成17年12月3～4日　富山・富山能楽堂
演出／宮島春彦
＊「綾の鼓」と併演

【弱法師】

ホリプロ公演「近代能楽集　卒塔婆小町　弱法師」
平成17年6月1～19日　埼玉・彩の国さいたま芸術劇場大ホール
平成17年6月24～26日　新潟・りゅーとぴあ新潟市民芸術文化会館劇場
平成17年6月30日～7月3日　愛知・愛知県勤労会館
平成17年7月9～17日　大阪・シアターBRAVA！
演出／蜷川幸雄　装置原案／金森馨　装置／中越司　照明／原田保　音響／井上正弘　衣裳／小峰リリー　振付／広崎うらん　舞台監督／明石伸一　制作／吉永千絋
出演／藤原竜也、夏木マリ、瑳川哲朗、鷲尾真知子、清水幹生、神保共子
＊「卒塔婆小町」と併演
＊同年7月28～30日、ニューヨーク・リンカーンセンターローズシアターにて米国公演

JPAS第1回アトリエ公演「大いなる昭和を訪ねて」
平成17年8月11～13日　東京・銀座小劇場
演出／針生琳太郎　照明／進藤尚子　音響／奥野竜史　衣装／高木直子
出演／櫻川団之助、三富一葉、桜井正一、田家佳子ほか
＊「卒塔婆小町」と併演

スペースUアトリエ公演第7弾
平成18年1月26～28日　東京・中目黒GTプラザホール
演出／大島宇三郎
出演／大島宇三郎、田村まどか、高杉勇次ほか

【鹿鳴館】

劇団四季公演
平成18年1月14日～6月10日　東京・自由劇場
平成18年8月12～9月3日　名古屋・新名古屋ミュージカル劇

場

平成18年9月11日~10月9日　京都・京都劇場

平成18年12月1~平成19年1月8日　東京・自由劇場

演出／浅利慶太　装置／土屋茂昭　照明／吉井澄雄　衣裳／森英恵　音響／林光　映像監督／英勉　舞台監督／宮澤勝大

出演／日下武史、野村玲子、広瀬明雄、田邊真也、末次美沙緒、濱田めぐみほか

＊影山伯爵、朝子、清原以外は日替わりキャストあり。

＊平成19年1月2日、NHK衛星第二（12時15分~15時30分）にて放映

『決定版三島由紀夫全集』初収録作品事典 Ⅳ

池野美穂 編

凡 例

一、本事典は、『決定版三島由紀夫全集　全42巻＋補巻＋別巻』（新潮社）に初収録された小説、戯曲（参考作品、異稿を含む）のうち、十八作品に関する事典である。

二、【書誌】、【梗概】、【考察】の三項目で構成し、配列は現代仮名遣いによる五十音順とした。丸数字は全集収録巻を表す。

三、各項目執筆者は、安蒜貴子、池野美穂、加藤憲子、齋藤恵、隅田由美、武内佳代、原田桂、宮田ゆかり、村木佐和子、山中剛史である。

四、各項目で言及される以下の文献の書誌は次のとおりである。

●昭和十六年九月十七日付け清水文雄宛未発送書簡「これらの作品をおみせするについて」「新潮」（平15・2）→『師・清水文雄への手紙』（新潮社、平15・8）→『決定版三島由紀夫全集38巻』

●観劇ノート「平岡公威劇評集①」（昭和十七年一月～昭和十九年二月）、『決定版三島由紀夫全集15巻』「解題」七二一頁参照。

●佐藤秀明「三島由紀夫の未発表作品―新出資料の意味するもの」（「国文学」平12・9）

「青垣山の物語」異稿〈小説〉

【梗概】「青垣山の物語」⑮の異稿。四百字詰「学習院」名入り原稿用紙三枚、六百字詰「12―25YN特製」原稿用紙三枚。ノンブル16から21まで。表題は残されておらず、全集解題によると内容から「青垣山の物語」異稿と判断された。執筆年月日は不明だが、使用原稿用紙から昭和十四年頃に書かれたものか。また、本稿とは別に、表紙を含む四百字詰「10…20」原稿用紙二十四枚の異稿も残されている。（参考作品）㊓

【梗概】（原稿欠損）語り手「わたし」は「人間味あふれた」「偉人」を求め、歴史上の人物を物色していた。その時脳裏に浮かんだのが「畏き英雄詩人」の「やまとたけるの尊」であった。「わたし」は彼の生涯に思いを馳せる。（以下、原稿欠損）

【考察】古事記を典拠として「やまとたけるの尊《みこと》」について語る形式で、「青垣山の物語」と同様にクマソタケル討伐時の女装や弟橘媛《おとたちばなひめ》の入水のエピソードが書かれている。挿話の一致はみられるものの作品の展開は異なっており、尊の生涯に対する「わたし」の「おそれおほい感想」を述べる本稿に対して、「青垣山の

物語」では、「青垣山のおうた」の美しさを述べながら、歌に現われた尊の精神を切り口として彼の生涯が語られる。（加藤）

「青の時代」異稿（小説）

【書誌】三つの断片からなる四百字詰「10×20」原稿用紙九枚が残存。全集収録されたものは、そのうちプロットのつながる二つの断片（六枚と二枚）。なお、片方の冒頭には「青写真」（第一回）とのタイトルがある。（参考作品）(補)

【梗概】「青の時代」（「新潮」昭25・1〜12）冒頭の「序」に当たる部分と第一章における川崎毅の描写と思われる部分とに別れる。「序」にあたる部分は、〈卑俗さ〉をキーワードに小説のモデル山崎晃嗣を対話体で論じ最後は構想メモのようになっており、第一章に該当すると思われる部分は主人公の父親・毅の医院でのエピソードを伝えているが中断。

【考察】「青の時代」の異稿だが、「序」に当たる部分は、〈彼の手記〉〈彼の遺書〉の内容を前提として語られており、「序」現行テキストの倍以上の分量がある。山崎晃嗣《あきつぐ》の遺書は昭24・11・26付朝刊各紙に掲載され、手記は『私は偽悪者』（青年書房、昭25・2）、『私は天才であり超人である』（文化社、昭24・12）の二冊が刊行されているが、本異稿執筆が「青の時代」第一回分執筆前とするなら後者および当時の新聞、雑誌記事を参照したものか。

三島が参照したであろう資料については、佐藤秀明「二つの青春―『青の時代』と光クラブ」（「立教大学日本文学」昭57・7）に考証がある。また現行テキストにはある「青写真」という言葉も、タイトルとして掲げられているが本異稿には出てこず、最後がメモのようになっていることから、中断したと考えることもできる。なお、川崎毅についての部分にある薬袋のエピソードは、創作ノートに記されているが本作では使用されなかった。（山中）

無　題（足の踏み場もない……）（小説）

【書誌】四百字詰「KS原稿用紙」二十五枚。ノンブル7、26〜32、59〜60、70〜80、101〜107の他、ノンブル無しの原稿三枚。ノンブル無しの原稿のうち、『決定版全集』(補)には、冒頭部分と思われる草稿二枚分を収録。執筆年月日不明。（参考作品）(補)

【梗概】幾代、秀雄、一色葉子という人物が登場する。幾代と葉子は一級違いではあるが、女学校からの友人であり、秀雄は幾代の友人関係にあった。幾代は秀雄に葉子を紹介したと推測でき、後半では、葉子が死んでしまったことが記されている。その理由は、秀雄にあると幾代は考えており、また自分の行為は葉子の為に犠牲を払ったと考える。しかし、秀雄に惹かれている自分を認めようとしない。（途中原稿欠損多数、中断か。）

【考察】原稿欠損の為、細かな内容が掴めない部分があるが、『決定版全集』(補)「解題」によれば、ノンブルのつけられていないものが冒頭部分と推測される。三島には、男女の恋愛のもつれや三角関係を描こうと模索した時期があるため、本作もその時期に書かれたものか。

また、「ようこ」という人物名は、津島葉子（「無題（僕が葉子さんを）」⑳）、黒川葉子（「無題（黒川伯爵家の）」㉕）、秋原陽子（「心のかゞやき」⑮）に登場し、多く用いられた名前であるとわかる。（宮田）

無　題（厳めしさと……）（小説）

【書誌】四百字詰「平岡」名入り原稿用紙七枚。ノンブル2から8まで。執筆年月日は不明だが「仮面の告白」第二章で「聖セバスチャン《散文詩》」として一部がそのまま引用されている。(補)

【梗概】一人称小説。冒頭に欠損部分がある。語り手の「私」は一本の樹に、殉教者聖セバスチャンの姿を見る。彼は美しく人々を惹きつけてやまなかったが、皆は彼が消えゆく存在であることを予感していた。「私」は彼が生きた時代には、死というものは特別なものではなく、人々は死に馴れ合っていただろうと考える。その死は劇的でなければならず、その劇的な死こそが好まれ、望まれた。そしてセバスチャンの死はそれであった。その朝、彼は殉教の予知として不吉な夢を見た。目を覚まし、窓の外を眺めながら神の名を唱えると、異様な物音が聞こえてくる。彼は微笑して道を上ってくる娘たちを見る。（以下、中断）

【考察】「仮面の告白」（昭24・7）の「第二章」では、「はるか後年になって作った未完の散文詩」として、「聖セバスチャン《散文詩》」が挿入されている。本作と「仮面の告白」を比較すると、本作六、七段落の「私は思ふのに、サン・セバスチャンが生きた……」から、「…そこにこそ真の死があったのである。」までの部分は「仮面の告白」にはみられない。ここには、当時の人々にとって死とは日常のものであり、劇的な死が求められた、という内容が書かれている。ここに見られる、死を芸術とする死生観は「私」のものではないが、少なくとも「私」になんらかの形で影響を与えていると予測できる。それを「仮面の告白」で省いたのは、筆者が聖セバスチャンの絵に憶えた官能的な歓びを伝えるという目的から外れるものだったからだろうか。（隅田）

梅　枝（むめがえ）（小説）

【書誌】四百字詰「東京　日本ノート製」原稿用紙三十六枚（表紙及び内容の重複する反故原稿を含む）。ノンブル1～17があり、内12と15は欠損。表紙欄外には、「19.2.初旬→」とある。（参考作品）(補)

【梗概】「二月某日」との小題がある。早春の昼近くに戸外を散歩していた私は、紅梅の一枝に目を留め、二ヶ月前に起きた艶子との離別に思いを馳せる。二ヶ月前、遠乗りを終えた後、艶子は私と別離の握手を交わした。作中、私の艶子に寄せる雅歌として、「《冬川晃の雅歌》」がある。散歩から帰った私は、書庫の一隅に一張の弓を見つけ、自室に持ち帰る。夜、私は幼年時代のセンチメンタルな追憶に浸り、祖母の霊に思いを致す。（以下、中断）

【考察】「無題（「別れの時に……」）」内の「I」は、ほぼ全文に渡り、「梅枝」における艶子との別離の場面と重複しており、末尾には（陶景親《すゑかげちか》「梅枝《むめがえ》」）とある。また、別離場面における車窓の中の女性の横顔を「失はれたものの総計―永い幼年時代、少年時代、時空のこよない絵姿」として眺め、「ひとり私から失はれるものではなく、今の一瞬の全世界から失はれるもののやうにおもはれた」という述懐は、「恋と別離と」（「婦人画報」昭22・3）の末尾ともほぼ共通している。去っていく女性の映像は、恋愛の喪失とともに幼少期の喪失と重ね合わせられている。「梅枝」で描かれた艶子との別離場面を中心に、喪失した恋愛や幼少期というテー

マが発展させられていったものと思われる。（村木）

「苧菟と瑪耶」異稿〈小説〉

【書誌】「苧菟と瑪耶」の異稿。四百字詰「10…20」原稿用紙四枚（表紙及びノンブル41から43）。「苧菟と瑪耶」初出誌「赤絵」（昭17・1）の本文末尾には、昭和十七年一月十三日擱筆とあるが、㊳収録の東文彦宛昭和十七年三月十五日付書簡に、雑誌に載せる際〈終りの、夜中に鏡をのぞく部分と、苧菟の死の部分は、少々低級ですからこれをのぞき、苧菟の心理が宗教的な高まりをみせて救ひと悟りとの微妙な均衡に立つところで筆を止めようかと〉思う旨が書かれており、本稿はその削除部分に相当する。（参考作品）(補)

【梗概】（原稿欠損）ある夜半、苧菟はふと目を覚ました。月影に照らし出されたその顔は不思議な高貴な確信に満ちていた。ふと何かの予感にさいなまれる人のように鏡の前に走りよると、鏡はやがて龕のなかに中世の王女のような顔を映し出した。苧菟は死に、その館から長いしめやかな行列が流れ出した。

【考察】発表作「苧菟と瑪耶」のエピグラフには旧約雅歌が付せられているのに対し、異稿のエピグラフにはパンチャタントラ偈弐百八が付せられている。

削除部分である本稿が「苧菟と瑪耶」に挿入されていたら、全体の透明感や神話的美しさが損なわれ、三島が前記東宛書簡でいうように〈少々低級〉な、安っぽさが出てしまったであろう。このことから考えても、エピグラフに、印度説話ではなく、旧約雅歌を選んだと類推される。（池野）

「家族合せ」異稿〈小説〉

【書誌】四百字詰「平岡」名入り原稿用紙三十一枚。使用原稿用紙から、執筆時期は昭和二十年前後と推定される。ノンブル11から20、33から53までで、ノンブル11の原稿用紙の冒頭八行は、⑰収録の（「家族合せ」「文学季刊」昭23・4）の七八頁五行目から九行目までと同文である。「家族合せ」異稿には他に、「午後三時」（『決定版三島由紀夫全集』⑳に参考作品として収録）がある。(補)

【梗概】冒頭原稿欠損あり。春子は十歳の夏に初潮を迎える。母はそれを知り不快な表情を見せ、父の従兄は、精神的にはまだ子供である肉体が、春子自身も知らない間に成長し女となっていくことに不思議な魅力を感じる。

やがて母が死に、戦争が終わる。春子の父である松井博士は、女子学生の告口を機に大学を辞める。春子はある日、学生バンドの一員である従兄の紀一を、銀座のホールに尋ねる。（中断）

【考察】発表作では、春子（発表作品では、名が輝子と変えられている）は、兄・主税《ちから》の純潔と対比するように、力強い女性として描かれている。そして、妹の性を拒みながらも、主税は最後にはその存在によって救われていく。

本稿には、主税と春子の関係そのものはほとんど描かれない。その代わりに春子の早熟すぎた肉体と、それにまつわる男達との逸話に重点が置かれる。春子の精神は、初めはその肉体に伴わない幼い少女であるが少しずつ成長していく。ここには、やはり、一人の逞しい女性像を見ることが可能である。

主税の不能を、後の「仮面の告白」へと飛躍させて考えると、対する春子の、性のエネルギーに満ちあふれる女性の姿は、「鹿鳴館」（昭31・12）などにその流れを見る事が出来るといえよう。三島は、主税を描こうとしながらも、一方でエネルギッシュな女性達への憧れを持っていたのではないだろうか。また、こうしたテーマの影には、本来描きたい主税の側ではなく、春子の側に焦点を当てることで、女性の性欲を中心に据え、戦後の文壇に受け入れられようと試行錯誤する三島の姿勢も垣間見える。（安蒜）

「公園前」異稿（「こうえんまえ」いこう）〔小説〕

【書誌】「公園前」⑮異稿。今回取り上げるのは補収録のもので、一枚目欄外に「第一稿」と記されている原稿である。四百字詰「10　20YN特製」原稿用紙十六枚。表題は「公園の前」、署名は「平岡青也」とある。署名の横には《＊（ ）内ハ小活字デ組マレタシ》との注記がある。（一枚目欄外に「第二稿」と記された異稿は同原稿用紙五十枚。署名は「平岡公威」。）「公園前」の執筆時期と使用された原稿用紙から、昭和十五年一月から三月頃に書かれたものと推定する。（参考作品）補

【梗概】語り手「あたし」の夫は嫉妬深い男である。妻が嫌う「玲二郎」ならば浮気の心配はないだろうと考え、彼を家に出入りさせていた。それにも関わらず、妻が「玲二郎」に対して冷たい態度をとりつづけると、妻の態度は「玲二郎」との仲を隠すためではないかと疑い始める。夫の疑心に気づいた「あたし」は、彼が「大嫌い」だと夫に告げる。だが、「あたし」は次第に「玲二郎」に関心をもつようになる。（以下、中断）

【考察】本稿は「公園前」の「上」にあたる草稿。「玲二郎」が「あたし」の家に出入りするようになった経緯が夫の嫉妬深さにあるなど、「公園前」の内容と一致する部分が多い。西洋将棋の場面や暖炉での出来事などもそれである。

三島は「公園前」について「この作品のライト・モティーフは海といふ絶対的愛情の象徴」（「これらの作品をおみせするについて」）と解説しているが、本稿においては海のモチーフまでは書き至らなかったようである。また、「公園前」には、本稿では触れられなかった「玲二郎」から「あたし」へのアプローチなどが書き加えられている。本稿と「公園前」を読み比べると、語り手以外の視点を加えることで作品を立体化し、展開しやすいように工夫していると言えるのではないか。（加藤）

「幸福といふ病気の療法」異稿〔小説〕

【書誌】四百字詰「河出書房原稿用紙」十七枚が残されている（内容の重複する反故原稿を含む）。執筆年代は不明。補にはプロットの繋がる冒頭の三枚を収録。補

【梗概】大学生・井田繁《しげる》は、生まれながら人間専用の恩恵とは程遠い人間だった。彼は、東京の高等学校に進んで以来人間専用の恩恵にとりまかれた朝夕に迎えられ、非文明的な生活が人間の苦悩のためにあることを、徐々に学んでいった。（以下、中断）

【考察】作中人物・井田繁の設定が、異稿では大学生、発表作「幸福といふ病気の療法」（「文芸」昭24・1）では三十五歳の会社員と異なる。発表作の方が生きている時代を拡大しており視野が広いが、発表作の発表時期を考えると異稿の方が三島自身に近いと思われる。また、井田繁の生きている時代の拡大から、異稿を

基に発表作を書いたと考えられる。語り手の職業を、発表作では〈医者〉と明示しているが、異稿は特に示していない。このことも、異稿から発表作へ発展した証拠になりうるか。発表作について三島は、『三島由紀夫短編全集2』「あとがき」（昭40・4）で、〈戦後の実験期の作品群〉と位置づけ、『毒薬の社会的効能について』と共に〈私自身にとつてはかなり大切な哲学小説〉と規定している。異稿を基に発表作へ発展させたとすると、作品内容の類似性から、異稿にも同じことが言えると思われる。（齋藤）

白拍子（しらびょうし）〈小説〉

【書誌】原稿用紙は、「松屋製（SM印　A…8）」二十四枚と、「松屋製（SM印　A…9）」二枚と、「松屋製（SM印　A…11）」七枚。冒頭の一枚ほか、ノンブル31と、35以下が欠損。冒頭欠損のため題名は不明だが、昭和十九年ごろに構想として記された第二創作集「友待雪物語」（詳しくは「檜扇」の項の**【書誌】**を参照）の「第三部　白拍子　卅八枚」にあたるとされている。ほかに二百字詰「日本蚕糸《さんし》統制《とうせい》株式会社」原稿用紙二枚にわたる創作ノート（⑳）がある。（参考作品）⑳

【梗概】北嵯峨の百姓の娘「私」は左大臣家の従者に嫁いで男子を産む。だが突然現れた「狩衣の男」に触れられて赤子は死ぬ。泣き暮れた「私」は、ある夜山賊に捕まり、舞わせられる。山賊の一人に「狩衣の男」を見た「私」は逃げ出した先で舞い、左大臣家の若君に愛されるようになる。ある日、仕丁の一人に「狩衣の男」を見る。やがて若君は死に、夫と出奔。山中で出会った女が「私」に舞を請い、死ぬ。強盗になった夫に、若い男との仲が露見し水牢に入れられるが、気がつけば唐へ向かう船上にいる。船上に「狩衣の男」を見る。嵐に襲われた船は島に辿りつく。倭寇の船でやってきた夫と島を離れるが、途中唐の商船に乗り換え、唐で帝の侍女となって舞をよくする。だが、「狩衣の男」が襲ってきて帝は自害し、「私」は車に乗り込む。（原稿一枚欠損）蒙古の一行に囚われている「私」は、「岩山の上人」のもとへと逃げる。上人は、ある少将との恋を父御に阻まれて衰弱死した「やむごとない姫君」が「私」の前世であり、そのとき狂死した少将の霊こそが「狩衣の男」であると語る。また、子を亡くしてから取り憑かれている舞という物狂いを手放せば、今後安楽な余生を送れると上人はいう。（以下、中断）

【考察】四季折々の花々が織りなす中世世界を舞台に、不吉な狩衣の男や凡庸な夫に追われながら、次々に舞い、次々に人々を死にいたらしめる「私」の幻想的な冒険譚は、妖艶を極めている。こうした幻想的なムードや、花や舞という中世日本の典雅なモチーフに仮託しながら美的な死の予兆を映じる手法などは、同じ「友待雪物語」として収録を構想していた「檜扇」（165頁参照）や「夜の車」（163頁参照）（「中世に於ける一殺人常習者の遺せる哲学的日記の抜萃」）にも共通性が見出せる。（武内）

「煙草」異稿〈小説〉

【書誌】二百字詰原稿用紙「日本蚕糸統制株式会社」十九枚（ノンブル26から35まで）。発表作「煙草」（「人間」昭21・6）には別の原稿があり、末尾に擱筆日〈――廿一・一・一八（第2稿）――廿一・一・廿六（一部改訂）〉と記されている。このことから、本異稿は〈（第2稿）〉の結末部分であると断定できる。また、ノンブル26の冒頭三行（〈つめる術しかしらない羊のやうに、私はぼんやりと伊村を見てゐた。…〉）は、発表作とほぼ同文である。(補)

【梗概】『決定版全集』には冒頭〈（原稿欠損）〉とあり。二度の喫煙を経験した〈私〉は、自問自答を繰り返し、自己嫌悪に陥っていた。そして、漠然とした憧憬に似た感情を抱いたが、次第に〈白々しい罪〉の意識が残るだけで、いつものひ弱な〈私〉へと戻っていった。中等科四年の夏、〈私〉は運動会を抜け、森へ向った。するとそこに、伊村が女学生と二人きりでいたのだった。伊村に対して、強い嫉妬心を覚えた〈私〉は、屈辱的な敗北感を紛らわすために、一人隠れて煙草を喫むようになるのだった。

【考察】発表作では、少年期ゆえの過剰な自意識、自我の希薄さを、大人の象徴である煙草の煙になぞらえている。そして〈火の粉が優雅に舞上る遠い火事〉が夢現であるかに終わるが、本異稿では〈火事〉の設定は省かれ、発表作におけるその後の〈私〉が描かれている。女への嫌悪とともに、喫煙を契機に〈憧憬の予感〉を感じながらも、何に対しての憧憬なのかわからず、〈私〉は自己嫌悪、否定、拒否を繰り返す。それは、昭和二十年五月十九日付清水文雄宛書簡において、〈就中「憧憬への訣別」といふ私自身の課題〉を胸に、〈少年期の極度に悲劇化された思ひ出を繰り返し繰り返し人にも語り、自分の心にも書きつけたい〉㊳と記したことと重ね合わせることができるだろう。（原田）

「玉刻春」異稿（小説）

【書誌】四百字詰「MARUZEN VI—A4 20×20」原稿用紙十四枚。ノンブル1から14まで。ノンブル7の原稿は、最終行が欠損。使用された原稿用紙や同名発表作「玉刻春」の執筆時期から、執筆は昭和十七年ごろか。（参考作品）(補)

【梗概】夕方、学校の音楽室でピアノを弾いていた帰り道、私は、グラウンドでラグビーの練習をしていた刈谷と言葉を交わす。七、八年後、古文書を調べに北陸の山寺を訪れた私は、寺の奥庭の風景を見ているうちに、私はこの時の情景を思い出した。刈谷はすでにこの世の人ではない。大学院に残って勉学を続ける私は、この頃から少年の日の追憶を探し始める。高校二年生の時、私は、ラグビー部の芝居の演出を引き受けたことがあった。稽古が行われた刈谷の家で、私は美しい刈谷の姉に出会った。二度目の稽古の帰り際、私は刈谷から、もう少し話していかないかと引き止められた。（以下、中断）

【考察】ストーリーの大枠は同名発表作「玉刻春」（「輔仁会雑誌」昭17・12）と共通しているが、異稿は、刈谷への追憶が中心に描かれている。発表作では、文体を王朝物語風に書き改め、友人の姉との恋愛を主題に据えて発展させていったと思われる。題名は、命にかかる枕詞「たまきはる」による。又、中世に成立した女房日記に、『たまきはる』があるが、過去への追憶が基調となっている点以外に、特に共通する部分は見られない。（村木）

「中世に於ける一殺人常習者の遺せる哲学的日記の抜萃」異稿（小説）

【書誌】四百字詰「◎東A4 10×20」原稿用紙三枚。執筆時期は不明だが、「夜の車」（「文芸文化」昭19・8）の草稿と思われる。

「夜の車」は、のちに冒頭と末尾が改稿され、「中世に於ける一殺人常習者の遺せる哲学的日記の抜萃」と改題されて短編集に収録される。原稿はいずれもノンブル16で、発表作の「□月□日　けふ殺人者は湊へ行つた。」の項の末尾「を售らんがための」以下に続く項が三通りに書かれたもの。全集では、発表作で削除された項の断片一枚と、また、発表作の「□月□日　肺癆人《はいろうにん》を殺害。」の項が試作された残り二枚のうち長文のほうのみを収録。用紙の区別は（＊）印で示されている。（参考作品）補

【梗概】殺人者「私」による哲学的日記。前半の一枚は、「□月□日」に「あれ」なる女を「花粉で窒息させ」た殺害の様子を記述。「眼覚めるもの、ごとく死」んだ女の乳房・唇・爪などを四季折々の花々に喩える。女に向かって、「さまざまな楽の音と嘆きに充たされた煩悩ある肉体よ。もう一度おまへの」と書いたところで中断されている。

後半の一枚は、「□月□日」の「肺癆人」殺害に関わる記述。「肺癆人」も「英雄たち」も殺せば同じ「殺人」である。その価値を等質化するのは「死」か、「殺人といふ行為」か、それとも「殺人者その人」か。そうした「価値のなか」にいる諸人と、「外にゐる」殺人者とは、ともに「不朽」でない点では同じである。そして、病弱な「肺癆人」は「いちばん惨酷な行為者」であって、殺人者は自分の「健康」に「哭《な》か」されるばかりである。

【考察】前半は、発表作にも散見される、中世日本の典雅や頽廃を象徴する花の比喩やモチーフによる殺人哲学の記述がみられる。削除されたのは、花粉による窒息殺人という甘い幻想や、職業や階級がはっきりしない「女」のモチーフが、発表作にある他の殺人に関する記述内容とそぐわなかったためと考えられる。後半は、「蟹の骨のやうなその肋骨と、青みどろのやうなその脳髄」という「肺癆人」の〈病み〉の描出に、発表作との類似がある。ただ、ここでは、それが「病弱者め。」と罵られるのに対し、発表作では「暗黒時代風な処世術」の「洒落な表現」と讃えられる。また、「健康」に対する殺人者の嫌悪は、発表作の〔意志について〕、〔殺人者の散歩〕の項にいたると、「死への意志」という「美」と対置されて重要な主題としてせり上がってくる。（武内）

貫之が紀の国の恋（つらゆきがきのくにのこい）〔小説〕

【書誌】四百字詰「松屋（SM印　A…8）10…20」原稿用紙二枚、四百字詰「（SM印　A…11）10…20」原稿用紙四枚。執筆年月日不明。（参考作品）補

【梗概】年老いた貫之は、夏の終わりに都を離れて旅に出る。季節が秋へと変わる中、宇治、大和、寧楽《なら》を、貫之は歌を詠まずに憑かれたように旅を続けた。旅の中では、貫之の白髪だけが次第に増えていく。佳日、貫之は紀の国へと向かう。（以下、中断）

【考察】老境の貫之が紀の国へ向かうという架空の設定は、紀貫之という名に掛けたものか。テクストは「貫之に老いが来た」から始まっている。「沢山の、沢山の恋」をし、夥しい歌を詠んできた貫之は、老境の旅において歌を持たない。標題より、紀の国に向かう貫之の旅には、歌心に加えて、恋の希求が描かれる予定であったと考えられ、恋愛の困難を描く作者の意図があったことがうかがわれる。

初期における三島の貫之への言及は、「王朝心理文学小史」（昭

和十七年一月三十日脱稿)、「古今の季節」(「文芸文化」昭17・7)、「うたはあまねし」(「昭和17・12)に見られる。この内、「王朝心理文学小史」の中では、古今和歌集の仮名序や土佐日記が取り上げられ、「紀貫之は、王朝文化のもつとも先進的な真の具現者であつたと云ふことが出来る」とされている。

(村木)

檜扇(ひおうぎ)〔小説〕

【書誌】四百字詰原稿用紙六十一枚と表紙一枚。署名は三島由紀夫。末尾の記載から、昭和十八年十二月十八日起筆、十九年一月五日午後五時擱筆と推定できる。また、表紙には題名とともに「友待雪物語之内　第一部／(未定稿)」、四十八枚目には「昭和十八年十二月卅一日午後十一時五十九分」とある。観劇ノート「平岡公威劇評集①」(昭17・1~19・12)の末尾に記されたメモ(『芝居日記』中央公論社、平3・7)によれば、「友待雪物語」は第二創作集「第一部　檜扇　六〇枚／第二部　夜の車　二〇枚／第三部　白拍子　卅八枚」として構想され、万葉歌人大伴家持の歌「白雪の色わきがたき梅が枝に友待つ雪ぞ消え残りたる」に因んだと思われる。未発表であったが、「新潮」(平12・11)で初めて活字掲載された。⑯

【梗概】ある北欧の都市で、長く不在だった領主フォン・ゴッフェルシュタアル男爵が帰還するとの噂が立つ。滞在中の日本人旅行者「私」が「殿村さん」と呼ばれ、見るとそれが男爵であった。男爵は「私」に、かつて欧州の日本人外交官の奥方花守伯爵夫人を愛した経緯を語る。睦まじい生活も束の間、男爵が二、三日眠らされている間に夫人は棺桶の人となっていた。だが男爵は彼女がじつは日本に帰国したものと信じ、夫人が大切にしていた檜扇を日本で渡してほしいと「私」に頼む。男爵からの次の連絡がないままに「私」は、同じホテルに滞在する仏蘭西人心霊学者とともに男爵の邸を探索し、檜扇を手にする。その後ベルリンで、友人から当の男爵家は百年以上前に没落したことを聞かされるが、「私」は夫人が日本にいることを固く信じ、早く日本に帰ろうと強く思う。

【考察】「幻想的なストーリー」(佐藤秀明「三島由紀夫の未発表作品―新出資料の意味するもの―」)をもつ本作は、昭和十八年十二月二六日の富士正晴宛書簡と同月三〇日の清水文雄宛書簡によれば、十九世紀初めのドイツの幻想小説家E・T・A・ホフマンを意識した「幻想小説」「怪奇小説」として執筆された。またエピグラフにある荘子の「胡蝶の夢」からの引用や、語り手が都市での幻想体験を頑なに信じる結末には、昭和十八年三月十七日の東文彦宛書簡で三島が絶賛した萩原朔太郎「猫町」の影響を指摘できる。

田中美代子(「黄金郷にて―未発表作品解説」(「新潮」平12・11))は、原稿四八枚目の記述から、「悪化が伝えられる戦時下」で「夜を日に継いで零れてゆく巨大な命の砂時計と競争している」三島の姿を透視するが、昭和十八年十二月の徴兵適齢臨時特例によって翌年には徴兵されることになった当時の焦燥感は計り知れまい。昭和十九年三月二二日の清水宛書簡には、「夜の車」(「中世に於ける一殺人常習者の遺せる哲学的日記の抜萃」)が未完の場合、本作を「文芸文化」終刊号に掲載予定だとあり、当時の思い入れの深さを物語る。舞台が西欧とはいえ、中世日本的な美意識を醸す〈舞〉や〈花〉に関わるモチーフや比喩の使用は、「友待雪物

語」として一括りに構想された「夜の車」や「白拍子」にも通じており、今後の比較検討が待たれる。（武内）

冬　山（ふゆやま）〔小説〕

【書誌】四百字詰「KS原稿用紙」九枚。学習院中等科四年時に提出した課題と思われる。表題は「第九回　冬山」、署名は「四南　平岡公威」とある。第八回「神官」の次に提出されている。末尾に「第一人称＝画家。――《画家の「魂の流露」に関する小品》――」と注記があり、その後に《繊細微妙な神経と、鋭くも美しい言葉と全篇を貫く詩性》という、当時の担当教員の清水文雄によるものと思われる講評がある。(補)

【梗概】一人称小説。画家である「私」が迎えている客人は部屋に掛かっている冬山の軸を褒め、「私」はその描かれた冬山に意識を向ける。帰っていく客の背を見送りながら、母親が亡くなる数日前に鼠色の羽織姿の客人の姿を見たと言っていた時のことを思い出し、突如、あの客が近く死んでしまうのではないかという不安に駆られる。しかし玄関で鳥が飛び立った瞬間、その不安は消え、同時に「私」の中に冬山のイメージが広がる。部屋に入り、「私」は冬山の絵を描きながら、その絵の中に「いのち」の存在を感じる。

【考察】全体を通して丁寧な情景描写がされており、「冬山」をきっかけにいのちというものに想いを馳せる主人公の心情の変化が細かく描き出されている。

エピグラフの「何故この男は石に耳を欹《そばだ》てゝゐるのだらうか　ライナァ・マリア・リルケ」という文は、『定本三島由紀夫書誌』（薔薇十字社、昭46・1）の三島蔵書目録にある、リルケの詩集「神様の話」（白水社、昭15）中の「石に耳を欹てるひとのこと」からの引用と思われる。

学習院中等科四年時の課題には多く高い評価がつけられているが、本作は特に評価の高さが目につく。（隅田）

リュイ・ブラス〔戯曲〕

【書誌】NLT本公演の台本として池田弘太郎が翻訳したものを三島が潤色したA5判の謄写版台本に、本読みの過程で改変が加えられたもの。全集には、この公演でヒロインのイスパニヤ王妃を演じた村松英子所蔵の、改変指示を村松が書き込んだ台本を底本として用いている。NLT第五回公演（昭41・10・18〜31）として紀伊國屋ホールで初演。(補)

【梗概】ドイツ生まれのイスパニヤ王妃に恋したリュイ・ブラスは、貴族ドン・サリュストの下僕となって王妃に近づこうとするが、知らぬ間にドン・サリュストの陰謀に操られる。身分を偽らされ王妃の寵臣となって王妃の愛を勝ち取るが、実は王妃から受けた侮辱に復讐しようというドン・サリュストの目論み通りに動かされていたに過ぎず、恋と名声の頂点にいたリュイ・ブラスは下僕の身分に引き落とされ同時に王妃の名誉をも失わせられることが明らかになる。リュイ・ブラスはドン・サリュストを殺し自ら毒を仰ぐ。

【考察】NLTや浪曼劇場の上演予定ラインナップに、ユゴーの「エルナニ」等が挙げられているように、文学座でのサルドゥ「トスカ」以後、〈これが成功すれば、更に上演のむつかしいユーゴーやデュマの芝居も、だんだん舞台にのせて行くことができるだろう〉（「『トスカ』について」昭38・6）という三島の目論みに沿った、〈文学性よりも演劇性を重んじ、演劇性よりも劇場性を〉（「NLTの未来図」昭41・10）目指した系列の作品といえよう。もともと五幕全二十七場であった原作を、三幕全二十四場に改変して台本が印刷され、その上で更に台詞や場面の改変の手が加えられている。公演当時の劇評（「新劇」昭41・12）で、元来大劇場向きの作品を小劇場向けにアレンジした実際的な翻案と評されたように、三島による潤色は主に、〈原作の登場人物の何人かを削り、装置その他も、劇団の経済に合はせて、簡略化〉（「『リュイ・ブラス』の上演について」昭41・6）したもので、全体的に大筋を損なわない程度に登場人物や台詞の省略が施され、ほぼ一人物による長台詞が占める原作の三幕四場と四幕三場を削除、四幕二場と四場を融合するなどしている。後にサルドゥ「皇女フェドラ」が三島監修で上演されているが、こうしたラインナップに、〈劇場という観念の共通性で、ロマン派演劇と日本の伝統演劇とは、相接して〉いるとする三島が、〈現代日本の新劇と伝統とのギャップを埋めるのではないか〉（「ロマンチック演劇の復興」昭38・7）という期待をかけていたことの意味は小さくない。（山中）

無　題（「別れの時に、……」）〔小説〕

【書誌】四百字詰「松屋製（SM印　A…9）10…20」原稿用紙十八枚が残されている（内容の重複する反故原稿を含む）。執筆年月日は不明だが、本作の前身と思われる「梅枝」の執筆年月から、昭和十九年頃か。『決定版全集』解題によると、補巻にはプロットの繋がる二つの断片を選んで収録。（参考作品）㊢

【梗概】《I～III》と《III～III》の二つに区切られる。《I～III》は、作中人物・陶の作品と、美しく奥ゆかしい紀家夫人を書いている。《III～III》では、まだどこか可憐な夫人と、夫人の肖像を完成の域へ齎す方法を書いている。（以下、中断）

【考察】《II》に「私のつくつた物語の類を夫人はたいてい読んでゐられた。」とあることから、〈私〉＝〈陶〉であると考えられる。《I》に『梅枝』（159頁参照）の私と艶子の別離の場面を、内容を重複させ、作中人物・陶の作品として挿入している。一部を抜き出して用いたのだとすると、『梅枝』を先に書いたと思われる。

残された原稿が断片のため、詳細は分かりかねるが、「恋愛と別離」というテーマを、「『恋と別離と』異稿2」や発表作『恋と別離と』等に発展させたと思われる。そのことは、「「恋と別離と」異稿2」作中の手記の欄外に、《……その日はじめて私は久代の唇にちひさな黒子をみとめた。（略）ああ僕はそれを見てしまったのだ。》と、また本作の原稿用紙冒頭に「黒子」と書き込みがあることからも窺える。また、遺作『豊饒の海』四部作で、黒子が転生のキーとなっていることから、三島が早くから「黒子」というテーマに関心を持っていたことが指摘でき、非常に興味深い。（齋藤）

書評

田中美代子著『三島由紀夫　神の影法師』

柴田勝二

一九九六年に三島由紀夫の十代に書かれた未発表原稿が公にされて以来、それらを包摂した形での三島文学の全体像を捉える必要性が生まれてきた。けれどもそれ以降も、三島に対する関心はもっぱらその激烈な死に至る歩みに向けられがちであり、〈創作家〉としての三島の営為は十分に対象化されていない状況がつづいている。

そうしたなかにあって、田中美代子氏の『三島由紀夫　神の影法師』は、「扮装狂」や創作ノートといった、旧全集に含まれていなかったものを含むほとんどの作品に眼を配りつつ、あくまでも作品の書き手として三島を定位させることを、目指して書かれた論考である。その性格は、この論考がもともと新全集の月報を媒体として書き継がれたという事情にもよるが、一つ一つの作品の要点を押さえていく叙述によって、三島の創造の軌跡が明瞭に浮かび上がっている。

田中氏によれば、三島由紀夫とは、自分に元に押し寄せてくる言葉を掴み取りつつ「ごく自然な、無意識な営為」として、作品を生み出していった少年期から、戦後の騒擾のなかで表現者としての自己を打ち立てるべく書かれた『仮面の告白』の時代を経て、次第に現実世界を断罪する作品群の創作に赴いていった作家である。二十代後半の『禁色』において三島はすでに、老作家檜俊輔に託す形で「文壇全体を、さらに近代文学の痼疾をまるごと戯画化」し、『金閣寺』では「因習的な虚無の根源を断つ」行為として主人公の金閣への放火を位置づけようとしたという。また『鏡子の家』では「近代文学の曲り角がきたこと」が告げられ、それゆえこの作品は不評に終わることになったのだとされる。その一方で橋川文三が、三島が歴史と対決する姿勢を初めて示した作品と評した『林房雄論』について、田中氏は「一つの夢が覚め、さらに深い夢への里程標ではないか」と述べ、歴史への志向も「夢」の領域に生起しているという見方を示している。この夢幻的世界への執着は後期の三島に顕著であり、『サド侯爵夫人』の主人公ルネが夫サドとの邂逅を拒むのも、「幻像を耀かせる」ためであったとされる。そして遺作となった『天人五衰』では、次代への転生を遂げることのない少年安永透の描出に、三島が「今生の呪縛からの解放を志しながら、にもかかわらず少年を現身の廃墟として、この世に遺していったのかもしれない」という推察が与えられている。

簡潔に各作品の要点を捉える田中氏の評言は妥当なものであり、それらの積み重ねによって三島文学の全体像があらためて浮き彫りにされている。けれどもその反面、言葉の奔流のなかを自在に泳いでいた少年期から、戦後の自己確立への苦闘の時代を経て、次第に戦後社会への批判の度合いを強め、さらには彼岸の夢幻的世界をあらためて志向するに至るという、三島が辿ったとされる軌跡は、従来提示されてきた枠組みをさほど出るものとはいえないのではないか、という思いも抱かされた。たとえばこれまでも指摘されてきた、十代の『花ざかりの森』と遺作の『天人五衰』の末尾の照応なども、こうした作家の回帰的変容の所産として眺められるはずである。ほとんどの作品に網羅的に言及されているというこの著作の美点は、同時に弱点ともなりうる。つまりどの作品に対する把握もひと筆書き的な叙述によってなされ、また作品の要点に対する指摘も、先に挙げた「因習的な虚無の根元を断つ」といった修辞的な断言によっておこなわれているために、明快さの反面、そのつど肝心の主題の提示が単純化され、曖昧化されているという印象が生まれざるをえないのである。

この箇所を含む『金閣寺』への評言においては、それにつづいて主人公溝口の行為の対象となる金閣が「日本文化を骨がらみにし、男性的精神を麻痺させる女性なるもの——母親、恋人、娼婦——の総体なのだ」とされている。この解釈は興味深く、高い蓋然性をもつが、するとそれに火が放たれるのは、日本社会における「女性なるもの」の掃滅を意味するのだろうか。しかし溝口はむしろ金閣が一回的なものであるからこそ滅亡しえ、モータルなものは滅ぼしえないと考えていたはずである。田中氏のいう「女性なるもの」の「総体」とは、明らかにモータルであるがゆえに滅亡しえない現実的な連続性の比喩であり、現に作中の溝口の母親はそうしたイメージによって描出されている。反面『憂国』の麗子は夫とともに果断な自死を遂げる女性であり、また『サド侯爵夫人』のルネの選択も、〈男性的〉な潔さを漂わせている。この「女性なるもの」の二面性は、〈男〉であると同時に天照大神という〈女神〉の末裔たちとして見なされる三島的な天皇像の二面性と照応する形で、作家の現実認識の多重性を垣間見せているはずだが、田中氏のひと筆書き的な把握は、そのイロニー的な多重性を十分伝えているとはいい難い。

「あとがき」では、三島という存在が「無限に複雑な、妖しい光を放つ孤独な多面体」であると記されている。それはまさにそのとおりであるだけに、その「多面体」を捉えることに叙述の焦点が置かれてもよかったと思われる。しかしその網羅的な目配りによって、一般的な読者を三島文学という魅惑的な迷宮にいざなうには格好の手引きであり、この著作によって「神の影法師」として、彼岸と現実世界の狭間で生きつつ膨大な作品を産み出していった三島由紀夫という表現者の営為に接近することができるだろう。

（二〇〇六年一〇月、新潮社、三〇一頁　二〇〇〇円）

井上隆史著『三島由紀夫　虚無の光と闇』

小埜　裕二

著者である井上隆史氏は、本書冒頭で次のように述べている。「三島由紀夫は、核心にニヒリズムを抱えた作家である。ニヒリズムを極限まで突き詰めた時、虚無そのものの中から虚無を乗り越える光が生じるかもしれない。しかしそれは幻で、すべては虚無の闇の中に呑み込まれて終わるかもしれない。私は本書において、この光と闇の交錯するさまを描き出そうとした。」本書の主たる目的は、この一節に集約されている。氏は、『仮面の告白』『金閣寺』『鏡子の家』『豊饒の海』等の三島作品を丹念に論じながら、三島が、ニヒリズムとどう向き合っていったのかを明らかにしていく。

氏がとった方法は活字文献を対象とする考証作業とニヒリズムに関する思弁的考察である。文献をもとにした考証は手堅い成果を生み出すが、それが単なる事実の指摘に終わらないためには、作品の根幹部と考証が絡み合わねばならないし、作品を生み出した「契機」と三島の創作物との間に〈差異〉が見いだされねばならない。氏はこの〈差異〉に留意しつつ、三島のニヒリズムの特質ならびに行方を、思弁的考察をまじえて鮮やかに取り出していく。とりわけ本書第I章で追究されたその過程は、読みごたえのあるものとなっている。「光と闇の交錯するさま」の一端を、論文ごとにまとめると、おおよそ次のようになろう。

「想像力と生―『金閣寺』論」においては、三島がニヒリズムと向き合い、「想像力を揮うことが疎外を深刻化し本来ありうべき生を根こそぎ解体してしまうのを百も承知で、あくまでも芸術作品の想像的創造に携わり、どこまでもニヒリズムという事態に直面し続けよう」と決意する過程を明らかにする一方で、「三島の魂の死は後戻りの困難な深みにまで進みつつあったのではないか」と述べ、「『鏡子の家』論―ニヒリズム・神秘主義・文学」においても、ニヒリズムの乗り越えの可能性を作品から読み出しつつも、三島のその把握には「多分に願望的な要素が働いていた」と捉え、ニヒリズムからの脱出は図られなかったと考える。また「『豊饒の海』における輪廻説と唯識説の問題」においては、『暁の寺』結末が「三島に文学による救済の決定的な不能を知らしめ」、『天人五衰』において「本多にとって肯定的な意味合いを帯びることが望まれた唯識説を、本多の生の基盤の徹底的な解体を理屈付ける否定的なものへと完全にねじ曲げてしまうことを、作者はもはや躊躇していない」と述べ、ニヒリズムの行方を「否定的方向への帰着」と捉えるにいたる。

ニヒリズムの行方を探ることは、氏にとって「私たちはどこへ連れ去られるかという問い」の追究でもあった。氏の三島研究は、時代を生きるわれわれの生き方との関わりを考える批評的な側面をもっていた。

氏のそうした姿勢が、三島もまた、時代の中で揺れ動きながら生の方向性を探っていたことを見すえる視座を用意した。だから氏の研究の方向が、やがて文学者としての三島の言葉と世界の関係を超えて、三島を、多角的な視点から捉える方向へと向かっていくのは当然の成り行きであった。第II章に集められた論考は切れ味の鋭い考察が多い。それは氏が言うように『決定版三島由紀夫全集』編集参加の過程で「方法論上の変化」「三島文学に対する姿勢の変化」があったためと見てよいが、氏の問題意識はやがてこうした「変化」を見せるものであったとも推測されるのである。

当初、研究過程において氏を捉えたのは、三島のニヒリズムの暗部であったという。しかし現在では「暗部を乗り越えるポジティブな可能性やニヒリズムに囚われない多様性が存することに、もっと目を向けるべきだと考えるようになった。」という。「ニヒリズムの光と闇」の「交錯するさま」は、第I章において巧みに捉えられた。では、本書において、「光」は「闇」との関わりにおいて最終的にどう捉えられているのだろう。「暗部を乗り越えるポジティブな可能性」について、本書イントロダクションに置かれた「『仮面の告白』再読」において、氏は次のように述べている。三島が生涯を通じて行ったニヒリズムとの真摯なたたかいのなかに、「自己の核心と直接向き合おうとする「徹底性」と「勇気」を認め」、「この「徹底性」に耳を傾けることにより、私たちはみずからの核心や一人一人が抱え込んでいる問題に直接対峙するための力と手がかりを見出すことが出来るのではないか。」(「暗部を見据え、暗部から見据えられることの苛烈さ」を通して、三島は「ニヒリズムを超えた何かを私たちに伝えているようにも思われる」(「暗部と向き合う苛烈さ―三島由紀夫展を見る」)という把握も同様である。)

「暗部を乗り越えるポジティブな可能性」を読み取るのは、なるほど読者の仕事であろう。しかし「暗部を乗り越えるポジティブな可能性」は、三島の真摯な生き方に注目する以外には探れないのか。再び作品に戻って検討されるべき問題や「ニヒリズムに囚われない多様性」の側面から帰納される可能性はないのか。氏は、「三島由紀夫は多面体の存在で、場面や相手によって様々な仮面を使い分けている。幾つもの角度から光を当てなければ、その含意を充分に了解することのできない場合も少なくない。」とジョン・ネイスンの著作について論じたさいにそう述べているが、ネイスンの三島像が「立体的な三島像を浮かび上がらせるための合わせ鏡」であるとすれば、ニヒリズムをもとにした三島像もまた、三島を照らす「合わせ鏡」の一つであろう。

氏は今後、「ニヒリズムに囚われない多様性」をふまえて、別の「合わせ鏡」(たとえば氏が三島文学の特徴として指摘するサドマゾヒズムの問題から構成された三島像)を作るのだろうか。複数の「合わせ鏡」によって照らしだされる三島像は、そのとき別個の容姿をもつのだろうか。相互の姿は関係づけられるのだろうか。氏の三島文学のイメージは、形のよい一本の太い幹が地上から伸び、その幹に枝葉を繁らせているといったものだろうか。それとも地上から枝が何本も放射状に伸び、枝ごとに葉を繁らせているといったものだろうか。あるいは、樹形ではとうていイメージできない何ものかであろうか。氏がこれから展開する三島研究の方向性は、他の三島研究者にとっても大いに注目されるところである。

最後に、次の点について触れておきたい。氏は第II章「もう一つの『鏡子の家』―「創作ノート」の楽しみ」の一文において、三島が残した創作ノート類からたどりうる研究の可能性を示唆している。創作ノートを見ると、三島が作品構成を考えるうえで「物語の展開や結末を左右する重要な部分について、複数の可能性を探っては捨てている場合も少なくない」ことが分かる。『鏡子の家』の登場人物が相互に複雑に関わり合うような筋立て」の構想が当初にあった事実を知ると、「この点を考慮することなしには、『鏡子の家』に対する充分に行き届いた理解も、意味のある批判も不可能である」といった思いになると氏は述べる。第II章に収められた文章を読むと、『決定版三島由紀夫全集』編集の氏の苦労がしのばれるのだが、それ以上に「作品創出の生々しい現場」に立ち会った氏の感動が、われわれに強く響いてくる。その感動が仕事の成果と結びついている。そのことを氏のために慶びたいと思うのである。

(二〇〇六年一一月、試論社、三三四頁　二八〇〇円)

編集後記

◇一口に演劇と言っても、三島由紀夫の場合、おそろしく幅が広い。歌舞伎や浄瑠璃もあれば、オペレッタもあり、といった具合いである。本号では、最近ほとんど聞かなくなったが、「新劇」と称された分野にほぼ絞って扱った。やはり台詞を重んじた三島においては、この分野が最も大事と考えたからである。演劇は、われわれの専門とする領域でなく、やや勝手が違ったが、多くの方々の助力を得て、ご覧のような誌面になった。深く感謝する。

◇なかでも山中剛史氏の尽力で、和久田誠男氏を引っ張り出すことができたのは、なによりであった。初めは著名な俳優なり演出家にお願いするつもりであったが、追悼公演の『サロメ』を問題にするとなると、和久田氏である。いまは演劇界から退いておられるので、普通では聞けない話を、忌憚なくうかがう事ができた。三島が自ら描いた舞台装置の図など、貴重な現物も持参頂いた。また、話が進むにつれ、演劇の世界で晩年の三島に最も身近かにいて、市ケ谷での自決を明後日に控えた早暁まで、一緒におられたことも分かり、驚いた。

◇和久田氏は創る側だが、見る側からとして、岩波剛氏にお願いした。これまた長年、演劇評論家として舞台を見てこられた人ならではのお話で、昭和三十年代、二足の草鞋を履いての体験は、わたしの身にも応えるものがあった。論文だが、予想以上に充実した論考が並んだと思っている。岸田国士を中心に、現代演劇を幅広く研究対象にしてきた今村忠純氏にはかなり無理をお願いしたが、その甲斐あって重い意味を持つ論の掲載となった。

◇もう一つ、特筆して置きたいのは、山中湖の三島由紀夫文学館所蔵の未発表「豊饒の海」創作ノートの翻刻が掲載されたことである。言うまでもなく、新潮社刊『決定版全集』第十四巻掲載分の続きになる。著作権継承者の承認の下、三島由紀夫文学館の協力による。今後も引き続き、未発表創作ノートの翻刻掲載を予定している。期待して頂きたい。

多くの方々のご協力を得て、本誌は三島研究の上で、ますます大事な役割を果たすようになって来た。今後ともご協力、ご支援をお願いする。次回は『禁色』を予定。（松本　徹）

三島由紀夫研究④

三島由紀夫の演劇

発　行――平成一九年（二〇〇七）七月一〇日
編　者――松本　徹・佐藤秀明・井上隆史
発行者――加曽利達孝
発行所――鼎　書　房　http://www.kanae-shobo.com
〒132-0031　東京都江戸川区松島二-一七-二
TEL・FAX　〇三-三六五四-一〇六四
印刷所――太平印刷社
製本所――エイワ

表紙装幀―小林桂子

ISBN978-4-907846-53-4　C0095